재인의 계절

김정은 소설

목차

외삼촌의 장례

1997년, 그해 2월, 외삼촌은 한밤중에 돌아가셨다. 사인은 심장마비였다.

외삼촌은 그날도 평소처럼 늦은 시간까지 술을 마시고 귀가하였고, 외숙모는 소리를 지르고 물건을 던졌다. 그래도 화가 풀리지 않은 외숙모는 속에서 천불이 난다며 베개를 들고 우리 방으로 건너왔다. 사촌 동생 민희는 "재인 언니랑 같이 써서 방도 좁은데 엄마까지 보태냐."라며 구시렁거렸다. 나는 별수 없이 거실에서 잠을 청해야 했다. 우리가 사는 집은 20년도 더 된 낡은 아파트였다. 알루미늄 새시가 뒤틀려 들뜬 사이로 찬바람이 숭숭 들어왔다. 외숙모는 난방비를 아낀다고 한겨울에도 보일러를 잘 틀지 않았다. 대신 방마다 전기장판이 있었다. 전기장판이 없는 거실 바닥은 냉골이었다. 추위 때문에 쉽게 잠이 들수 없었다. 밤이 깊어질수록 바람 소리는 더 거세졌고 그 와중에 외삼촌의 코 고는 소리가 안방 문 너머로 간간이 들려왔다. 코 고는 소리에 집중하던 나는 어느 순간 잠이 들었던 것 같다.

내가 사는 곳은 한 때 철도 요충지였던, 지금은 인구 몇만 명이 살고 있는 작은 도시다. 지방 공무원이던 외삼촌은 그 도시에서 가장 큰 면의 장이었다. 장례식장은 사람들로 퍽 붐볐다. 외삼촌은 추운 겨울을 무척 싫어했다. 겨우내 내린 눈이 녹지 않아 을씨년스러운 날씨였지만 조문객이 많아 다행이라는 생각이 들었다. 사람이 많으면 외삼촌이 덜 추울 것 같았다. 가장의 갑작스러운 죽음 앞에서 외숙모는 무너지지 않으려고 노력했다. 그녀는 이웃 동네에 살고 있는 자신의 작은 오빠와 장례 절차를 상의하고, 병원에서 사망 진단서를 떼고, 다시 군청에 사망 신고를 했다. 화장터에서 시신을 화장하려면 사망 신고서가 필요했다. 가까운 곳에 위치한 화장터는 예약이 다 차서 두 시간 거리의 화장터를 간신히 잡았다고도 했다. 죽음이 도처에 그리 많은 줄은 그날 처음 알았다.

　장례식장에 멍하니 앉아있는 사촌 오빠 민성과 동생 민희는 무슨 생각을 하는지 알 수 없었다. 그들에게 동정심을 느껴보는 날이 오리라고는 상상도 하지 못한 지난날들이었다. 그들은 외숙모와 다른 잔인한 방식으로 나를 늘 괴롭혔다. 나는 여섯 살에 외삼촌 손을 잡고 이곳에 왔다. 함박눈이 내리던 날, 남쪽 지방 소도시의 목사였던 아버지는 성도의 장례식에 조문을 가야 했다. 아버지는 교회 근처에 사는 어떤 할머니에게 나를 맡기면서 "금방 돌아올게." 하며 웃어 보였지만, 그날 그 시간 이후로 아버지의 얼굴을 다시 볼 수 없었다. 너무 어렸을 때의 일이라 그날의 기억도 이제는 가물가물하다. 지금처럼 몹시 추운 겨울이었고, 회색 모직 코트에 검은색 목도리를 한 아버지가 참 멋있었다는 인상만 남아 있다.

 수능을 치르고, 좋은 점수를 얻어 내가 원하는 대학교에 입학할 수 있으리라는 희망이 점쳐졌던 어느 날, 외삼촌이 나를 조용히 부르더니 차에 태우고 직장인 면사무소로 데려갔다. 외삼촌은 오래된 면사무소 건물 뒷마당에 차를 세우고 사무실에서 열쇠 꾸러미를 들고나왔다. 사무소 뒷마당에는 작고 낡은 창고 건물이 있었다. 외삼촌은 열쇠로 창고 문을 열고 나에게 들어오라고 손짓했다. 창고 안에는 낡은 소화기와 부서진 의자, 오래된 포스터, 종이 상자들이 놓여 있었다. 외삼촌은 먼지가 쌓인 종이 상자들 사이에서 낡아서 바스러지기 직전인 오래된 상자 하나를 꺼내 들었다.

"이거 네 거다."

지금도 외삼촌의 목소리가 내 귀에 생생하다. 중저음의 차분하고 조용한 외삼촌의 목소리를 나는 늘 좋아했다. 젊은 시절에는 술을 마시지 않던 분이었지만, 하나뿐인 여동생이 젊은 나이에 병으로 죽고 어린 나를 남긴 사실을 안 후로 술을 가까이하게 되었다고 외숙모는 귀에 못이 박히도록 이야기했다. 외삼촌은 늘 술을 마시고 귀가했고, 술을 마시지 않은 날에는 집에서 강소주를 마셨다. 하지만 단 한 번도 외숙모나 가족들에게 주사를 부린 적은 없었다.

　외숙모는 무뚝뚝하고 과묵한 외삼촌 때문에 늘 가슴을 치곤했다. 외삼촌을 닮아 말이 없던 나는 자연스럽게 외숙모의 화풀이 대상이 되었다. 툭하면 학교에서 사고를 치는 민성 오빠나 철이 없던 민희와 달리 얌전한 모범생이었던 나는 식구들 몰래 외삼촌의 사랑을 많이 받았다. 나로서는 그게 다른 가족들 눈에 보이지 않을 거라 생각했지만, 지금 떠올려 보면 외숙모나 사촌들이 나를 그토록 미워했던 이유를 어렴풋하게나마 알 것 같다.

　외삼촌이 건네준 상자에는 얇은 사진첩 한 권과 아버지의 다이어리, 부모님의 결혼사진이 담긴 액자, 그리고 레코드판 몇 개가 전부였다. 하지만 나는 상자를 여는 순간부터 가슴이 벅차서 숨이 막힐 것 같았다. 아버지가 탄 승용차가 빙판길에 미끄러진 트럭과 부딪쳐 차도, 아버지도 산산조각이 나 버렸다는 사실을 알게 된 일곱 살 무렵, 세상에는 더 이상 내가 투정 부려도 받아줄 사람들이 없다는 것을 깨달았다. 외삼촌의 집에서 더부살이하는 나는 숨도 조용히 쉬어야 했고 외숙모에게 구박받을 때도 눈에 띄지 않는 곳에서 조용히 울어야 했다. 감정을 숨기는 것은 생존을 위한 습관이었기에, 나는 어느 순간에도 희로애락을 표현하지 않는 무감각한 사람이 되어야 했다. 상처받지 않으려면 아무것도 바라는 것이 없어야 한다.

 부모님의 사진첩을 집어 들고, 한 장 한 장 넘길 때마다 떨리는 내 손길을 외삼촌은 조용히 잡아 주었다. 사진첩에는 아버지 사진뿐만 아니라 내가 아주 어릴 적 돌아가신 어머니의 사진도 들어 있었다. 사진 속 어머니는 내가 상상한 것보다 더 젊고 미인이었다. 아버지와 어머니는 가장 행복하고 아름다운 시절을 사진으로 박제한 채 세상을 떠났다. 내게는 이제 그런 아버지와 어머니의 모습만이 존재하는 것이다. 비록 내게 외로움도 같이 남겨 주었지만 부모님의 젊은 시절이 담긴 행복한 모습은 내가 받은 최고의 유산이 될 것임을 확신한다. 언젠가는 사진 속의 부모님보다 내가 더 나이가 들어 부모님이 내 아들과 딸처럼 여겨질지도 모를 일이다.

눈물을 떨어뜨리는 내게 외삼촌은 오래된 통장을 손에 쥐여 주었다. 낡은 통장이었지만 선명하게 이백사십오만 원이라는 금액이 찍혀 있었다. 교회 사택에 살던 부모님에게 재산이라고 할 만한 것은 없었다. 외삼촌은 교회 성도들이 십시일반 모은 위로금으로 아버지의 장례를 치르고 남은 부조금을 모아 고스란히 내 몫으로 남몰래 간직해 왔다고 했다. 평소 외숙모의 성정을 잘 알고 있기에 외삼촌이 이 통장을 들키지 않기 위해 얼마나 노력했을지 나는 충분히 알 수 있었다.

자신의 죽음을 직감이라도 했던 것일까. 부모님의 물건과 돈을 내게 전달하고 한 달 후 외삼촌은 조용히 세상을 떠났다. 이 세상에 내 피붙이가 단 한 명도 없다는 사실이 나는 너무 무섭다. 이백사십오만 원이 담긴 통장이 내게 있다고 한들 무슨 소용이겠는가. 이 돈을 당장 죽음의 신에게 돌려주고 외삼촌을 데려올 수 있다면! 내가 앞으로 짊어져야 할 처절한 고독의 값으로 이백사십오만 원이 말이나 된단 말인가.

　화장터를 향해 가는 장례 버스에서 나는 도무지 눈물을 멈출 수 없었다. 사흘간의 고된 장례에 지친 외숙모의 코 고는 소리가 조용한 장례 버스에 울려 퍼지자 나는 더더욱 눈물을 멈출 수 없었고, 급기야 오열하고 말았다. 장례식장에서도 울지 않고 버티던 나였다. 지금 터지는 슬픔이 외삼촌의 부재에서 오는 것인지, 부재로 인한 나의 가련한 생에 대한 것인지 나는 판단할 수 없다. 세상에 홀로 남겨진 사람의 공포는 홀로 남겨진 사람만이 알 것이다.

"미친년이 지랄하고 있어, 아주."

　울고 있는 나에게 외숙모가 던진 한마디였다. 말의 파장은 강력했다. 외숙모의 모진 말에 나는 울기를 뚝 멈추고 말았다. 억울했다. 나는⋯ 외삼촌의 죽음을 크게 슬퍼할 자격조차 없는 것일까. 하지만 나는 그 어떤 항의의 말도, 반항도 하지 못한 채 감정을 억눌러야만 했다. 나는 내게 처한 현실을 직시해야만 하는 그저 고아일 따름이었다.

화장터에 도착하니 주차장은 수많은 차로 꽉 차 있었다. 외삼촌의 시신이 모두 화장되는 데에는 한 시간 정도 소요된다고 했다. 화장터 접수 사무실에는 망자의 재가 담기는 유골함이 종류별로 진열되어 있었고, 외숙모는 재를 담을 유골함을 선택해야 했다. 유골함은 디자인과 재료에 따라 가격의 차이가 꽤 컸다. 제일 비싼 유골함이 보기에도 제일 화려했다. 외숙모는 화장터에서 팔고 있는 유골함 중에 가장 값싼 것을 선택했다. 애도와 현실 사이에 놓인 간극이 너무 차가워 소름이 돋았다.

외삼촌의 시신이 화장되는 사이에 외숙모는 장례 버스에 동석한 친인척과 지인들을 화장터 지하 식당으로 안내했다. 오전 8시 45분, 새벽부터 나온 조문객들이 허기를 느낄 시간이었다. 망자의 가는 길에 가족들과 동행한 조문객들에게 아침을 대접하는 것은 상주로서의 의무일 것이다. 죽음은 죽은 자의 것이고, 장례는 산 자들의 몫이니까. 가장 슬퍼해야 할 상주는 장례 내내 온전히 슬퍼할 겨를이 없어 보였다.

지하 식당에는 이미 먼저 온 사람들로 만석이었다. 같이 온 조문객들은 줄을 서야만 했다. 식당은 설렁탕과 곰탕을 팔고 있었다. 하필이면 왜 설렁탕과 곰탕이었을까. 동물의 살과 뼈를 오래 우려낸 그 뽀얀 국물을 보니 갑자기 헛구역질이 나왔다. 화장실로 달려간 나는 속에 담긴 모든 것을 토해냈다. 바로 위층에서는 외삼촌의 시신이 희뿌연 재가 되어 가고 있는데, 나는 바로 아래층에서 희뿌연 설렁탕을 먹어야 하는 이 무심한 상황이 너무나도 비극적이었다. 외삼촌의 죽음을 애도하기 위해 단 한 끼라도 굶을 수는 없었던 걸까.

나는 그날 한 끼도 먹지 못했고 의지를 가지고 먹지 않기도 했다. 장례가 끝난 후 집에 돌아온 식구들은 모두 죽은 듯이 잠을 잤다. 새벽녘이었는데 누가 나를 흔들어 깨웠다. 기억나지는 않지만 몹시 슬픈 꿈을 꾸면서 울고 있었던 것 같다. 나는 눈물을 닦으며 일어났다.

"앞으로 어떻게 할 거냐."

외삼촌을 납골당에 모신 지 하루도 채 지나지 않아 외숙모는 내 거취를 종용했다. 나는 이런 현실을 믿을 수 없었지만 한편으로는 어느 정도 예상을 하기도 했다. 나를 당장 내쫓고 싶어

하는 외숙모의 앞에서 감정의 동요 없이 차분하게 앉아있을 수 있었으니까.

"백만 원 정도는 어떻게든 마련해서 주마. 대학 등록금은 네가 알아서 하고. 어차피 앞으로 서울에서 살아야 하니까 하루빨리 독립하도록 해라."

나는 그날 새벽 짐을 싸서 첫 기차를 탔다. 짐이라고는 고등학교 3년 내내 매던 백 팩이 전부였지만 지금 당장 필요한 물건은 모두 챙겼다. 잠시지만 외숙모에게 백만 원이라도 받고 나올까 망설였다. 하지만 그러지 않기로 다짐했다. 왜 그런 자존심을 부렸는지는 나도 잘 모르겠다. 그저 그 집을 하루라도 빨리 벗어나야겠다는 생각뿐이었다.

막상 집을 나서니 고등학교 졸업식에 참석하지 못해 조금 아쉽다는 생각이 들었다. 기차역으로 가는 길에 중학생 때부터 가장 친했던 친구 예은의 집에 잠시 들렀다. 이렇게 갑자기 떠나는 상황을 직접 전하고 싶었지만 그럴만한 시간이 없었다. 결국 나는 편지를 썼고 그 편지를 예은의 집 우편함에 넣었다.

마음이 여리고 따뜻한 예은은 몸이 약했다. 결핍을 한 몸처럼 지닌 우리는 자연스레 서로를 알아보았다. 예은은 대학 진학을 포기했고, 이곳 조치원에서 부모님과 계속 지낼 것이다. 나는 이 도시가 싫지만 예은이 존재하는 한 언젠가는 이 도시에 다시 돌아올 것이다.

조치원역에서 서울로 출발하는 6시 첫차를 탔다. 늦은 겨울의 기차역은 스산하고 무척 추웠다. 나처럼 새벽 첫차를 기다리는 사람들이 생각보다 플랫폼에 많이 보였다. 왠지 외롭지 않다는 생각이 들었다. 기차 내부는 바깥과 달리 무척 따뜻했다. 생각해 보면 외삼촌을 따라 이곳에 올 때도 기차를 탔다. 그때도 추운 겨울이었고 기차 내부는 따뜻했던 것으로 기억난다. 그때 나는 따뜻함에 노곤함이 몰려와 외삼촌 옆에서 꾸벅꾸벅 졸고 있었다. 외삼촌은 내 신발을 벗겨 두 다리를 의자에 뻗게 하고 내 머리를 외삼촌의 다리에 눕혀 주었다. 잠에서 깼을 때 나는 외삼촌의 겉옷을 덮고 있었다. 그때의 기억 때문일까. 기차는 지금도 13년간 살던 외삼촌의 집보다 더 따뜻하고 안락하다.

기차가 출발하고, 창문으로 가로등이 지나간다. 밖은 아직 캄

캄해서 창문에 내 모습이 비쳤다. 유리창에 흐릿하게 비치는 내 얼굴을 보자 한숨이 나왔다. 이유는 모르겠다. 아니 수백 가지의 이유가 있겠지만 나는 그 이유에 이름 붙일 자신이 없다. 이름을 붙이면 눈물이 쏟아질 것 같았으니까.

슬픔으로 지치면 졸음이 오는가 보다. 슬슬 눈이 감겨 오려 한다. 나는 가방에서 오래된 워크맨을 꺼내 라디오를 켰다. 중학생 시절 처음으로 전교 1등을 한 날, 외삼촌이 사다 주신 워크맨이었다. 외삼촌의 큰아들인 민성 오빠가 홧김에 내 워크맨을 집어던져 박살이 났고, 외삼촌은 그다음 날 똑같은 워크맨을 아무도 모르게 사다 주었다. 그 후로 나는 매일 등교하면서 조치원역에 들러 기차역 사물함에서 워크맨을 꺼내고, 하굣길에 다시 사물함에 보관했다. 항상 매만져서일까. 오래된 워크맨은 꼬질꼬질하다기보다는 오히려 반질반질했다. 라디오에서 카를라 보노프의 노래가 흘러나왔다.

The water is wide, I cannot cross over

And neither have the wings to fly

Give me a boat that can carry two

And we both shall row, My love and I

　내 앞에 놓인 겨울 바다를 노조차 없이 홀로 건너가야 하는 현실에 말할 수 없는 슬픔이 몰려왔다. 하늘도 내 마음을 알았던 것일까. 갑자기 창밖으로 겨울비가 쏟아져 내렸다. 빗방울들이 창문에 부딪히며 자신의 궤적을 어지러이 그려 놓았다. 그 궤적들 사이로 어떤 초라한 소녀가 보였다. 그녀의 얼굴 위로 빗물이 흘러내렸다. 승객이 별로 없던 객실에 흐르던 조용한 흐느낌은 거세진 빗소리와 덜컹거리는 기차 소리 때문에 잘 들리지 않았다. 나는 조용히 눈을 감으며 그나마 다행이라고 생각했다.

어떤 신입생

그녀에게서는 생활의 냄새가 났다—정확히는, 생활에 지친 중년 같은 분위기가 풍겼다. 스무 살 풋풋한 여대생에게서 맡을 법한 상큼한 비누 향기나 달콤한 향수의 향기는 그 애와 멀어 보였다. 어두운 지하 방이나 오래되고 낡은 집에서 맡을 수 있는 눅눅한 냄새가 나는 듯도 했다. 그러나 실제로 나는 그 아이의 그 어떤 냄새도 맡지 못했다. 그냥 내 눈에 그렇게 보일 뿐이었다.

그 애는 늘 같은 옷을 입고, 같은 운동화를 신었으며, 같은 가방을 메고 다녔다. 수수하고 평범했지만 백여 명이 넘는 전공 교양 강의실에 들어섰을 때 적어도 내 눈에는 그 누구보다 그 아이가 가장 먼저 눈에 띄었다. 이제 갓 대학교에 들어온 신입생들의 설렘은 들뜬 표정만큼이나 옷과 헤어스타일, 가방과 신발에서 드러나기 마련이었다. 화려한 봄꽃들이 여기저기 만개한 정원에 홀로 갈 빛을 내는 억새가 피어 있어서일까. 그 아이에게 자꾸 눈길이 갔다.

"나재인."

교수가 "나재인"이라고 호명하자 그 애는 작은 목소리로 "네." 하고 대답했다. 이유는 잘 모르겠지만 독특한 이름 때문인지 주위에서 그녀를 보며 수군거렸고 나는 이상하게 학생들의 그런 태도가 거슬렸다.

그 애에게 그만 첫눈에 반했다든가 이성적인 호감을 가지게 된 것은 아니지만 강의실에 들어서는 그 애를 처음 본 순간부터 아마도 그 애가 내 생에 약간 독특한 위치로 자리매김할 것을 본능적으로 알았다. 그래서일까. 부끄러움으로 얼굴이 붉어진 그 아이를 보니 안타까움이 절로 일었다.

그녀는 작은 체구에 단발머리를 한 보통의 스무 살 아가씨였다. 눈에 띄게 예쁜 외모의 소유자는 아니었지만 그래도 자꾸만 눈길이 갔다. 화장기 없는 수수한 얼굴과 깡마른 몸매 때문에 청빈하고 검소한 수도사 같다는 생각마저 들게 했다. 그녀를 보면 카파도키아의 황량한 바위 도시가 떠오른다. 모두가 spring fever에 걸린 것처럼 들뜨고 활기 넘치는 청춘들로 가득한 캠퍼스에서 그녀는 혼자 사막의 도시를 배회하는 순례자처럼 고독해 보였다. 스무 살 아가씨에게서 왜 이백 살의 세월을 산 사람이 연상되는 것일까.

 그렇다고 그녀가 음침하거나 음울해 보인 것은 아니다. 내 눈에 그녀는 그저 추운 겨울날, 게다가 비까지 내리는 밤, 엄마를 잃어버리고 그 자리에 서서 울고 있는 작은 새끼 고양이를 마주할 때의 당혹감을 자아내는 사람이었다. 이런 감정을 동정, 아니면 연민이라고 하던가? 그렇다고 하기엔 나는 그녀에 대해 이름 외에는 아무것도 알지 못한다. 그러기에 내가 느끼는 이 감정에 함부로 동정이나 연민이라는 이유를 얹고 싶지 않다. 그녀에게서 묻어 나오는 애처로움이 내 마음 한편을 자꾸 자극할 뿐이다.

 그녀와 나는 일주일에 딱 한 번, 강의실에서 만날 뿐이었다. 그녀가 나라는 존재를 알고 있을지도 의문이다. 언제나 조용히 강의실에 나타나 수업을 듣고는 어느새 사라지기 일쑤였다. 캠퍼스에서 우연히 마주칠 법도 한데 그녀는 사람들의 눈에 띄지 않는 길로만 다니는 것인지 도통 마주치질 않았다.

 그러던 4월의 어느 날, 나는 동기와 함께 학교 후문의 조금 외진 골목길로 들어가게 되었다. 그곳은 신입생이나 인기 많은 학생들이 자주 가는 소위 번화가와는 물리적으로나, 분위기로나 거리가 있는 곳이었다. 골목을 따라 막걸리와 파전을 파는 술집들이 옹기종기 모여 있었고 올드한 인테리어를 한 카페들이 두어 개, 중고 음반을 파는 가게와 함께 나란히 중고 서적을 파는 서점이 있는, 그러니까 그곳은 주로 나이 든 복학생들이나 대학원생, 혹은 교수님들이 자주 드나드는 거리였다. 나는 더 이상 젊고 푸릇푸릇한 학부생이 아닌 군대를 다녀온 복학생이라는 현실을 순순히 받아들이고 있었기에 그 골목길에 들어서면 편안함을 느꼈다. 그런데 그날, 그곳을 좋아하게 된 또 다른 이유 하나가 더 생겨버렸다.

"우진아, 기가 막힌 곳을 찾았다. 조용하고, 점심 메뉴도 저렴해서 공강 시간 때우기 최고의 장소!"

동기가 말한 기가 막힌 곳은 골목길 끄트머리에 위치한 카페였다. 진한 초록색 바탕에 금박으로 글씨를 새긴 카페 간판이 상호만큼이나 클래식하게 보였다.

'카페 칸타타'

이 이름을 어디선가 들어본 것 같다. 뭐였더라. 그래, 군대 가기 전 〈클래식 음악의 이해〉라는 수업에서 들은 기억이 얼핏 생각났다. 바흐가 커피를 너무 좋아하여 만든 곡이었다지. 고전적인 카페 이름과 그에 걸맞은 오래된 느낌의 건물, 그 안으로 들어섰을 때 나는 정말이지 깜짝 놀랐다.

"어서 오세요."

청명하고도 친절한 목소리로 재인, 그 애가 나를 맞이해 주었던 것이다. 그녀는 나와 동기에게 창가 쪽 자리에 앉으라고 안내한 뒤 메뉴판과 물을 들고 왔다. 그녀는 나를 전혀 알아보지 못하는 듯했다. 나와 동기는 커피가 서비스로 나오는 런치 메뉴를 시켰다. 메뉴라고 해봤자 김치볶음밥과 오므라이스뿐이었지만 그 두 메뉴야말로 대학생들이 호불호 없이 고를 수 있는 최상의 음식이 아니던가. 심지어 만들기도 쉽다. 이 카페의 사장이 누구인지 몰라도 영리한 사람임이 분명하다.

나는 점심을 먹으며 그녀에게 아는 체를 해볼까 고민하고 또 고민했다. 전혀 예상치 못한 곳에서 재인을 이렇게 만나니 단순한 우연을 필연으로 만들고 싶어졌다. 동기는 그런 내 속도 모른 채 강의실에서 만난 예쁜 여자 후배들의 신상을 알려주기에 여념이 없었다. 동기는 강의마다 그 강의실의 여학생 중에서 미모 베스트 3인을 선정했다. 그리고 강의보다는 베스트 3인의 일거수일투족을 좇느라 바빴다. 그 덕에 나는 우리 학과에서 누가 제일 예쁘고, 또 그중에서도 누가 제일 인기가 많은지, 누가 누구와 사귀는지 빠삭하게 알게 되었다. 하지만 내 최대의 관심사는 카페 카운터에 앉아 책을 읽고 있는 재인이라는 것을 동기는 꿈에도 모를 것이다.

　오후 두 시 사십오 분, 나는 곧 들어야 할 강의가 있어 자리에서 일어나야 했다. 재인은 우리가 앉아 있는 테이블로 다가와 접시를 치우고 빈 잔에 커피를 채워 주는 중이었다. 나는 재인을 빤히 쳐다보았다. 그리고 용기를 내어 말을 걸었다.

"여기서 일하나 보다."
"네?"

재인은 '지금 저보고 하시는 말씀이신가요.'라는 속마음이 뻔히 읽히는 표정으로 나를 쳐다보았다. 재인의 까만 눈동자와 내 시선이 부딪치자 그만 심장이 쿵 떨어졌다. 그런 내 속마음을 들킬까 봐 나는 일부러 더 명랑하게 말해야 했다.

  "약학과 신입생 나재인 맞지? 생리학 개론 수업 듣는…. 난 94학번 김우진. 반갑다."

  재인도 내 동기도 동그래진 눈으로 나를 쳐다보았다. 1997년 4월의 어느 날, 마침내 나는 재인과 첫인사를 했다.

카페 칸타타와 나의 보스

내가 일하고 있는 '카페 칸타타'의 사장님은 마흔 살의 노총각이다. 그리고 부잣집 아들인 것 같다. 3층으로 된 카페 건물과 길 건너편의 단층 짜리 작은 상가는 부모님의 건물이고 자신은 단지 관리만 하는 것이라고 이웃 상가 사장에게 말하는 것을 들었다. 카페 수입이 신통치 않은데도 주방 조리사와 홀 서빙 직원을 꼭 써야 하는 한량이기도 하다. 사장님의 최대 관심사는 언제나 그랬듯 커피 원두와 클래식 음악, 그리고 건너편에 있는 술집 '여비서'이다.

  사장님에 따르면 본인은 바리스타라는 용어가 익숙하지 않던 80년대에 이태리로 유학을 다녀왔다. 순전히 커피 때문에 말이다. 대학 시절에는 민주화를 위해 투쟁하던 운동권 학생이었다. 데모가 한창이던 어느 날, 전경이 던진 최루탄에 맞아 정신을 잃고 한동안 병원 신세를 져야 했다. 병원에서 처음으로 정신이 들었을 때 울고 있는 아버지의 얼굴이 제일 먼저 눈에 들어왔다. 사장님은 자신이 불효하고 있다는 것을 진심으로 깨달았다. 그리고 아버지의 간곡한 부탁으로 퇴원하자마자 군대에 갔고, 제대 후 아르바이트하던 카페에서 처음으로 커피에 눈을 떴다.

학교에 복학한 후 운동권 동지였던 선배와 친구들이 그에게 다시 투쟁 전선에 나설 것을 권했지만 사장님은 이를 거절했다. 사장님이 커피를 배우러 이태리로 유학을 가겠노라고 하자 선배와 친구들은 사장님을 비난했다. 대의를 위해 감옥에 간 동지들도 있는데 자신의 일신만을 추구하는 변절자라면서. 그 동지 중 일부는 졸업 후 대기업에 들어가 평범한 가장이 되었고, 행정고시와 사법고시에 합격해 공무원과 변호사가 되었다고 했다. 물론 재야에 남아 계속 투쟁하던 동지도 있었는데 그중에서 정치적 수완이 남달랐던 동지는 국회의원이 되었다고도 했다.

　이 이야기를 하면서 사장님은 꽤 억울해했다. 자신은 이데올로기를 위해 투신하는 것에 원래부터 회의적인 사람이기도 했지만 돈도, 명예도, 권력도 욕심내지 않고 오로지 커피만을 사랑한 것이 변절자 소리를 들어야 할 만한 일이었는지 지금도 의문이라고 했다. 나는 사장님의 하소연 섞인 질문에 대답할 수 없었다. 이데올로기도, 돈도, 명예도, 권력에도 관심조차 줄 수 없는, 당장의 생존과 생활이 시급한 나로서는 대답할 수 없는 분야였다.

이태리까지 다녀온 사장님의 커피 사랑은 두말하면 잔소리일 정도로 대단했다. 그럼에도 이태리에서 얻은 바리스타 자격증을 카페 카운터 테이블 서랍에 처박아 두는 걸 보면 사장님은 굉장히 소심한 사람이기도 했다. 내가 사장이라면 그 시절 보기 힘든 이태리산 바리스타 자격증서를 당당하게 카페에 걸어 두었을 텐데 말이다. 내 생각을 사장님에게 전하자 사장님은 진정한 바리스타는 커피의 맛으로만 승부하는 것이라고 했다. 그런 신념이 멋있는 것도 사실이지만, 한편으론 소심한데 융통성마저 없는 괴짜처럼 느껴져 사장님이 왜 여태 노총각인지 알 것도 같았다.

그래서 결국 나는 큰일을 해냈다. 사장님 몰래 액자를 준비해 자격증서를 넣어 카페 벽에 걸어 둔 것이다. 진한 초록색 벽에 걸린 금박 테두리의 액자는 유난히 반짝거렸다. 사장님은 액자를 보고 아무 말도 하지 않았지만 그날따라 평소 잘 듣지 않던 드보르작의 〈신세계로부터〉를 종일 틀었다. 사장님이 기분 좋을 때 꺼내 드는 음악이라는 것은 나중에 알았지만 말이다.

사장님의 클래식 음악 사랑도 이태리 유학에서 얻은 것이라고 했다. 이태리 사람들은 오페라와 클래식을 말도 못 하게 사랑해서 자신이 오페라 음악을 사랑하지 않으면 그곳에서 살아남기 어려울 것 같았다고 했다. 비록 생존 본능에 이끌린 비자발적 취미였지만, 클래식 음악에 빠지면 빠질수록 사람들이 왜 몇백 년 전에 만들어진 올드한 음악에 그렇게 열광하는지 알 것 같다고도 했다. 그렇게 사장님 역시 클래식 음악에 몹시 열광하는 마니아가 되었다. 그러나 그 열정에는 치명적인 단점이 하나 있었다. 사장님은 버는 수입을 모두 음반을 사고 모으는데 써버리는 지독한 컬렉터였으니 말이다.

그중에는 국내에서 구하기 힘든 희귀한 음반이 많았는데 카페에서는 종종 그런 음반을 들을 수 있었다. 덕분에 카페에는 충성스러운 단골손님이 좀 있는 편이었다. 문제는 그 단골손님들 대부분이 우리 학교 교수님들이라는 점이다. 우리 카페에 들렀다가 우연히 전공 교수와 마주친 학생들은 다시는 카페에 얼씬도 하지 않았다. 단골손님이 예비 단골손님을 쫓아내는 격이니 울어야 할지 웃어야 할지 잘 모르겠다.

사장님이 아버지의 엄명을 받아 관리하는 건너편 상가건물은 내가 이곳에서 아르바이트를 하기 전부터 술집이었다고 한다. 건물의 전면 유리창에는 진한 핑크색 입술 모양의 그림이 그려져 있었고 전체가 블랙 시트지로 도배되어 있어 안을 들여다볼 수 없었다. 심지어 간판 이름도 '여비서'였기에 '저 가게 안에는 대체 어떤 사람이 드나들며 무엇을 팔까.' 늘 궁금했다. 결국 사장님에게 물었고 그곳이 술을 파는 가게라는 대답을 들었다. 유명 연예인들만 신비주의를 고수하는 줄 알았는데 술집에서도 이런 전략을 채택한다는 것을 그때 처음 알았다.

'여비서'에 근무하는 종업원들과 여사장이 저녁 장사를 시작하기 전 가끔 우리 카페에 와서 커피를 마시곤 했다. 여사장의 실제 나이는 삼십 대 중반이 아닐까 싶었지만 멀리서 바라보면 여대생으로 착각할 만큼 동안에 대단한 미모의 소유자였다. 아마도 내 스무 살 인생 중 그렇게 예쁜 여자는 처음 본 것 같다. 〈로미오와 줄리엣〉에 나온 '올리비아 핫세'를 연상시키는 아련하면서도 청순한 느낌을 주는 미인이었다. 반면에 가슴과 엉덩이는 크고 허리는 잘록한 글래머러스한 몸매를 가지고 있어 전체적으로 화려한 인상을 풍겼다. 같은 여자인 내가 봐도 오묘한 매력이 풍겨 눈을 떼지 못할 때도 많았다. 여성으로서 가지고 싶은 아름다움을 모두 가지고 있었기에 그녀를 볼 때마다 세상은 참 불공평하다고 생각하곤 했다. 하지만 그런 생각은 얼마 가지 않아 깨지고 말았다. 미모만큼 그녀의 내면도 아름다웠더라면 얼마나 좋았을까.

　우리 사장님, 그러니까 지독한 수집광에 어리숙하고 소심하지만, 마음씨 고운 돈 많은 집 아들인 우리 사장님은 그 여비서 사장을 짝사랑하고 있었다. 누군들 그 여자를 사랑하지 않겠는가. 내가 남자였어도 반할만한 대단한 미모였다. 게다가 그 여자는 가끔 우리 사장님에게 교태 아닌 교태를 보이곤 했는데 '저런 기술을 가르쳐주는 학교라도 나온 것이 아닐까.' 싶을 정도로 언변과 상술이 대단했다. 우리 사장은 가게 관리 차원이라면서 한 번 두 번 술집을 드나들더니 어느 순간부터는 저녁 장사는 뒷전으로 미루고 그 여자의 가게에 푹 빠져 있었다.

　술집 '여비서'는 워낙 은밀하게 영업하는 곳이어서 손님이 그 곳으로 들어가는 모습도, 나오는 모습도 잘 보지 못했다. 하지만 일단 들어가면 나오는 데 굉장히 오랜 시간이 걸렸고, 중독성도 강한 듯했다. 그 안에서 도대체 무슨 일이 벌어지고 있는 것일까. 왁자지껄한 술집과는 조금 다른 인상의 그곳에서는 어떤 영업을 하는 것인지 나로서는 도저히 상상조차 할 수 없었다.

카페의 진한 초록색 벽면에는 내가 걸어 둔 사장님의 바리스타 자격증 외에도 몇 점의 그림 액자가 더 걸려 있었다. 당시에 어느 가게에나 흔히 걸려 있던 고흐의 〈밤의 카페 테라스〉라든가, 밀레의 〈만종〉 같은 그림과 더불어 카페에는 영 어울릴 것 같지 않은 그림도 하나 걸려 있었다. 그 그림은 한 나이 든 여인의 초상화였는데 사장님에게 화가와 제목이 도대체 무엇인지, 그리고 왜 저 그림을 걸었는지 물어본 적이 있었다. 사장님은 자신이 이태리 유학 시절 미술 골목에서 우연히 발견한 그림인데, 휘슬러라는 화가가 자신의 어머니를 그린 초상화의 모사품이라고 했다. 사장님은 그림 속 여인을 본 순간 자신의 어머니와 너무 닮아 깜짝 놀랐다고 했다. 유럽인과 아시아인이 이토록 닮을 수 있다는 데에서 어떤 범지구적인 깨달음을 얻고 결국 한국으로 가져올 수밖에 없는, 말하자면 '이건 운명임'을 느꼈다고 했다.

얼마 지나지 않아 나는 그림 속 여인이 사장님의 어머니와 정말 닮았는지 확인할 수 있었다. 장마가 시작되기 전 유난히도 무더웠던 어느 날, 사장님의 어머니가 땀을 뻘뻘 흘리며 카페에 찾아왔기 때문이다.

초상화 속 여인은 외고집에 무척 조용할 것 같은 모습이지만, 사장님의 어머니는 전혀 달랐다. 사장님의 어머니는 카페에 들어선 순간부터 소리를 지르며 사장님을 불렀고, 사장님을 보자마자 마구 때리기 시작했다. 사장님은 철부지 어린애처럼 이리저리 도망 다니다가 결국 어머니에게 붙잡혀 한참을 두들겨 맞았다. 눈앞에서 사람이 그렇게 개처럼 맞는 모습을 처음 본 나는 너무 놀라 어머니를 막을 생각조차 하지 못했다.

"얘, 너는 직원이 되어서는 사장님이 이렇게 맞고 있는데 말리지도 않니?"

사장님을 한참 때리던 어머니는 분노의 화살을 갑자기 내게 돌렸다. 이북 사투리와 코맹맹이 소리가 섞인 말투에 순간 웃을 뻔했지만, 나는 사장님에게 달려가 먼지가 묻은 옷을 털어주고 부축하여 일으켜 세웠다. 어머니는 그제야 의자에 털썩 주저앉았고 나는 얼른 시원한 얼음물을 그녀 앞에 놓았다.

 어머니의 갑작스러운 급습과 폭행의 전말은 다음과 같았다. 며칠 전부터 '여비서' 사장이 보이지 않았고, 가게 문도 닫혀 있었다. 그 때문인지 사장님은 며칠간 침울해 보였다. 나는 그저 사장님이 '여비서' 사장을 그리워하고 있는 줄로만 알았다. 아니면 고백했다가 퇴짜를 맞은 건지도 모른다며 지레짐작하고 있었다.

 알고 보니 내 상상과는 전혀 다른 일이 벌어져 있었다. '여비서'의 사장이 우리 사장을 비롯한 근처 골목 상가의 남자 사장들에게 사기를 친 것이었다. 사기 금액은 거의 수억 원에 달했다. 우리 사장은 그녀에게 2천만 원을 투자했다. 그나마 사기당한 사람들 사이에서는 가장 소액이었다. 사기 사건은 어머니에게도 흘러 들어갔고, 그 소식을 듣자마자 카페에 달려온 것이었다. 그런 배경을 알고 나니 나는 사장님이 맞아도 싸다고 생각했다. 미모에 홀려 일을 그르치는 남자들은 어머니에게 개처럼 맞아도 응당 할 말이 없는 것이다.

여자는 여자가 알아보는 것일까. 카페 주방장인 박 여사는 처음부터 '여비서' 사장을 못마땅하게 여겼다. 박 여사는 종종 내게 "여우야, 아주. 여우 중에서도 그냥 여우가 아냐, 꼬리 아홉 개 달린 구미호지. 사장님이 자꾸 저길 가는데 나는 무슨 사달이 날까 봐 걱정이야."라고 말하곤 했다. 실제로 박 여사가 몇 번 조심스럽게 사장님에게 '여비서' 사장을 조심하라고, 저렇게 예쁜 여자는 함부로 믿으면 안 된다고 잔소리하는 것을 나도 몇 번 들었다. 남자들은 왜 현명한 여성을 옆에 두고도 사고를 치는 것일까.

사람들이 비록 어리숙하다고 손가락질하지만, 우리 사장님, 나의 보스는 내가 만난 사람 중에서 가장 따뜻하고 착한 사람이다.

조치원에서 새벽 첫 기차를 타고 서울에 상경했던 날, 나는 어디로 가야 할지 참으로 막막했다. 서울역의 대합실 의자에 앉아 기차역을 분주하게 오고 가는 사람들을 볼 때면 어딘가 갈 곳이 있는 그들이 참으로 부러웠다. 며칠간 먹은 게 별로 없던 나는 몹시 허기가 졌다. 그때 어디선가 맛있는 라면 냄새가 풍겼다. 나는 기차역 안의 작고 허름한 식당에 들어가 라면을 주문했고 금세 한 그릇을 뚝딱 비웠다. 뱃속에 따듯한 음식이 들어가니 우울한 마음이 조금 사라지고 당장 내가 갈 곳은 학교라는 생각이 번뜩 떠올랐다. 그 후로 머리가 잘 돌아가지 않을 땐 배를 먼저 채우는 습관을 들였다. 좋든 나쁘든 경험은 모두 살아가는데 중요한 지혜를 제공하는 법이다.

지하철을 타고 가면서 나는 머릿속으로 내가 가진 전 재산을 어떻게 사용해야 할지 곰곰이 생각했다. 이백사십오만 원 가운데 백오십만 원은 대학교 등록금이고, 나머지 구십오만 원으로 하숙을 먼저 구해야 했다. 또 대학 생활에 필요할 교재부터 지금은 짐작할 수 없는 많은 돈이 생활비로 지출될 것이다. 과연 혈혈단신으로 서울이라는 도시에서 한 달이라도 제대로 살아낼 수 있을지 의문이었다. 메고 있는 가방과 더불어 불투명한 미래가 내 어깨를 무겁게 짓눌렀다. 지하철역에서 학교로 걸어가는 내내 발목에 모래주머니를 찬 것처럼 발걸음은 무겁고 고단했다.

학교에 도착하여 우선 학과 사무실에 들렀다. 등록금을 지불하고 기숙사를 알아봤지만 기숙사 배정은 이미 끝나 있었다. 2

학기가 되면 무조건 기숙사에 들어가야겠다는 생각이 들었다. 지금의 생활비는 한두 달이면 동이 날 것이고, 아르바이트를 하더라도 당장의 생활비 정도나 가능할 것이므로 장학금을 받지 않으면 학교생활이 어렵다는 것을 어렴풋이 깨달았다.

 학과 사무실의 직원이 학교 정문에서 오른쪽 골목길로 들어서면 하숙을 구할 수 있을 거라고 알려 주었다. 안경을 쓴 젊은 아가씨였던 직원은 교복 위에 더플코트를 입고 찾아온 나를 무척 안쓰럽게 생각하는 듯했다. 그녀는 전봇대나 벽면에 하숙을 구하는 전단지가 많이 붙어 있을 거라면서 만일 하숙집을 구하지 못하면 자신에게 알려 달라고도 했다. 그녀의 친절함 때문에 그나마 안간힘을 낼 수 있었다. 그리고 그 골목길로 한참을 걸어 들어갔을 때 어떤 건물의 유리창에 붙은 하얀 A4 종이가 선명하게 눈에 들어왔다.

'직원 급구'

 고개를 들어 간판을 보았다. 초록색 바탕에 금박을 두른 간판에는 빨간 글씨로 '카페 칸타타'라고 적혀 있었다.

우진 선배(상)

불과 얼마 전까지 화려하게 피어 있던 벚꽃이 며칠간 내린 봄비에 모두 지고 말았다. 여왕의 죽음을 기다렸다는 듯 교정에는 철쭉과 야광나무, 조팝나무, 수수꽃다리 등이 앞다투어 꽃을 피웠다. 꽃샘추위가 물러나자마자 기온이 급격하게 올라 허리에 얇은 점퍼나 카디건을 두른 채 반팔을 입고 다니는 남학생들이 꽤 보였다. 봄은 어느새 무르익었고, 나 역시 새로운 생활에 적응하고 있었다. 그러던 4월의 봄날, 정확히는 셋째 주 수요일이었다. 그날은 우진 선배가 대뜸 내게 인사를 한 날이었다.

선배는 내가 선배를 잘 모른다고 생각한 것 같았다. 하지만 난 선배를 알고 있었다. 선배가 〈생리학 개론〉 강의실에 들어올 때마다 강의실에 있는 여학생 대부분이 선배를 쳐다보니까. 귀공자처럼 생긴 선배는 키도 크고 훤칠해서 어딜 가든 이목을 끌었다. 커다란 눈망울에는 장난기가 돌았고 입꼬리 끝에는 늘 웃음이 매달려 있었다. 봄날의 햇살처럼 맑고 환한 이 사람을 내가 잘 모를 거라 생각하다니, 선배는 자기 자신을 몰라도 한참 모르는 듯했다.

그런 선배가 '카페 칸타타'에 들어섰을 때 나는 자못 놀랐다.

우리 가게는 주로 교수님이나 대학원생들이 찾아오기 때문에 학부생들은 발걸음을 잘 하지 않는 곳이다. 게다가 선배가 내게 인사했을 때 나는 반가움보다 당혹감이 앞선 게 사실이다. 선배가 "여기서 일하나 보다."라고 인사하는 순간부터 나는 속으로 이 말만 되풀이했던 것 같다.

'선배가 나를 안다고? 어떻게? 왜?'

나는 스스로도 존재감이 없는 학생이라고 생각했고, 또 그걸 바라기도 했기에 군중 속의 그림자처럼 학교에 다녔다. 신입생 오리엔테이션에 참가하지 않았고(회비 때문에 참석하지 못한 것이지만), 과내 스터디 모임이나 교내 동아리 활동도 하지 않았다. 당시의 나는 친구를 만들 여력이 없었다. 누군가와 관계를 만들고 유지하려면 그 사람에게 시간과 돈을 투자해야 했다. 그러니까 나는 시간과 돈, 두 가지 모두 부족한 사람이었다.

강의가 끝나면 곧장 '카페 칸타타'로 가서 일했고, 카페가 문을 닫는 8시에는 학교로 돌아가 도서관에서 공부했다. 공부의 목표는 명확했다. 등록금 전액이 면제되려면 무조건 과 수석을 해야 했다. 카페에서는 주중에만 일했다. 주말에는 특별히 손님이 많지 않아 사장님 혼자서 가게를 지켜도 충분했다. 그래서 나는 주말 동안 학교 앞 사거리의 햄버거 가게에서 8시간 동안 일을 했다. 시급은 2,100원이었다. 가게에서 4시간 이상 일을 하면 햄버거를 공짜로 제공해 주었다. 나는 햄버거 가게에서 아르바이트를 하며 하루 두 끼를 해결할 수 있었다. 오전 8시부터 오후 4시까지 일하고 곧장 도서관으로 향했다. 저녁은 학생회관 식당을 이용했다. 1,500원짜리 돈가스와 카레가 주로 나왔기 때문에 저렴한 값으로 든든하게 배를 채울 수 있는 유일한 곳이었다. 다만 아쉽게도 일요일에는 열지 않았다. 그런 날에는 도서관 1층 매점에서 컵라면을 사 먹었다.

그렇게 선배와 카페에서 첫인사를 한 후, 선배는 강의실에서 나를 보면 특유의 맑고 환한 웃음을 보이며 "재인아, 안녕!"하고 인사했다. 물론 그 순간 강의실에 있던 모든 여학생의 시선이 나에게 몰린 것은 당연한 일이었다. 그럴 때면 나는 간단히 묵례만 하고 최대한 선배와 멀리 떨어져 앉았다. 그런 식으로 사람들의 이목을 끄는 일이 낯설고 불편했다. 솔직하게 말하면 부끄러웠다. 누가 날 알아보는 것이 싫었다. 나는 늘 같은 옷을 입고 같은 신발을 신으며, 같은 가방을 메고 다니는 학생이었기에 내가 그렇다는 사실을 누구도 알아차리지 못했으면 했다.

5월이 되자 다가올 축제로 캠퍼스가 떠들썩하기 시작했다. 축제는 아직 시작도 안 했는데 동아리마다 좌판을 펼쳐서 자신들의 동아리를 홍보하는데 서로 열을 올렸다. 그리고 그 사이에서 학생회 학생들은 전단지를 뿌리고 있었다. 전단지에는 달동네 개발로 가난한 사람들이 쫓겨날 위기에 처했다는 내용이 쓰여 있었고, 학생회 학생들은 확성기에 대고 소리치며 정부의 막무가내식 도시개발정책을 비판했다. 나는 이런 광경이, 자신의 꿈이나 취미, 신념을 위해 사는 청춘들이, 옆에 핀 봄꽃보다 더 싱그럽게 느껴졌다. 청춘들의 열기가 뒤섞인 혼란한 틈을 지나가노라면 라일락 향기가 뿜어져 나왔다. 그들 곁을 지나칠 때면 그들의 열정이 밴 향기가 내 영혼에도 조금 스며드는 것 같았다. 나로서는 온전히 누릴 수 없는 자유로움이 부럽기도 했지만, 지금 내 상황에선 이런 한바탕의 소동 속을 잠시 거니는 것만으로도 충분했다.

밤이 되면, 낮 동안 소란하던 교정에 고요한 낭만이 찾아들었다. 나는 도서관에서 정확히 11시까지 공부했다. 좀 더 하고 싶었지만 시험 기간을 제외한 나머지 기간에 도서관은 정확히 11시에 소등했다. 축제를 앞둔 도서관에는 나처럼 학점이 간절하거나 고시를 준비하는 몇몇 학생들만 앉아 있었다. 언제나 같은 좌석에서 공부했기 때문에 서로 간에는 무언의 유대감 같은 것이 있었다. 소등이 된다고 알리는 방송이 흘러나오면 모두 약속이나 한 듯 기지개를 켰고, 건물을 빠져나올 때면 서로를 향해 가볍게 목례를 했다. 무엇보다 나처럼 혼자 다니는 학생들을 그어느 곳보다 도서관에서 많이 만날 수 있었기에 나는 도서관에 있는 시간이 가장 마음 편했다.

중세 유럽의 성당 같은 멋진 외관을 가진 도서관 옆에는 고딕 양식의 뾰족뾰족한 학교 본관 건물이 자리하고 있었다. 본관 아래로 1층 높이의 계단이 널찍하게 깔려 있고 계단이 끝나는 자리에는 분수대를 중심으로 대리석 바닥과 잔디밭이 놓여 있었다. 삼삼오오 그룹을 이룬 학생들이 계단이나 잔디에 앉아 수다를 떨거나 막걸리를 마셨다.

커다랗고 둥근 보름달이 밤하늘 위에서 교정을 바라보고 있었다. 학교를 둘러싼 산속에서 이름 모를 밤새가 '호로롱, 호로롱' 하고 울었다. 유달리 고즈넉한 분위기가 교정에 가득했다. 나도 잠시 계단에 앉아 밤바람을 맞았다. 부드러운 미풍에 달짝지근한 라일락과 아카시아 꽃내음이 묻어났다. 나도 저 무리 사이에 속하고 싶었다. 문득 외로웠다. 그런 생각이 들지 않기 위해 무던히도 애를 썼건만, 그냥 총총히 집으로 걸어갔어야 했건만, 내가 왜 이 계단에 앉아 스스로를 측은하게 여기고 있는지 후회가 밀려왔다.

-

가방을 챙기며 엉거주춤 일어났다. 바로 그때, 피리 소리가 들렸다. 측은하고 쓸쓸한 피리의 음색에 나는 도로 자리에 주저앉고 말았다. 누가 불고 있는 것인지 몰라도 내 마음을 대변하는 듯한 멜로디에 조용히 위안을 얻었다. 피리 연주가 끝나자 아쉬움에 소리가 난 곳을 찾아 고개를 두리번거렸다. 드문드문 가로등이 있긴 했지만 내가 앉은 곳은 외지고 어두워서 피리를 불던 사람이 나를 발견한다면 이건 정말 우연일 거라 생각했다. 그런데 갑자기 그 사람이 내가 있는 곳으로 성큼성큼 다가

오는 것이 아닌가!

"나재인, 재인이 맞지?"
"아…선배님……. 안녕하세요."

피리를 연주하던 사람은 다름 아닌 우진 선배였다. 선배는 내 옆에 털썩 앉아 작고 오동통한 피리를 입에 대고 다시 연주하기 시작했다. 아련함이 느껴지는 서정적인 곡이었다. 잠시 후, 연주를 끝낸 선배는 말이 없었다. 어색하기 짝이 없던 나는 무어라 말을 붙여야 할 것만 같아 아무런 말을 내뱉었다.

"피리…가 특이하게 생겼네요."
"아, 이거 오카리나야."
"아…이게 오카리나구나."

또다시 침묵.

먼저 내 옆에 와 놓고서는 말없이 앉아 있는 선배의 속을 나는 도무지 알 수 없었다. 하는 수 없이 나는 어색한 침묵을 또

깨야만 했다.

"방금 연주하신 곡은… 이름이 뭐예요?"

 사교적인 대화에는 영 젬병인 나로서는 최선을 다하고 있다는 사실을 우진 선배가 알아채 주길 바랐다.

"문리버."
"……?"
"우리말로 은하수. 근사하지?"
"네, 제목처럼 아름다운 곡이에요."

 선배는 또 말이 없었고, 나는 슬슬 긴장되기 시작했다. 하는 수 없이 자리에서 먼저 일어나겠다고 말하려는 순간, 마침내 선배가 입을 열었다.

"재인아, 근데 왜 나 피해?"

 선배의 예상치 못한 질문에 나는 급습을 당한 적장처럼 당황했다. 변명을 생각해내며 우물쭈물하고 있는데 선배가 또 묻는다.

"내가 불편하니?"
"설마요. 아니, 아니에요. 그럴 리가요. 제가… 감히 선배를… 왜… 어떻게…"

절대 그런 것은 아니라고 강조하고 싶었던 나는 그만 허둥지둥 주절거리고 말았다. 바보처럼 보였을까 부끄러웠지만 선배는 도리어 강아지처럼 활짝 웃었다. 내 대답의 어떤 포인트가 선배를 웃게 만든 것인지 도무지 알 수 없었다. 그러면서도 동시에 선배의 웃음에 뜻 모를 용기가 났다. 갑자기 이런 밑도 끝도 없는 용기가 생긴 이유가 무엇인지 모르지만… 어쨌든 그 순간 나는, 솔직할 수 있었다.

"그게… 선배는 사실 우리 강의실에서 제일 인기 있는 사람이잖아요."
"내가? 내가 인기가 많다고? 설마."
"선배는 모르시겠지만 선배 빼고는 다 그렇게 생각해요. 그런 선배가 100명이 넘는 강의실에서 큰소리로 인사를 하니까 저는 그게 좀… 불편했어요. 사람들이 제게 집중하면 전 너무 부끄러워요."

"우와. 재인이 말 잘하는구나. 지금은 전혀 부끄러움이 없어 보이는데."

"놀리지 마세요."

"그럼, 앞으로는 조용하게 인사할게. 알았지?"

"네."

"근데 지금까지 도서관에 있었던 거야?"

"네. 선배는요?"

"보시다시피, 난 여기서 오카리나 불렀지."

"이 시간에 혼자서요?"

"아, 이거 중간고사 시험이야. 교양과목으로 오카리나 수업 듣고 있거든."

"아… 그럼 선배도 나름 공부하신 거네요."

"아니, 논거지."

"중간고사 시험 때문에 불러본 거라면서요."

"응, 근데 수업 자체가 노는 수업이야. 오카리나만 잘 불면 되니까. 이런 수업이 진짜 꿀이야. 공부만 하는 재인이는 이런 거

잘 몰랐지?"

"네. 저는 전공 듣기도 벅차서요."

"그럴 줄 알았어. 난 이 수업 들으려고 수강 신청할 때 밤새웠어."

"왜요? 수강 신청 시간 정해져 있잖아요."

선배는 내 물음에 무언가 재밌는 말을 하려는 듯 웃어 보였다.

"그게⋯그러니까, 집에서 학교까지 오려면 시간이 꽤 걸리거든? 그래서 수강 신청 전날 학교 근처에서 친구들하고 새벽 한두 시까지 술을 마셔야 돼. 왜냐, 술을 마셔야 시간이 잘 가니까. 그런 다음 동아리 방에서 다 같이 워크래프트를 해. 그러면 술 마시는 것보다 두 배는 시간 더 잘 간다? 근데 여기서 중요한게 있어. 그때 졸린다고 절대 자면 안 돼. 자면 망하는 거야. 새벽에 잠들면 아침에 못 일어나니까. 그렇게 꼴딱 밤새고 7시 반에 미친 듯이 학생회관으로 달려가는 거지. 거기 컴퓨터실 8시에 열리잖아. 9시부터 수강 신청 열리니까 적어도 한 시간 전에는 컴퓨터 자리를 맡은 다음, 5분 전부터 계속 클릭을 해야 해."

"우와⋯그 정성으로 공부하면 수석 하겠다."

"아니지. 수업도 널널한데 학점까지 잘 주는 강의 위주로 들어야 수석을 할 수 있는 거야. 이거 최소 2년은 다녀야 알 수 있는 꿀팁이다? 내가 영업기밀 알려주는 거라고."

"네. 잘 새겨들었다가 나중에 꼭 써먹을게요. 이왕이면 그때 이 오카리나도 저 주시구요."

"와, 물에 빠진 사람 구했더니 보따리 내놓으라는 격이네. 대단하다. 나재인. 어디서든 살아남을 수 있겠어."

어느샌가 능청스럽게 장난을 치는 선배의 모습에 웃음이 났다. 그런 나를 바라보는 선배의 얼굴에도 잔잔한 미소가 어려 있었다. 선배와 더 오래 이야기하고 싶다는 생각이 머릿속을 스쳤다.

"저…이제 가봐야 해요."

"응. 그래. 내가 데려다줄게."

"어…괜찮아요…"

"괜찮기는. 밤길 조심해야 해. 요새 학교 앞에 변태가 자꾸 출몰한다더라. 집이 어디야?"

"저 정문 바로 앞이라서 혼자 가도 괜찮아요."

"그러면 거기까지 데려다줄게. 공주는 원래 기사의 호위를 의무적으로 받아야 해."

"왜요?"

"그래야 기사도 정신이 사라지질 않거든."

"와…선배 바람둥이 같아요. 어떻게 그런 낯간지러운 멘트가 술술 나와요?"

"봐, 재인이 너도 말 잘한다니까. 나는 첫눈에 다 알아봤어. 자자, 얼른 가자. 나도 곧 있으면 지하철 끊기거든."

선배와 나는 내가 하숙하고 있는 '카페 칸타타' 앞에서 헤어졌다. 선배는 나를 보며 몇 걸음 걷다가 뒤를 돌아 후닥닥 지하철역 방향으로 뛰어갔다.

잠자리에 누웠지만 잠이 오지 않았다. 잠을 청하는 대신, 보고 싶은 장면을 리플레이 하듯 좀 전에 일어난 일들을 곱씹었다. 그것은 영화의 한 장면처럼 도저히 믿기지 않는 경험이었다. 선배는 내게 두 번이나 먼저 다가와 주었다. 하지만 나에게 호감이 있어서 그랬다고 생각하지 않는다. 선배는 원래 다정하고 붙임성이 좋은 사람인 것 같으니까. 앞으로는 강의실에서 선배를 보면 먼저 인사를 해야겠다는 생각이 든다. 만일 선배가 갑자기 모른 척한다면? 아니다, 선배는 그럴 사람은 아닐 것이다.

이런저런 생각을 하면서 나는 어느 순간 스르륵 잠이 들었다. 그리고 그날 밤 처음으로 달콤한 꿈을 꿨다. 〈호두까기 인형〉의 클라라처럼 사탕과 과자의 나라에서 커다란 솜사탕을 손에 쥐고 잔뜩 먹고 있었다. 하지만 주위 어딘가 〈헨젤과 그레텔〉에 나오는 마귀할멈이 나를 지켜보는 것은 아닐까, 하며 꿈에서마저 불안감에 떨어야 했다.

우진 선배(하)

우진 선배는 거의 매일 '카페 칸타타'에 점심을 먹으러 왔다. 우리 카페의 점심 메뉴라고 해봤자 김치볶음밥과 오므라이스가 전부인데 선배는 질리지도 않는지 매일 와서 점심을 먹었다. 점심때 오지 않은 날에는 저녁 무렵에 와서 책을 읽거나 과제를 하고 가기도 했다. 선배의 말에 의하면 자신이 마셔본 커피 중 여기가 최고라서 다른 카페에 가는 건 시간 낭비일 뿐이라고 했다. 그러면서도 정작 선배는 커피보다 차를 마실 때가 더 많았다.

선배의 영향일까? 신기하게도 선배가 카페에 들르기 시작한 날부터 젊은 손님이 점차 늘어나고 있다. 선배는 가끔 지인들을 데리고 카페에 들렀고, 그 지인들이 또 다른 지인들을 데려오기도 했지만, 그와 별개로 어느 순간부터 학생들로 카페가 북적였다.

물론 '카페 칸타타' 최고의 단골손님은 우진 선배였다. 선배는 그사이 우리 사장님과도 친해져서 어느 순간부터는 호형호제하는 사이가 되었다. 타고난 넉살과 붙임성으로 사장님에게 귀여움을 받는 선배가 좋아 보였지만 한편으로 부러웠다. 햇빛이 자신의 존재를 숨길 수 없듯 밝고 긍정적인 사람들에게는 주변을 환하게 밝혀주는 에너지가 있는가 보다. 나에게도 저런 밝음이 있다면 얼마나 좋을까…

선배는 나처럼 그늘이 있는 사람을 보면 본능적으로 따듯하게 밝혀주고 싶어 하는 것 같았다. 혹시 그래서 선배가 내게 잘해주는 건 아닐까, 생각하면 나 자신이 한없이 초라하게 느껴졌다. 하지만 다행스럽게도, 카페에 손님도 늘고 중간고사까지 다가오고 있어 이런 값비싼 감상에 젖어 있을 시간이 내게는 별로 없었다.

카페 매출이 늘자 사장님은 신이 났다. 그동안 눈독을 들이던 커피 원두를 대량으로 구입했고, 일주일에 두어 번 볶던 커피를 네 번이나 볶았다. 우리 카페의 커다란 자랑이라면 카페 한 곳을 턱 하니 차지하고 있는 로스팅 기계일 것이다. 난로처럼 생긴 커다란 로스팅 기계는 사장님의 보물 1호였다. 실제로 이 기계가 카페 물건 중 가장 비싸다고도 했다. 무엇보다 원두를 볶을 때만큼은 사장님이 꽤 멋있어 보였다. 마치 종교의식을 치르는 사제처럼 진지하고 엄숙하게 임하는 모습을 볼 때면 바리스타라는 직업이 참으로 예술적이라는 생각도 들었다.

 갓 볶은 커피 원두를 그라인더로 갈면 형언할 수 없는 고귀하고 아름다운 향기가 카페 전체에 퍼졌다. 오직 커피만이 만들 수 있는 그윽한 향기를 맡고 있노라면 바흐가 왜 커피를 천상의 맛이라고 극찬하며 노래를 만들었는지 이해가 된다. 그 원두를 드리퍼에 올리고 뜨거운 물로 커피를 내리면 갈린 커피 원두가 동그랗게 부풀어 오르는데 사장님은 이걸 커피 번이라고 알려 주었다.

 학교 축제를 하루 앞둔 5월의 어느 날, 우진 선배가 카페에서 일하고 있는 나를 급하게 찾아왔다.

"재인아, 나 좀 도와줄래?"

 선배는 내 대답을 듣기도 전에 사장님에게 달려가 학교 축제 기간에 나를 빌려달라고 사정했다.

"형, 설마 축제 기간에도 재인이 일 시킬 건 아니죠? 얘도 축제를 즐길 권리가 있다고요. 심지어 재인이는 신입생이잖아요."

　사장님에게 서슴없이 부탁하는 선배를 보며 나는 슬며시 고개를 저었다. 비즈니스의 세계는 냉정한 것이고 여기는 엄연히 내 직장이기에 나는 선배의 모습이 어른스럽지 못하다고 생각했다. 사장님이 비록 조금 어리숙해 보여도 실은 그리 호락호락한 사람은 아니라는 걸 선배는 잘 모르는 것이 분명했다.

"음. 그래. 맞네. 맞는 말이야."
"…네?"

　사장님의 순순한 대답에 당황한 건 오히려 나였다.

"사장님, 괜찮으시겠어요? 축제 기간에 사람들 더 몰리진 않을까요?"
"아냐, 아냐. 축제 때는 학생 손님이 오히려 줄어. 축제 땐 우리 카페가 교수님들 사랑방이 되거든. 다들 학교 시끄럽다고 여기로 피신 와."

사장님의 말에 나는 어안이 벙벙했다. 반면에, 우진 선배는 "형 최고."라며 사장님을 껴안고 기뻐했다.

"우진이 너 우리 재인이 제대로 모셔야 한다. 주점에서 막걸리도 좀 사주고! 알았지?"
"넵. 형님. 걱정 붙들어 매십쇼."
"그 대신 조건이 있어. 재인이 3일간 빌려 가는 대신 다음 주에 우진이 네가 3일간 카페 도와줘."
"물론이죠. 그럼 재인이 진짜로 빌리겠습니다. 재인아, 가자."

그렇게 나는 선배를 따라나섰다. 선배는 나를 학교 학생회관 옆에 위치한 동아리 건물로 데려갔다. 동아리 건물 외벽에는 이런저런 포스터와 현수막, 각종 대자보가 벽지처럼 덕지덕지 붙어 있었고 실내의 벽도 마찬가지였다. 비록 지저분해 보였지만 학생들의 자유로움이 물씬 풍겨서일까, 그 어떤 대학 건물보다 자유분방함이 건물 곳곳에서 묻어났다. 이곳을 지날 때마다 동아리 건물 안은 어떻게 생겼을까, 늘 궁금하긴 했다. 드디어 오늘이면 그 의문이 해소되는 것일까.

4층으로 된 건물의 맨 꼭대기까지 계단으로 오르니 어느새 내 등과 코에 땀이 났다. 그래도 쉬지 않고 4층 계단 오른편 복도로 맨 끝까지 선배를 따라 걸었다. 선배는 가장 끝에 위치한 문 앞으로 다가갔고 문 오른쪽 벽에는 '영화 동아리 에쿠스'라고 쓰인 종이가 붙어 있었다. 선배가 동아리 방문을 열자 나는 그곳에서 신천지를 발견했다. 세상의 모든 카오스가 집결된 혼돈의 신천지!

 별로 넓지도 않은 동아리 방에서는 질서라는 물리적 형태를 시각적으로 전혀 찾아볼 수 없었다. 바닥에는 신문과 인쇄된 종이, 둘둘 말린 현수막과 포스터들이 여기저기 널브러져 있었다. 출입문 입구 쪽에 놓인 커다란 쓰레기통은 각종 쓰레기로 차고 넘치다 못해 쓰레기들이 쓰레기통 주변에 굴러다녔다. 출입문 정면으로 널찍한 창문이 나 있었지만 창문은 수십 년간 닦지 않았는지 투명함이라고는 전혀 찾아볼 수 없었다. 심지어 창문 위쪽과 동아리 방 여기저기에 거미줄이 쳐져 있었다.

 창문 바로 앞에는 그 자리에 수백 년은 있었을 것처럼 보이는 굉장히 낡은 가죽 소파가 놓여 있었다. 가죽은 모두 닳아 가죽 소파라는 흔적만 남아 있었다. 나는 당장 달려가서 걸레로 창문과 소파의 먼지를 닦아내고 싶은 강렬한 충동이 일었다. 선배가 옆에 없었더라면 정말로 그렇게 했을지도 모르겠다. 청결을 중시하는 카페 사장님과 석 달을 지냈더니 나도 모르게 결벽에 대한 강박감이 생겼나 보다.

소파 옆 오른쪽에는 원래는 흰색이었을 회색 매트리스가 놓여있었고 그 위로 지저분한 이불과 베개가 놓여 있었다. 아무렇게나 구겨져 있는 것이 누군가 매트리스를 사용하는 것이 분명했다. 벽에는 낡은 책꽂이가 천장까지 닿아 있었고 영화와 관련된 온갖 책과 비디오테이프들이 빽빽하게 꽂혀 있었다.

"이쪽이야."

선배의 목소리를 따라 고개를 돌리자 동아리방의 오른쪽 벽 가운데 작은 출입구가 보였다. 원래는 문이 있던 자리에서 문짝을 떼어 낸 것 같았다. 그 안에 작은 사무실 같은 공간이 하나 더 있었다. 그 작은 방 한가운데에는 널찍한 책상이 하나 놓여 있고 그 주변으로 나무로 된 의자들이 서너 개가 있었다. 책상 위에는 최근 인쇄되어 번들번들한 포스터가 가지런하게 놓여 있었다. 방 한쪽에도 책상 두 대가 마주 보며 붙어 있었고 그 위에 크기와 색상이 각기 다른 컴퓨터 세 대가 서로 등을 보인 채 절묘하게 배치되어 있었다.

"동아리 애들은 전부 행사 준비 중이라 지금은 아무도 없어."
"그럼 문을 이렇게 열어 둬도 괜찮아요?"
"보시다시피 훔쳐 갈 게 별로 없어서…. 아 가끔 다른 동아리 애들이 컵라면이나 과자를 훔쳐 가기는 하는데 그건 우리도 마찬가지라 상관없어."

선배는 책상에 놓인 포스터를 자신이 매고 있던 가방에 차곡차곡 넣었다. 포스터는 축제 기간에 열릴 영화 상영회를 알려 주는 홍보물이었다. 선배는 나에게 가위와 테이프가 담긴 종이 가방을 주며 말했다.

"이 포스터를 학교 건물마다 붙여야 하거든. 그리고 학교 밖에 사람들이 자주 지나가는 골목 벽에도 붙여야 해. 그럼 같이 붙이러 나가볼까?"

나는 선배와 함께 학교 건물의 게시판마다 포스터를 붙였다. 학생들의 왕래가 잦은 매점의 벽에도, 길바닥에도 붙였다. 학교 밖으로 나와 번화가의 전봇대에도, 하숙집이 많은 골목의 담벼락에도, 그리고 먹자골목 바닥에도 열심히 붙이고 나니 어느새 사위가 어둑해졌다. 낮에 시작한 작업이 어둑해져서야 끝이 난 것이다.

"힘들지?"

"아니에요. 재밌어요."

"그래? 너도 참 성실하다. 이제 가자. 밥 먹으러."

우진 선배와 나는 남은 홍보물과 테이프, 가위가 담긴 종이 가방을 들고 동아리 건물로 돌아왔다. 영화 동아리 방에는 이미 다른 학생들이 먼저 와서 안쪽방 바닥에 신문지를 깔고 자장면을 먹고 있었다. 분명히 책상이 있는데도 불구하고 말이다. 아, 이래서 바닥이 신문지 천지였구나….

"야, 우리 것도 남겨 놨지?"

우진 선배가 들어서며 큰 소리로 외치자, 음식을 먹던 학생들이 일제히 우릴 향해 돌아봤다. 그리고 나를 발견하고는 동시에 벌떡 일어섰다. 동아리 회원으로 보이는 세 명의 남학생들이 재빨리 나를 둘러쌌다. 다 큰 학생들의 입에는 자장면이 묻어 있었다.

"우진이 왔냐? 어! 누구…?"
"혹시 신입생? 우리 신입회원이에요?"
"형… 설마 여자 친구예요?"

세 사람은 동시에 질문을 쏟아냈고, 그런 모습에 선배는 의기양양해 보였다. '이 동아리는 아마도 망해가기 직전인, 인기가 없는 동아리임이 분명하다.'라는 생각이 번개처럼 머리를 스쳐지나갔다. 잘생긴 선배가 있어도 동아리를 부흥시키는 일은 쉽지 않은 모양이다.

"아니야. 우리 과 친한 후배인데 내가 좀 도와 달라고 했어. 야, 뭐하냐! 귀한 여학생이 왔는데 저기 방석 좀 가져와."

평소 사근사근한 모습과 다른 우진 선배의 거친 모습에 나는 조금 놀랐다. 하지만 그런 내 반응과 달리 선배의 동아리 동료들은 몹시 들떠 보였다.

"자, 인사해. 얘는 물리학과 94학번 김기연, 저기 안경 쓴 애는 국문학과 95학번 박창수, 그리고 좀 뚱뚱한 쟤는 사회학과 96학번 이한열, 그리고 얜 나랑 같은 약학과 97학번 신입생 나재인이야. 재인이는 이번 축제 기간 때 우리를 도와주러 왔어. 알지? 구원투수 뭐 이런 거."

선배의 말에 동아리 회원들은 일제히 "와아"하며 소리를 지르고 박수를 쳤다. 어디서도 받아보지 못한 환대에 나는 어리둥절했지만 기분은 퍽 좋았다. 선배의 간략한 소개 후 우리는 모두 동아리 방에 앉아 자장면과 탕수육을 먹었다. 네 사람은 내일 밤과 축제 마지막 날 열리는 영화 상영회 준비로 먹는 내내 회의하기에 바빴다. 대화로 짐작건대 선배는 동아리의 전 회장이었고 현재 회장은 창수 선배, 현재 부회장은 한열 선배인 듯했다. 회의는 주로 축제 경험이 있는 선배가 주도했고 선배는 행사 하나하나 꼼꼼하게 체크하고 있었다.

"한열아, 도서관 대회의실은 확실히 대관된 거지?"

"네. 아까 확인하고 왔어요."

"창수는 스크린하고 음향 상태 체크했고?"

"네. 스크린이 안 내려와서 식겁했는데 다행히 관리실 기사님이 해결해 주셨어요. 음향은 뭐 빵빵하던걸요."

"다행이네. 대회의실은 걱정이 안 되는데 문제는 노천극장이야. 내일모레 비 소식이 있더라고."

"비 내리면 큰일인데요. 우진이 형."

비 소식에 급격히 분위기가 침울해졌다.

"그거 알지? 동아리 회장이 총각이 아니면 하늘이 노해서 행사 때마다 비 내리는 거."

침묵 사이로 불쑥 끼어든 기연 선배의 말에 다들 야유를 퍼부었다.

"야, 옆에 숙녀가 와 계시는데."

"오, 쏘리 쏘리. 재인아 나 이상한 사람 아냐. 오해하지는 마.

근데 이거 진짜다."

"그러고 보니 작년 행사 때 비 왔던가요?"

"안 왔어."

"얼, 우진이 형 아직 총각이에요?"

"작년에는 총각이었지. 근데 지금은 영영 알 수 없게 되었지."

"아, 아깝다. 형이 올해도 회장을 해야 했는데."

저마다 선배를 놀리는 통에 선배는 당황해서 귀가 빨개졌다. 하지만 불확실한 날씨에 대한 걱정은 원래 없었던 일처럼 재빠르게 달아나버렸다.

"야, 다들 헛소리 그만하고 자장면이나 먹어. 다 불었네."

나는 문득 행사 기간에 내가 무엇을 도와야 할지 궁금했다.

"저… 선배…."

"응? 왜? 뭐 궁금한 거 있니?"

"저는 내일 당장 뭘… 도와드려야 하나요?"

나의 질문에 선배를 포함해 모든 회원들이 갑자기 고민하기 시작했다. 동아리 회원 중에서 가장 이성적으로 보이던 한열 선배가 무언가 결심한 듯 말했다.

"상영회 전에 인원 체크 해 줄래? 대회의실은 400석 만석이라 그 이상은 못 들어가거든."

그러자 회장인 창수 선배가 손사래를 친다.

"재인이 할 거 없어. 그냥 영사실에서 영화 구경해. 너의 존재만으로도 우리는 힘이 된다. 그러지 말고 우리 신입회원 해주라 재인아."

창수 선배가 두 손을 꼭 그러모으고 나를 바라보았다. 모두들 그 모습에 한바탕 깔깔대며 웃었다. 왜 창수 선배가 회장이고, 한열 선배가 부회장인지 대충 짐작이 간다. 기연 선배가 내 어깨를 가볍게 툭툭 치더니 여드름이 잔뜩 난 얼굴로 환하게 웃으며 말했다.

"재인아, 우리 이번에 상영하는 영화 끝장나."

"왜요?"

"하나는 우리나라에서 상영이 금지된 영화고, 또 하나는 개봉 된 적 없는 영화야."

"맞아. 맞아. 이 영화 아마도 대부분 처음 볼 거야. 다른 학교 에도 벌써 소문나서 영화동아리 애들이 전부 축제 때 보러 온 다고 난리야."

창수 선배의 말에 동아리 회원들의 눈이 반짝거렸다. 망해가 는 동아리라고 생각했는데 그건 아마 나의 섣부른 오판이었던 것 같다. 이들은 영화를 진심으로 좋아하는 사람들이었다. 무 엇보다 이들은 자신이 좋아하는 것이 무엇인지도 알았으며, 또 그걸 즐기고 있었다. 하지만 한편으론 '이들의 기대와 달리 내 일 상영회에 사람들이 많이 참석하지 않으면 어떡하나.' 하는 노파심이 일었다. 부디 많이 와서 이들의 이런 노고가 빛을 발 하면 좋으련만.

"내일은 졸업한 선배들도 와서 도와준다고 하셨으니까 인력은 충분할 거야. 오늘은 다들 수고했고. 가서 푹 자고 내일 보자.

재인이는 내가 데려다줄게."

"오, 형 오늘 되게 힘주시네요."

"야, 창수 너. 쓸데없는 말 하지 마."

우진 선배는 나를 바래다주고 근처에서 하숙하는 기연 선배 집에서 잘 예정이라고 했다. 창수 선배와 한열 선배는 축제 기간 내내 동아리 방에서 취식 중이었다. 자정을 넘기고 나선 동아리 건물은 여전히 환하게 불이 밝혀 있었다. 저마다 축제를 준비하느라 늦은 시간에도 시끄럽고 부산했다. 5월의 축제는 이미 동아리 건물에서 그렇게 시작되고 있었다.

첫사랑의 맛

영화 동아리 '에쿠스'에서 주최한 두 번의 영화 상영회는 꽤 성공적이었다. 중앙도서관 대회의실에서 열린 첫 번째 상영회에 500명도 넘는 사람들이 몰려와 의자가 부족했다. 그럼에도 사람들은 계단에 앉거나 뒤쪽 벽에 서서 영화를 관람했다. 커다란 스크린 앞에서 수백 명의 사람이 숨을 죽이며 본 영화는 데이비드 크로넨버그 감독의 영화 〈크래쉬〉였다.

영화 경험이 별로 없는 나에게 〈크래쉬〉라는 영화는 충격 그 자체였다. 뭐랄까, 그 영화는 자동차가 충돌할 때 삶의 원동력, 정확히는 성적 충동을 느끼고 그것을 위해 목숨을 걸고 계속 충돌을 추구하는 변태적인 사람들의 이야기였다. 자동차가 충돌하여 부인이 길 밖으로 튕겨 나간 상황에서 고통에 신음하면서도 충돌이 주는 짜릿함을 놓치지 않기 위해 남편과 아내가 서로를 애무하는 장면으로 영화가 끝이 날 때 난 거의 얼이 빠졌던 것 같다.

영화가 상영되는 동안 수백여 명의 사람들은 모두 관음증 환자가 되어 우리에게 금기시된 본능을 꽤 진지하게 지켜보았고 내게는 그 모습이 영화보다 더 인상적이었다. 커다란 스크린에서 어떤 남자가 여자의 벌거벗은 가슴을 애무하는 장면이 클로즈업되자 장내는 더욱 조용해졌다. 그런데 그 순간 대회의실 2층 관객석에 있던 어떤 남학생이 자신도 모르게 '크헉' 이라고 소리를 내는 바람에 영화를 보던 수백 명의 사람이 동시에 깔깔깔 웃어버렸다. 옆에 우진 선배가 앉아 있던 나로서는 정말 민망한 순간이었는데 모두들 한바탕 웃음으로 마무리되니 부끄러움이 한층 옅어지는 기분이 들었다.

영화가 끝난 후 사람들은 서로의 상기된 얼굴을 흘긋거리고 배시시 웃으며 썰물처럼 빠져나갔다. 남겨진 자리에는 쓰레기들이 아무렇게나 뒹굴고 있었다. 나는 동아리 회원들을 도와 물병과 음료수 캔, 과자 봉지, 휴지 같은 쓰레기를 부지런히 주웠다. 그렇게 대회의실 정리를 마친 후 우리는 학교 정문 근처 호프집에서 뒤풀이를 했다. 우진 선배와 동아리 회원들 외에도 동아리 출신의 졸업생들이 대여섯 명 정도 참석했다. 거의 40대로 보이는 어떤 선배는 다큐멘터리 영화 감독이라고 했고, 어떤 선배는 시나리오 작가, 또 어떤 선배는 영화제작사에 근무한다고도 했다. 관심 분야가 같은 사람들이 모인 자리니만큼 영화 이야기와 사회생활 이야기가 주로 오갔다. 영화에 관한 대화를 거의 이해하지 못했던 나는 활발한 대화의 장에서 잠시 관중이 되어야 했다. 시간이 얼마나 지났을까. 슬슬 피곤이 몰려왔다. 우진 선배는 졸업한 선배들과 영화 이야기에 완전히 푹 빠져 있는 듯했다. 모두들 거나하게 취해갈 무렵 나는 슬그머니 호프 집을 빠져나왔다.

　다음 날 오전, 축제 기간임에도 휴강하지 않은 수업을 듣고 막 약대 건물을 빠져나오는데 멀리서 우진 선배가 손을 흔들며 다가왔다.

"어제 왜 말도 없이 갔어?"
"졸려서요."
"너 가는 거 알았으면 바래다줬을 텐데…. 선배들 이야기에 너무 집중했나 봐. 네가 간 줄 미처 몰랐어. 미안."
"아니에요. 저 아무렇지 않으니까 신경 쓰지 마세요. 저도 어제 즐거웠어요."

　선배는 나를 지긋이 바라보다가 갑자기 오른손으로 내 머리를 격하게 쓰다듬었다. 예상치 못한 행동에 심장이 두근거렸다. 선배가 이렇게 다정한 행동을 할 때면 나는 선배가 좋은 남자인지 나쁜 남자인지 헷갈리곤 했다.

"에그 예쁘다. 가자. 내가 점심 사줄게."
"저… 카페에 가봐야 할 듯해요."
"맞다. 점심시간에 잠깐 들르기로 했지? 그럼 같이 가자."

카페에 들렀지만 사장님은 축제나 즐기라며 우리 두 사람을 쫓아내 버렸다. 선배와 난 학생회관에 들러 점심을 먹고 자판기에서 커피를 뽑아 산책을 했다. 교정은 축제 행사로 시끌벅적했다. 교정 중앙에 위치한 노천극장 주변으로 학과별 주점이 설치되었고, 외부 상인들도 들어와 솜사탕이나 떡볶이, 아이스크림 등을 팔고 있었다. 노천극장 안에서는 TV에서나 보던 유명한 사회자가 우리 학교 학생들과 방송 프로그램을 녹화하고 있었다. 가수로 보이는 짧은 치마를 입은 예쁜 여자 네 명이 사회자 옆에 서 있었다. 수많은 학생이 노천극장 계단에 앉아 방송 녹화를 구경하고 있었다.

"여기 너무 시끄럽지?"

"네."

"우리 학교 미대 캠퍼스 가 봤어?"

"아뇨. 어디에 있는지도 모르는데요."

"우리 학교에서 가장 높은 곳에 있는데 전망이 정말 좋아. 산 속으로 올라가는 길이라 산책하기에도 딱이고. 아마도 축제 기 간이라 재학생들 작품 전시회도 할 거야."

미술대학에 가려면 교정에 유일하게 있는 커다란 연못을 지나 가야 했다. 이 근처를 수십 번 넘게 지나갔지만 연못을 제대로 구경한 적은 이날이 처음이었다. 연못의 전체 모습은 교정 안쪽 으로 은근하게 숨겨져 있었다. 붉은 반점을 가진 잉어 여러 마 리가 물속을 유유히 헤엄쳤다. 나는 선배를 따라 연못을 기준 으로 위쪽으로 향한 길에 들어섰다. 높은 언덕으로 향하는 길 양옆으로 벚나무가 터널처럼 이어져 있었다. 벚꽃이 한창일 때 왜 이 길을 걸어보지 않았나 후회가 됐다. 그리곤 내년에 벚꽃 이 피면 선배와 이 길을 다시 걷고 싶다는 생각이 들던 찰나, 스 스로 놀라고 말았다. 나는 왜 선배와 이 길을 같이 걷고 싶은 걸 까. 잘은 모르겠으나 이것 하나만큼은 확실했다. 꽤 멀고 높은

이 길을 선배와 함께 오르니 하나도 힘들지 않았다.

  4층으로 이루어진 미대 건물은 과연 다른 단과대 건물과는 분위기가 사뭇 달랐다. 건물 앞마당에 여러 조각과 작품들이 전시되어 있었고 뒷마당에는 버려지거나 깨진 조각상들이 모여 있었다. 나와 선배는 미대 건물 외부에 설치된 조형물을 구경하고, 실내에 마련된 전시회에서 학생들의 그림 작품을 감상했다. 감상 후 건물을 빠져나온 우리 두 사람은 학교 전체가 가장 잘 보인다는 산등성이까지 올라갔다. 미대 건물과 학교 뒤편의 산으로 가는 등산로 중간에 이르자 시야가 탁 트이는 양지바른 공간에 벤치 하나가 놓여 있었다. 선배와 나는 나란히 그곳에 앉아 학교와 학교를 품은 산, 그리고 그 산을 바라보고 있는 서울의 한 동네를 말없이 바라보았다. 멀리 노천극장에서 노랫소리가 바람을 타고 들려왔지만 찍찍거리는 새소리가 가끔 들릴 뿐 한적하고 조용한 시간이었다.

"재인아."
"네?"
"너… 첫사랑의 맛이 뭔지 알아?"

갑자기 첫사랑이라니? 선배의 뜬금없는 질문에 난 어리둥절
했다.

"첫사랑의 맛이요?"

"응."

"글쎄요… 아마… 사과 맛?"

"사과 맛? 왜?"

"그냥… 어떤 가수가 그렇게 노래한 것 같아요. 가사가 '서랍
속의 사과처럼 달콤해'였던가?"

"아, 그건 첫 입맞춤의 맛이고. 첫사랑의 맛은 좀 달라."

"어떤 맛인데요?"

선배는 벌떡 일어나서 라일락이 피어 있는 쪽으로 걸어갔다.
그리고 초록색 이파리를 두 개 뜯어서 다시 내게 돌아왔다.

"자, 나 따라 해 봐."

선배는 라일락 이파리를 담뱃잎 말듯 돌돌돌 말았다. 나도 선
배를 따라 이파리를 돌돌돌 말았다. 선배는 말려서 길쭉해진 이

파리를 반으로 접고 다시 반으로 접었다.

"눈 감아봐."

나는 그때 무슨 생각이었는지 모르겠지만 일단 선배가 시키는 대로 얌전히 따랐다. 아마도 난 첫사랑의 맛이 몹시 궁금했던 모양이다.

"이파리를 앞니로 끊어질 때까지 꽉 물어봐."

선배의 말대로 돌돌 말린 라일락 이파리를 꽈악 깨물었다. '아무 맛도 나지 않는걸요.'라고 말하려는 순간 엄청나게 아리고 쓴맛이 혀끝을 시작으로 입 안 가득 퍼져나가기 시작했다. 나는 이파리를 얼른 퉤퉤 뱉어 버렸다. 너무 써서 눈물이 다 핑 돌았다. 그 순간 선배는 새들도 깜짝 놀라 달아날 정도로 큰 소리를 내며 웃어댔다.

"하하하하. 엄청 쓰지? 그게 바로 첫사랑의 맛이야."
"뭐예요. 선배! 나 놀린 거죠? 그죠?"

선배는 장난쳐서 미안하다며 내게 아이스크림을 사 주었다. 그리고 각 단대 건물마다 나를 데려가 학과에서 주최하는 행사에서 체험할 수 있는 모든 것을 다 체험시켜 주었다. 이과대에서는 물풍선 던지기와 총 쏘기 게임을 했고, 공대에서는 로봇축구 경기를 관람했다. 문과대에서 열린 시화전을 구경했고, 의대와 간호대 건물 앞에서는 헌혈 행사에 참여했다. 저녁이 되자 노천극장에서 각 단과 대학별로 댄스 대회가 열렸다. 나는 선배와 노천극장에 앉아 캔맥주를 마시며 댄스 대회를 구경했다. 대학생이 된 후로 그렇게 많이 웃고 떠든 날은 처음이었다. 밤이되자 선배와 나는 기연 선배가 있는 물리학과 주점으로 향했다.

하얀 천으로 된 지붕 아래 파란 비닐을 깐 주점에는 라면상자로 된 테이블이 놓여 있었다. 지붕에는 각종 메뉴가 적힌 색색의 종이들이 매달려 있었다. 다가가서 자세히 보니 '상대성 이론 세트', '이퀼리브리엄 세트', '엔트로피 세트' 등 물리학과다운 이름이 적혀 있었다. 우리는 기연 선배에게 인사하며 자리를 잡았다.

"어! 우진이 왔냐? 재인이도 안녕?"

"엔트로피 세트? 이건 뭐냐?"

메뉴판을 보던 우진 선배가 묻자 기연 선배가 진지하게 답했다.

"아. 이건 소시지볶음, 두부김치, 파전에 맥주, 소주, 막걸리가 다 나오는 거야. 이걸 다 마시고 토를 하면 완전 혼돈 그 자체다, 뭐 그런 의미지."

기연 선배의 말에 우진 선배가 웃음을 터뜨렸다.

"하하하, 물리학과 주점 메뉴답다."

우진 선배의 말에 기연 선배가 어깨를 으쓱했다. 우진 선배가 나를 바라보며 물었다.

"재인아. 넌 어떤 술 좋아해?"
"음… 전… 맥주만 마셔봐서 잘 모르겠어요."
"그래? 그러면 창수랑 한열이도 곧 합류할 거니까 엔트로피 세트로 일단 줘.”

　나와 선배가 맥주를 홀짝이고 있으니 에쿠스 동아리 회원들이 하나둘 주점에 모여들었다. 낯익은 회원들의 얼굴을 보고 반가웠던 나는 그만 큰소리로 인사했다. 어느 순간부터 이 사람들이 편해지고 좋아진 건지 나로서도 알 수 없는 일이다. 그렇게 얼마의 시간이 흘렀을까. 내 앞에 앉은 네 명의 남자는 어느새 얼굴이 붉어지고 혀가 꼬이기 시작했다. 하지만 나는 이상하게 정신도 말짱하고 혀도 꼬이지 않았다. 그리고 놀라운 사실을 알게 되었다. 내가 이 남자들보다 술이 더 세다니!

　술에 취하자 선배들은 각자의 숨은 개성을 한층 뽐내고 있었다. 모두 말도 많아지고 목소리도 커졌지만 나는 그 순간이 무척 즐거웠다. 우리는 새벽이 되어 가도록 주점에 죽치고 앉아 흥청망청 술을 마셨다.

　“김… 우진?”

　선배의 이름을 부르는 낯선 여자의 목소리에 나도 몰래 고개를 휙 돌렸다. 주점 밖에서 한 여자가 우리를 보며 서 있었다. 면으로 된 하얀 폴로셔츠와 분홍빛 치마를 입은 여자는 키도 크고 날씬해서 마치 모델 같았다. 대단한 미인은 아니었지만 어쩐지 부잣집에서 귀하게 자란 고명딸 느낌이 나는 그런 사람이었다. 선배는 그녀를 보더니 엉거주춤 일어섰다.

"어… 예슬아."

당황한 기색으로 주점을 나간 선배는 그 여자와 이야기를 나누며 어디론가 사라졌고, 한참이 지나도 돌아오지 않았다. 선배가 나간 후 나는 의기소침해지고 말았다. 선배에게 아는 체를 한 여자가 하필이면 세련되고 예뻐서일까. 그렇다고 왜 내 기분이 이렇게까지 우울해져야 하는지 모를 일이었다. 내가 모르는 선배의 이야기가 많이 존재할 텐데…. 나는 왜 그 생각을 단 한 번도 하지 못했는지, 잠시나마 이 학교에서 선배와 가장 친한 여학생은 바로 나란 생각이 얼마나 크나큰 착각인지 비로소 자각했다.

그런 못난 생각들이 검은 석유처럼 아스팔트 사이로 삐죽삐죽 흘러나오는 장면을 혼자 상상하고 있는데 문득 창수 선배가 벌떡 일어나 주점 뒤편의 화단에 토를 하기 시작했다. 술자리를 파할 시간이었다. 기연 선배가 창수 선배 등을 두드리는 동안 나는 한쪽에 누워 자고 있는 한열 선배를 깨워 일으켰다. 기연 선배는 우리가 마신 술과 안줏값을 받지 않고 다른 물리학과 학생들 몰래 눈짓하며 보내주었다. 우리가 자리를 뜨는 동안에도 우진 선배는 돌아오지 않았다.

다음날 나는 생전 처음 겪는 숙취로 반나절 동안 이불 밖으로 나오지 못했다. 일어나면 어지러워 쓰러지고, 다시 일어나면 핑 돌아 자꾸 쓰러졌다. 그러기를 여러 번 반복한 끝에 간신히 주방에서 설탕물을 타서 마셨고 그제야 정신이 좀 들었다. 머릿속은 물론 몸과 마음이 혼돈 그 자체였다. 아, 진짜 엔트로피 세트가 맞았나 보다.

축제의 마지막 날 밤 노천극장에서 열리는 영화 상영회에는 간신히 약속 시간에 맞춰 나갈 수 있었다. 선배들은 일찌감치 나와 극장 마당에 흐트러진 간이 의자의 대열을 정리하고, 스크린을 설치했다. 영화 상영 시간이 되자 사람들이 속속 나타나

원형으로 된 노천극장의 시멘트 계단에 앉거나 마당에 놓인 좌석에 앉기 시작했다. 노천극장 무대 벽면에는 스크린으로 쓸 커다란 하얀 천이 걸려 있었고 극장 무대 양옆으로 스피커가 여러 개 세워져 있었다. 나는 만일의 우천을 대비해 커다란 우산을 들고 프로젝터 옆에 앉았다. 선배들은 각자 비닐을 준비해 스피커 근처에 서 있었다. 상영된 영화는 이와이 순지 감독의 〈러브레터〉라는 일본 영화였다. 영화 제목으로 미루어 볼 때 〈크래쉬〉처럼 야한 영화는 아닐 것 같아 조금 안심이 되었다. 사방이 탁 트인 노천극장에서 영화를 상영하면 스피커에서 나는 소리가 대학가 주변 동네로 퍼질 것이 분명했다. 야릇한 신음소리라도 들린다면 동네 주민들이 얼마나 당황하겠는가.

영화는 서정적이고 아름다웠다. 특히 여자 주인공이 어찌나 청순하고 예쁘던지 영화를 보는 내내 감탄을 금치 못했다. 영화를 보는 중간, 갑작스럽게 어제 주점에서 본 여자가 떠올랐다. 그 여자와 〈러브레터〉의 여주인공이 비슷하다는 생각에 나도 모르게 우진 선배를 쳐다보았다. 선배는 오늘따라 유달리 말이 없었다. 여주인공을 뚫어지게 바라보는 선배의 눈빛이 어쩐지 쓸쓸해 보이기도 했다. 두 사람에게 내가 모르는 어떤 사연이 있는 것일지도 모른다. 두 사람은 서로에게 옛사랑이었을까. 아니면 선배 홀로 짝사랑 중일까. 궁금했지만 선배에게 물어볼 용기가 없는 나로서는 영원히 풀 수 없는 수수께끼를 훔쳐본 것 같아 가슴이 답답했다. 바로 그 순간, 스크린에서 남주인공이 여주인공의 집에 찾아와 여주인공에게 책을 건네주고 있었다. 책의 제목은 '잃어버린 시간을 찾아서'였다. 그 장면을 보며 나는 그 책의 제목도, 이 영화도, 그리고 지금 이 순간의 기억도 영원히 잃어버리지 않을 것만 같은 기분이 들었다. 잃어버리지 않는다면 다시 찾아야 할 필요도 없을 테지.

영화 상영회가 끝날 즈음 한두 방울씩 비가 떨어지기 시작했다. 빗줄기가 점점 굵어지자 동아리 선배들은 비닐로 스피커를 씌웠고 나는 우산을 펼쳐 프로젝터를 조작하고 있는 우진 선배에게 다가갔다. 하늘도 영화의 결말이 궁금했던 모양이다. 영화가 끝나자마자 하늘에서 세차게 비를 퍼부었다. 영화를 관람하던 수백 명의 사람이 저마다 소리를 지르며 자리를 피했다. 미리 우산을 준비한 사람들도 간간이 보였다. 우진 선배는 프로젝터와 비디오플레이어, 그리고 비디오테이프를 챙겼고 나는 그런 선배와 함께 동아리 건물로 향했다. 선배는 계속 말이 없었다. 가는 내내 선배의 기분을 풀어 줄 재주가 없는 나 스스로가 못마땅했다. 소나기는 더욱 거세졌고, 동아리 방에 도착할 무렵에는 천둥소리마저 들려왔다. 다른 선배들은 이 빗속에서 뒷정리 중인지 아직 돌아오지 않고 있었다. 우진 선배는 프로젝터에 묻은 물기를 닦고 선풍기를 틀었다.

"재인아. 번개 치니까 위험하다. 너 어디 가지 말고 꼭 여기 있어."
"어디 가려고요?"
"애들 도와주고 올게. 어디 가지 말고 여기 얌전히 있어. 알았지?"

선배의 다정한 말투를 듣자 순간 눈물이 나올 뻔했다. 예전의 모습으로 돌아온 선배를 보니 멀리 여행을 떠났다가 돌아온 친구를 다시 만난 것처럼 반가움마저 들었다. 하지만 난? 나는 돌아온 건가?

선배가 나간 후 나는 동아리 방의 그 오래되고 낡은 소파에 앉았다. 그리고 문득 선배를 좋아하고 있다는 걸 깨달았다. 희뿌연 창문 밖으로 번개가 번쩍거렸다. 집에 갈 엄두가 나지 않았지만 선배를 기다리지 않기로 결심했다. 처음 느껴본 짝사랑의 맛은 라일락의 이파리처럼 쓰고 아렸다. 거센 소나기를 맞으며 나는 집을 향해 마구 뛰었다. 달리는 내내 '짝사랑 따위는 하지 않을 것이다.'라고 주문을 외우듯 마음속으로 되뇌고 또 되뇌었다.

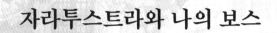

자라투스트라와 나의 보스

중간고사가 끝나고 6월이 되었다. 초여름 더위가 반짝하고 왔다가 때 이른 장마로 일주일 내내 비가 내렸다. 비가 내리면 비를 피하기 위해 카페에 손님이 더 많아질 줄 알았는데 모두들 집 밖으로 나오지 않기로 약속이나 한 듯 손님의 발길이 뚝 끊겼다. 우진 선배도 바쁜 일이 있는지 카페에 잘 들르지 않았다. 우연이 겠지만 선배가 오지 않아 손님이 끊긴 것인지도 모를 일이다. 선배가 아침 일찍 카페에 들른 날이면 오전부터 밤까지 손님이 줄을 잇는다며 사장님도 선배의 손님 몰이를 인정했기 때문이다.

유일하게 함께 듣는 강의 시간 외에는 선배 얼굴을 볼 일이 드물었다. 선배는 예전처럼 다정하게 인사하며 다가왔지만 난 수업이 끝나기가 무섭게 강의실을 빠져나와 버렸다. 선배가 나에게 계속 다가오지 않으면 우리 관계는 쉽게 끊어질 것이 뻔했다. 선배를 좋아하지 않기로 마음을 먹었기에 나는 일부러 선배와 거리를 뒀다. 그렇지만 그게 전부는 아니다.

선배를 향한 마음을 깨달은 후로 나는 선배에게 쉬이 다가갈 수 없었다. 만일 선배가 내 감정을 알게 된다면 나를 부담스럽게 느낄 것이 분명했다. 그러면 선배는 자연스럽게 나를 멀리하려 할 것이다. 좋아하는 사람이 날 멀리하려는 걸 목격하는 것만큼 비참한 일이 또 어디 있을까.

  이런 내 마음을 들키지 않기 위해 나는 선배와 물리적 거리를 두려고 의식적으로 노력했다. 하지만 그와 동시에 선배와 함께할 수 없는 것 역시 힘들긴 마찬가지였다. 그렇다고 선배와 계속 어울리면 좋아하는 마음은 지금보다 더 커질 것이 불 보듯 뻔했다. 그러면 아무리 내 마음을 숨기려 노력해도 결국 선배에게 들킬지도 몰랐다. 왜 그런 말도 있지 않던가. 감기와 사랑은 숨기려야 숨길 수 없다고⋯⋯. 나는 아직 일어나지도 않은 일이 두려워 스스로를 의식적으로 위기의 상황으로 밀어 넣고 있었다. 당시에는 그런 나의 심리를 잘 이해하지 못했다. 불행의 늪에서 살아온 나로서는 행복이 찾아와도 그걸 잡는 방법을 몰랐던 것 같다.

  비가 내리는 날이면 사장님은 클래식 음악 대신 재즈를 틀었다. 엘라 피츠제럴드가 〈summer time〉을 노래하는 동안 나는 의자에 앉아 창밖의 비를 구경했다. 잠시 잠깐 마음에 평온함이 찾아왔다.

'딸랑'

카페 출입문 위에 달아 둔 종소리가 울렸다. 누군가 이 비를 뚫고 카페 문을 열고 들어섰다.

"안녕하세요. 오, 재인이 안녕?"

다른 사람보다 한 톤 이상 높은 음성으로 수다스럽게 인사하는 사람은 바로 '자라투스트라'의 사장님이었다. 두꺼운 뿔테 안경과 검고 긴 생머리에서 빗물이 뚝뚝 떨어졌다. 그녀는 늘 이 시간에 커피를 사러 가게에 들렀다. 키가 170센티미터로 장신인 그녀는 언제나 헐렁한 티셔츠에 청반바지를 입었다. 비에 젖어 흰 티셔츠 안으로 검은색 브래지어가 비쳤다. 그녀의 그런 모습을 보고 나도 모르게 우리 사장님을 힐끗 쳐다봤다. 하지만 그녀는 전혀 개의치 않아 보였다.

"우산은 어디 두고 이 비를 맞고 오는 거야?"

눈을 어디에 둬야 할지 몰라 하며 사장님은 핀잔 섞인 목소리로 물었다.

"나 비 맞는 거 좋아해. 전생에 식물이었나 봐 선배. 하하하."

 미인은 아니었지만 언제나 웃고 있는 그녀를 볼 때면 저절로 기분이 좋아졌다. 나는 그녀의 시원시원한 성격과 솔직한 말투에 처음부터 호감을 느꼈다. 우리 사장님은 대학교 3년 후배였던 그녀를 처음 본 날부터 '자라 사장' 혹은 '자사장'이라고 불렀다. 그럴 때면 그녀는 "그럼 나는 선배를 앞으로 칸사장이라고 부를게."라며 지지 않았다. 우리 사장님은 하늘 같은 선배에게 늘 까분다고 타박을 줬지만 그녀는 눈 하나 까딱하지 않았다.

"어이 칸사장. 아시죠, 제 취향? 투 샷으로 찐하게 말아주세요."
"허허 저 고얀 후배를 보게. 조만간 나한테 친구 하자고 할 기세야."

 우리 사장님은 눈을 흘기며 볼멘소리를 하면서도 커피를 내려 그녀가 건네준 커다란 텀블러에 늘 그렇듯 커피를 가득 채워 건넸다. 자라 사장의 이름은 정수연. 나는 수연 언니라 불러도 좋다고 허락받았지만 쉽게 언니라고 부르지 못하고 있었다. 대신 수연 사장님이라 불렀다. 수연 사장은 나를 보면 항상 안아주곤 했다. 아마 사장님에게 내 사정을 전해 들은 모양이다. 하지만 그녀의 그런 제스처가 동정으로 느껴지지는 않았다. 나를 보면 시골에 있는 막내 여동생이 떠오른다고 했다. 또, 가난한 고학생인 내가 열심히 사는 모습이 대견하고 예쁘다고 했다. 감정표현을 잘 못하는 나는 자신의 감정과 생각을 항상 솔직하게 표현하는 그녀가 부럽고 좋았다.

수연 사장은 매일 우리 가게에 들러 나뿐 아니라 우리 사장님과 한참 수다를 떨고 가곤 했다. 사장님에게 대놓고 커피 맛에 불만을 제기하는 유일한 간 큰 손님이기도 했다. 사장님은 자신에게 허물없이 대하는 수연 사장을 은근히 좋아하는 눈치였다. 아, 아닐 수도 있다. 그녀가 가고 나면 항상 내게 이런저런 험담을 했으니까…. 그렇다면 사실은 싫어하는 것일까?

"저… 저… 소도 때려잡겠네. 재인아, 봤지? 저 덩치 좀 봐봐. 여자가 아냐. 기골이 장대한 게 아주 장군감이라니까. 어우 쟤만 다녀가면 귀도 아프고 정신이 하나도 없어. 저거저거 누가 데려갈까 참 걱정이야."

또 어떤 날은 이렇게도 험담했다.

"허이고 머리가 길면 뭐 해. 청순한 긴 머리를 한 로커지 뭐야. 알지, 재인아? 그룹사운드 백두산. 뒷모습이 딱 백두산 리더 같다니까."

우리 사장님은 수연 사장을 흉볼 때마다 몹시 신나 보였다. 너무 즐거워해서 어떨 땐 싫어하는 건지 좋아하는 건지 헷갈렸다. 좋아한다는 것과 싫어한다는 것은 실은 관심이라는 감정의 서로 다른 표현인 걸까? 아무튼 나는 사장님이 다른 사람에 대해 그렇게 말을 많이 하는 것을 처음 봤다. 사장님이 그녀를 좋아하는 것인지 싫어하는 것인지 계속 헷갈리지만, 수연 사장에게 관심이 아주 많다는 사실만은 분명했다.

'여비서'가 문을 닫은 후, 정확히는 '여비서' 사장이 도망을 간 후 얼마 지나지 않아 그 자리에는 호프집이 새로 문을 열었다. 호프집은 5일에 걸쳐 새로 인테리어를 했다. 다른 가게들은 보통 하루 이틀이면 인테리어 공사가 끝나는 걸 종종 보았는데 호프집 공사는 오래 걸렸다. 사장님은 호프집 사장이 여간 까다로운 게 아닌 것 같다며 얼굴을 보기도 전에 마음에 들어 하지 않았다. 여비서 건물은 원래 사장님이 관리하고 있었지만 부모님에게 신뢰를 잃은 사장님은 세입자를 선정하는 데 있어 그 어떤 권리도 누리지 못했던 것이다.

  검은색 시트지를 모두 벗겨낸 호프집은 널찍한 통 창 너머로 실내가 훤하게 보였다. 통 창 앞에는 다양한 종류의 선인장이 놓였다. 실내 벽에도 선인장 액자가 몇 개 걸려 있었고, 한쪽 벽에는 알록달록한 판초와 챙이 넓은 모자가 진열되어 있어 마치 멕시코의 어느 카페를 그대로 옮겨 놓은 듯했다. 고만고만한 가게들이 몰려 있던 골목에서 호프집은 이국적인 인테리어로 단연 눈에 띄었다. 멕시코와 '자라투스트라'가 어떤 연관이 있는지 알 수는 없지만 어쨌든 가게가 오픈하자마자 손님이 넘쳐났다. 가게 앞엔 목재 데크가 깔려 있고 데크 위에는 초록색 차양막이 설치되어 있어 야외에서도 손님이 앉을 수 있었다. 호프집 스피커로 나른하면서도 경쾌한 보사노바 음악이 흘러나왔다. 초여름의 밤, 보사노바를 들으며 나초를 안주 삼아 맥주를 마시는 호프집은 어느새 골목의 유명 인사가 되었다.

사장님은 호프집이 연일 불야성을 이루자 이를 영 탐탁지 않아 하는 듯했다. 우리 카페는 8시면 문을 닫는데 초저녁부터 호프집이 시끄럽다며 괜한 트집을 잡았고, 가끔은 직접 찾아가 음악 좀 조용히 틀라고 항의하기도 했다. 그럴 때면 수연 사장은 시원시원한 목소리로 "내가 잘되는 게 우리 선배님 잘되는 거예요. 내가 손님을 막 끌어오니까 이 조용한 골목이 엄청 활성화된 거 안 보여요? 음악 소리 좀 크면 어때서? 활기차고 좋기만 하고만!" 하며 절대 지지 않았다. 사장님은 그럴 때마다 되돌아와서는 덩치도 큰 여자가 드세기까지 해서 시집가기는 틀렸다며 쯧쯧쯧 혀를 찼다.

하지만 '자라투스트라' 사장은 붙임성이 참 좋았다. 카페가 문을 닫기 30분 전에 종종 우리 사장님에게 안주 메뉴를 가져다 주기도 했고, 카페가 문을 닫으면 자신의 호프집으로 놀러 오라고, 선배에게 술은 언제나 공짜라고 말했다. 그로부터 며칠 지나지 않아 사장님은 8시에 카페 문을 닫자마자 호프집으로 출근했다. 한 번은 11시 넘어 도서관에서 집으로 돌아오는 길에 호프집에서 서빙을 하고 있는 사장님을 본 적이 있다. 사장님이 그렇게 즐겁게 일하는 모습을 나는 그때 처음 봤다. 순간 배신감이 몰려왔다. 내게는 그렇게 몹쓸 사람이라고 흉을 보는 바람에 사장님 앞에서 마음 놓고 수연 언니라 부르지도 못했는데. 정작 사장님은 호프집에서 무료 봉사를 하고 있는 것이 아닌가! 그것도 몹시 즐겁게 말이다.

-

'직원 급구'라는 안내문을 보고 나는 생각할 겨를도 없이 '카페 칸타타'의 문을 열고 들어갔다. 이제 막 아침 장사를 준비하고 있던 사장님은 나를 보더니 말했다.

"아직 문 안 열었는데 학생. 커피는 조금 기다려야 해요."

고등학교 교복 위에 군청색 코트를 입은 나를 호기심 있게 쳐다보는 눈치였다. 나는 주뼛거리다가 직원 급구라는 안내문을 보고 들어왔다고 대답했다. 사장님은 이 학교 신입생이냐고 물었고 난 고개를 끄덕였다. 사장님은 몇 마디 더 묻지도 않고 그 자리에서 바로 나를 채용했다.

"숙소는 구했고? 아니면 기숙사?"

"아뇨. 지금부터 구해야 해요…. 이곳은 한 달에 하숙비용이 얼마나 할까요?"

사장님은 나의 물음에 답변하는 대신 전화기를 들고 누군가에게 전화를 걸었다.

"엄마, 혹시 빈방 있어? 응. 어떤 학생이 하숙 구한대. 근데 얼마야? 응 오케이."

전화를 끊고 사장님은 부모님이 하숙을 친다면서 하숙비는 한 달에 삼십만 원이라고 이야기했다.

"삼… 삼십만 원이요? 다른 곳도 다 그런가요?"

나는 예상보다 하숙비가 비싸서 깜짝 놀랐다. 서울 물가가 내가 살던 조치원보다 훨씬 높을 거로 예상은 했지만 생각보다 큰 금액에 충격을 받았다.

"고시원은 좀 더 쌀 거야. 개학 다가오면 방이 다 나가니까 얼른 방부터 구하고 다시 이리로 와. 방 구하기 어려우면 내가 엄마한테 싸게 해달라고 말해볼게."

그날 오후 늦게까지 나는 방을 구하러 학교 근처 동네를 돌아다녔다. 하숙집은 대부분 가격이 비슷비슷했다. 값이 싼 고시원은 남녀가 한 층에서 화장실을 같이 썼고 샤워장도 붙어 있었다. 여학생 전용 고시원은 그나마 사정이 좀 났지만 가격이 훨씬 비쌌다. 어디를 선택해야 할지 판단이 서지 않았다. 고민 없이 가장 싼 곳으로 정할까 생각도 했지만, 구김살 없는 얼굴로 나를 맞아주었던 카페 사장님의 얼굴이 떠올라 다시 카페로 돌아갔다.

"이 건물 옥탑이 있는데 그거 쓸래? 내가 쓰던 방이라 좀 그런가… 방값은 안 받을 테니 네가 있고 싶을 때까지 있어."

내 신상을 꼬치꼬치 묻던 사장님이 문득 이렇게 제안했다. 내가 고아라는 것, 나를 키워주시던 외삼촌이 최근에 돌아가신 일, 그리고 지금 가지고 있는 돈은 95만 원이 전부라고 이야기했다. 돌아갈 곳이 한 군데 있지만 평생 돌아가지 않을 거라고도 말했다. 처음 본 낯선 남자에게 왜 그런 내 사정을 미주알고주알 상세히 말했는지 잘 모르겠다. 아니나 다를까 사장님이 앞으로는 낯선 사람에게 내가 고아라는 걸 말하지 말라고, 사람들의 어려움을 약점으로 삼고 이용하려는 못된 사람들이 넘쳐나는 세상이라고 했다. 그 충고를 듣기 전까지 나는 내가 퍽 순진한 사람이란 걸 깨닫지 못할 만큼 세상 물정에 어두웠다.

사장님을 따라 올라간 옥탑에는 작은 부엌과 화장실이 딸려 있었다. 사장님은 자신이 쓰던 살림살이 모두 그대로 사용해도 괜찮다고 했다. 자신은 부모님 댁으로 들어가 살면 된다고 부담 갖지 말라는 말도 덧붙였다. 보일러 트는 법을 알려주고 열쇠를 건네준 사장님은 저녁에 밥을 먹으러 카페에 내려오라고도 했다. 일은 당장 내일부터 시작하기로 했다.

똑. 똑. 똑.

저녁을 먹고 옥탑방에 들어왔는데 나도 모르게 잠이 들었던 모양이다. 누군가 방문을 두드렸다. 누굴까. 내가 이곳에 있는 건 사장님밖에 모를 텐데…. 문득 사장님이 마음만 먹으면 이

방을 언제든 열고 들어올 수 있을 거란 생각이 들었다. 낯선 사람의 호의를 나는 너무 쉽게 받아들인 건 아닐까, 순간 두려움이 일었다. 불을 켜지도, 방문을 열지도 않고 한참을 그대로 앉아 있었다. 시간이 조금 지나자 밖에서는 아무런 소리도 들리지 않았다. 나는 조용히 문을 열었다. 예상처럼 밖에는 아무도 없었다. 나는 조심스럽게 나가 옥상 주변을 두리번거렸다. 그리고 방 옆 평상에 놓인 물건과 쪽지를 발견했다.

'내가 쓰던 이불은 평상에 내놓으면 나중에 가져갈게. 여자 혼자 지내기에는 위험하니까 잘 때는 안에서 자물쇠로 꼭 문을 잠그도록.'

평상에는 새로 산 이불과 베개 그리고 자물쇠가 놓여 있었다. 밤하늘에는 환한 달이 가늘게 실눈을 뜨고 나를 바라보고 있었다. 한겨울이었지만 어쩐지 춥지 않았다.

옥탑방에 홀로 핀 코스모스에게

기말고사 시험을 모두 치르고 홀가분한 마음으로 '카페 칸타타'에 들렀었어. 하지만 오랜만에 들른 카페에는 사장인 선우 형만 덩그러니 앉아 있더라. 형에게 인사한 나는 네가 잠시 심부름이라도 간 건 아닐까 싶어 카페에 앉아 널 기다리기로 했지. 선우 형은 그저 시큰둥하게 음악을 들으며 커피잔을 닦고 있었고.

'시험이 아직 안 끝난 걸까?' 생각하다가 문득 네 수강시간표 생각이 났어. 내 기억에 따르면 넌 어제 기말고사가 끝났을 텐데. 그러니 여기에 오면 무조건 너를 볼 수 있을 거라 생각했었어. 그래서일까. 너의 부재에 나는 좀 당황했다. 그리고 슬그머니 안달이 나기 시작했지. 나는 결국 참지 못하고 형에게 물었어.

"형, 재인이 어디 있어요?"
"감기에 걸렸대. 몸살인가 봐."

네가 아프다는 말에 난 잠시 멍해졌다. 망망대해에서 홀로 표류하는 사람처럼 무얼 어찌해야 좋을지 도무지 알 수 없는 기분이 들었지.

"아… 그래요? 많이 아픈가요?"
"어제 시험 치르고 왔는데 열이 펄펄 나더라고. 해열제는 챙겨 줬는데 뭐라도 먹었을지…. 아 그래. 우진아, 네가 재인에게 죽 좀 전해줘. 안 그래도 주방 박 여사가 재인이 가져다주라고 끓여준 게 있는데 잘됐네. 잠깐만."

말을 끝낸 선우 형이 카페 주방으로 들어가 뭔가를 가지고 나왔어. 너도 잘 알겠지만 곰처럼 덩치가 크고 부리부리한 큰 눈을 가진 형은 생김새와 달리 섬세하고 따듯한 사람이야.

처음 카페에 들렀던 이후로 난 일부러 이곳을 더 자주 들렀어. 네가 일하고 있는 이곳 사장님이 좋은 사람인지 아닌지 나는 한동안 관찰해야만 했어. 너를 강의실에서 처음 본 후로 난 네가 계속 신경이 쓰였거든. 사람들 눈에는 보이지 않겠지만 난 보였어. 네가 짊어지고 있던 생의 고단함을…. 네가 설명해 준 것도 아닌데 그저 내 눈에 보였어. 초콜릿을 먹으면 달게 느껴지듯 너를 보면 외로움이 절로 보였어. 왜 그랬을까. 이유를 잘 모르겠어서 난 그저 이렇게 결론 내렸어. 전생에 너는 내 누이였거나, 엄마였거나, 아니면 연인이었을지도 모르겠다고…. 아니면… 내가 너에게 큰 빚을 졌던 걸까? 그래서 이번 생에는 내가 너를 돌봐 주어야 할 것만 같은 생각이 드는 걸까? 끝도 없는 사막 한가운데서 만난 주머니쥐처럼 너는 폭폭한 세상에서 만난 소중하고 연약한 생명체 같아서 도저히 무시할 수가 없었어. 이런 기분을 설명해 봤자 누가 이해해 줄 수 있을까.

 나는, 본래 타인에게 호기심을 갖는 사람이 아니야. 나의 행동과 말이 부드러워 사람들은 곧잘 오해하는 듯하지만 말이야. 타고난 언행과 외모가 부드러울 뿐 난 매우 개인주의적인 사람이야. 모든 인간관계에 적당히 선을 그어 놓고 누구든 침범하면 귀찮기만 한 그런 사람. 물론 겉으론 그런 내색을 하지 않는 약은 사람이기도 하지.

 내 관심사는 언제나 영화뿐이었어. 비록 약대에 들어와 공부 중이지만 약사라는 직업은 그저 아버지나 주변 친지들을 안심시키는 방편이란 걸 아무도 모를 거야. 아, 내가 무척 좋아하는 사촌 형은 알고 있어. 어쩌면 졸업 후 약사라는 직업을 갖지 않을지도 모른다는 것까지. 나는 영화판에서 내 인생을 만들고 싶어. 언젠가 성공한 감독이 되고 나면 히말라야의 안나푸르나에 등정할 거야. 그리고 그 과정을 다큐멘터리로 만들고 싶어. 그게 내 꿈의 전부야. 나란 사람 참 시시하지?

그런 내가 누군가에게 자꾸만 눈길이 가고 관심이 가는 게 처음이라 당황스러우면서도 한편으론 이런 생소한 감정 자체를 은근히 즐기기도 했어. 넌 아마 꿈에도 몰랐을 거야. 내가 카페에 와서 너와 네 주변인들을 남몰래 관찰하고 있다는 사실을….

너의 일상을 몰래 엿보는 것이 단지 영화를 보듯 타인을 관찰하고 싶어서였는지는 나도 잘 모르겠다. 난 그저 너의 삶 속으로 조금이라도 들어가 보고 싶었던 것 같아. 그날, 오카리나를 불던 밤, 너와 조금 친해진 것 같아 나는 무척 뿌듯했어. 난 항상 관계 맺음에 수동적인 사람이었거든. 가만히 있어도 언제나 누군가가 다가왔으니까. 노력하지 않아도 얻어지는 관계에 익숙해져서 그게 고마운 건지 귀찮은 건지 헷갈렸어. 그런데 나의 관심이 온전히 네게 향하고 있었는데도 넌 나에게 전혀 다가오지 않더라. 그 생경한 당혹감이 오히려 더 호기심을 키웠어. 네게 다가가고 싶다는 생각이 들 때 뭔지 모를 희열조차 느꼈지.

막무가내로 카페에서 너를 데리고 동아리 방에 왔던 날, 내가 얼마나 그 순간이 즐거웠는지 재인아, 혹시 눈치챘었니? 그런데 난 너와 드디어 가까워졌다는, 내가 노력해서 관계 맺음에 성공했다는 사실을 자축하기도 전에 넌 축제가 끝난 후 멀어져 버렸어. 왜 그랬는지 그 이유를 몰랐던 나는 한참 방황해야 했어. 넌 너만 소심한 줄 알겠지만 사실은 나도 쉽게 상처받는 소심한 사람이야. 그래서 네가 한 번쯤 먼저 다가와 주길 기다리고 있었어.

어쨌든 나는 네가 이곳에서 일하고 있어서 다행이라는 결론을 내렸어. 선우 형은 말투는 무뚝뚝했지만 소탈하고 솔직한 사람이야. 또 사람의 마음을 편하게 만드는 묘한 매력이 있어. 그래서인지 나도 모르게 선우 형에게 애교를 부리고 있을 때가 한두 번이 아니었지. 선우 형에게서 좋아하는 사촌 형이 떠올라 더욱 그랬는지도 모르겠다.

무엇보다 너는 카페에 있을 때 가장 밝고 명랑했어. 손님이 많이 몰려들 때도 당황하지 않고 차분하면서도 친절하게 응대하는 네 모습을 보며 나이에 비해 성숙하다는 느낌도 받았었지. 때때로 사장인 선우 형에게 장난을 치며 웃는 너를 볼 때면 나도 모르게 질투심 비슷한 감정이 들었던 것 같아. 나도 너와 장난을 치며 친하게 지내고 싶다는 생각을, 어느 순간 불쑥하고 있었으니 말이야.

"형, 혹시 재인이 어디 사는지 아세요? 걘 그 흔한 삐삐도 없어서 연락하기 어렵네요. 카페에 오지 않는 한…"

 내 말은 사실이었어. 넌 내 주위에서 삐삐가 없는 유일한 학생이었어. 우리 과 신입생 오리엔테이션을 위해 원주로 3박 4일간 MT를 갔을 때도 너는 그곳에 없었잖아. 그때 신입 여학생 모두 내 삐삐 번호를 궁금해했어. 조금 난처했지만 나는 결국 모두에게 내 번호를 알려주었고, 그 후로 밤마다 울려대는 삐삐 때문에 밤이 되면 전원을 꺼놓을 때가 많았어.

"재인이 우리 가게 옥탑방에 살아. 몰랐구나. 얼른 올라가 봐."

선우 형이 건네준 보온병을 들고 나는 그날 계단을 조심조심 올랐어. 네가 바로 이 건물에 살고 있었다니 왠지 안심이 되기도 했고 계단을 오르며 조금 설레기도 했어. 그리고 마침내 옥상에 올라왔을 때 한구석에 덩그러니 세워져 있는 작은 옥탑방이 눈에 들어왔다. 이 작은 동굴 속에서 몸살로 웅크리고 있을 너를 생각하니 마음이 찌르르 저려왔어.

　때 이른 잠자리 떼가 옥상 주변을 날아다녔고 해가 쨍하게 내리쬐고 있어 금방 땀이 흘렀지. 그날은 옥탑방에 에어컨은 설치가 되어 있을까 문득 궁금해지는 무척 더운 날이었다.

　똑, 똑, 똑.

　네가 잠들어 있다는 생각에 나는 조심스럽게 노크했어. 안에서 무슨 인기척 소리가 들리지 않을까 가만 문에 귀를 대었다가 내 모양새가 조금 이상해 다시 귀를 뗐지.

　"누구세요."

잠시 후 방 안에서 너의 목소리가 들렸다. 목소리가 어찌나 가늘고 힘이 없던지 너란 사람이 허깨비는 아닐까 조바심이 날 정도였어.

"나야. 우진. 아프다면서."

잠시 후 핼쑥해진 얼굴을 내밀며 네가 문을 빼꼼 열었을 때 나는 정말 마음이 너무 아팠다. 하얗게 질린 너는 며칠 사이 살이 더 빠져 보였어. 가뜩이나 마른 너였는데 더 말라 제대로 걸을 수나 있을까 걱정이 들 정도였어. 아니나 다를까 문을 잡고 있는 너의 손이 덜덜 떨렸어. 너는 서 있는 것조차도 힘들어 보였지. 나는 네가 쓰러질까 봐 얼른 너를 부축해 방 안으로 데리고 들어갔어. 이마에 손을 대어보니 열이 끓고 있었어. 선풍기가 돌아가고 있었지만 방안은 찜통이었지.

나는 너를 도로 이부자리에 눕히고 창문을 열어 환기를 시켰어. 에어컨이 어디 있을까 벽을 훑어봤지만 에어컨은 어디에도 보이지 않았어. 젠장, 이런 곳에 아픈 너를 방치하다니. 괜히 선우형이 원망스럽더라. 나는 수건을 찾아 물을 적신 후 꽉 짜서 너의 머리에 얹어 주었다. 너는 거의 비몽사몽인 듯 보였어. 네가 잠을 자는 동안 나는 약국에 들러 체온계와 해열제를 사고 카페에 들러 얼음을 얻었어. 그리곤 얼음을 비닐봉지에 넣고 선풍기 프로펠러 뒷머리에 걸어두었어. 조금이라도 바람이 더 시원해지길 기대하면서.

  저녁이 되자 드디어 네가 눈을 떴어. 나는 너에게 물을 조금 마시게 한 후, 낮에 선우 형이 준 죽을 먹였어. 너는 어린아이처럼 내가 하는 대로 얌전히 따랐지. 몸에 힘이 전혀 없었으니 그럴 수밖에…. 약을 먹은 넌 다시 잠에 빠져들었다. 그리고 어느 순간, 네 이마와 콧등에 땀이 촉촉하게 베어나기 시작했지. 땀이 나고 있으니 다행이란 생각이 들더라. 하룻밤 푹 자고 나면 열이 떨어질 것 같았거든. 나는 편의점에 가서 컵라면을 대강 먹고 복숭아 통조림과 이온 음료를 샀어. 그리고 옥상의 평상에 앉아 잠시 밤하늘을 바라보았지. 여름에 들어서긴 했지만 밤바람이 불면 그나마 조금 시원하더라. 금세 모기가 날아와 몇 군데 물리고 나니 평상에서 밤을 지새우는 건 어려울 듯싶었어. 방에 들어가 너의 체온을 재니 여전히 넌 열이 펄펄 끓었어. 물수건을 갈아 이마에 올려주고 나도 깜빡 잠이 들었던 것 같다.

"선배, 일어났어요?"

눈을 뜨니 벌써 오전 10시가 다 되어 있었어. 새벽까지 여러 번 깨어 너의 체온을 재다가 37도로 떨어진 후에 나는 비로소 곯아떨어졌었어. 너는 몸이 괜찮아졌는지 바삐 무언가를 하고 있었는데 부엌에서 구수한 된장찌개 냄새가 났어.

"재인아, 몸 좀 어때? 벌써 움직여도 되는 거야?"
"저 말짱해요. 다 나았어요."

너는 밤새 비를 맞은 초목처럼 싱싱해져 있었다!

잠깐의 간호임에도 너는 놀라운 생명력으로 회복하고는 내가 잠을 자는 동안 밥을 짓고 국을 끓여놓았던 거야. 어제와 달리 해사해진 얼굴색을 보니 문득 코스모스가 떠올랐어. 너와 가을에 코스모스를 보러 가야겠다는 생각이 들더라. 네가 꽃이라면 아마도 코스모스일 것 같았거든.

"방학 때 뭐 해?"

난 너와 나란히 앉아 밥을 먹으며 이렇게 물었어. 생각보다 된장국이 맛있어서 속으로 조금 기뻐하면서. 대체 네가 끓인 된장국이 맛있다는 사실이 왜 기뻤는지는 잘 모르겠지만 말이야. 아직 나이도 어린데 이런 작고 허름한 방에서 홀로 생활을 꾸려왔었다는 생각에 마음이 아려왔지만 그 생각은 잠시였어. 반찬으로 놓인 총각김치를 젓가락으로 집으며 '행복은 그냥 이렇게 밥상을 사이에 두고 그저 앉아만 있어도 저절로 찾아오는 것이구나.'라는 생각이 기차 안에서 보는 풍경처럼 내 눈앞으로 지나갔거든.

"아르바이트 구하려고요."

"지금도 충분히 하는 거 아냐?"

"햄버거 가게 그만두고 다른 일을 알아보려고요. 하루에 8시간씩 서서 일하는 거에 비해 월급이 너무 적어서요. 이번에 몸살 난 것도 햄버거 가게 일이 고돼서 그런 것 같아요."

"단시간 일하고 많이 벌려면 과외가 좋은데…."

"오, 그래요? 동네 주위에 과외 전단지라도 붙여 볼까요?"

"그러면 연락처가 우선 있어야 할 텐데. 삐삐 번호라도 있어야 과외 구하기가 수월할 거야."

"그렇긴 하죠. 삐삐… 비싸던데….."

나는 사촌 형이 입주 가정교사를 구하고 있는 것을 알고 있었어. 다만 마음에 걸리는 것이 있어 네게 선뜻 소개하기가 꺼려졌지. 조카에게 약간… 문제가 있거든. 아직 스무 살 어린 네가 돌보기에는 조금 가혹한 마음의 병이 있어.

"7월 말에 시간 좀 비울 수 있니?"
"음… 아마도… 사장님이 여름휴가를 언제로 잡으실지 모르겠어요. 근데 그건 왜요?"
"그야 바다 보러 가야니까."
"바다요?"
"그래. 바다."

너는 눈이 동그래져서 나를 쳐다보았어. 네 눈에 비친 기쁨을 읽고 나서야 난 완전한 행복감을 맛봤다. 그래. 난 너와 바다에 갈 거야. 너와 푸르고 아름다운 밤바다를 거닐며 파도 소리를 듣고 싶어. 이게 어떤 감정인 걸까. 솔직히 난 잘 모르겠어. 그냥… 바다에 가면 모든 것이 선명해질 것 같은 기분이야. 이런 나의 기분을 너는 알까. 네게 부치지 못할 편지를 그저 독백으로 난 내뱉고 있어.

 네가 아프지 않았더라면 이렇게 네게 적극적으로 다가가지 못했을 거야. 사람은… 누군가를 좋아해서 돌보는 것이 아니라 누군가를 돌보고 싶어서 좋아하게 되는 것은 아닐까. 처음 본 순간부터 너는 줄곧 내 마음 한구석에 자리 잡았고 자꾸만 신경이 쓰였어. 그래. 어쩌면 네가 아팠던 그날 비로소 너를 좋아하고 있단 사실을 어렴풋하게 깨달은 것일지도 모르겠다. 하지만 내 마음을 네가 잘 알지 못하더라도 난 상관없어. 그저 너와 함께 바다에 가서 즐겁게 지내다 올 생각뿐이야. 선우 형에게 이미 허락은 받아났단다. 실은 선우 형, '자라투스트라' 사장과 이 주간 필리핀으로 여행 갈 거래. 두 사람이 사귄다는 걸 네가 알면 얼마나 놀랄까. 이따 카페에 들러 이 사실을 귀에 대고 몰래 말해줄 거야. 네 반응이 어떨지 너무 궁금해 죽을 지경이야.

 나는 집에 가기 전 네게 내 삐삐를 주었어. 네가 과외를 구할 때까지 사용하라고 주었지만 사실은 카페 외에는 네게 연락할 도리가 없어 그동안 무척 답답했거든. 방학이 되면 카페에 자주 오기도 힘들어질 거라 너와 연락하려면 어쩔 수 없었어. 너는 내 삐삐를 한사코 거절했지만 내 고집도 만만찮았지. 나는 그날로 아버지에게 삐삐를 잃어버렸다고 말씀드리고 새 걸 구입했어. 핑크색으로 살까 흰색으로 살까 고민하다가 핑크색으로 샀어. 이 삐삐는 이제 재인이 네 거니까 말이야. 그럼 조금 이따 보자. 나재인!

그해 여름 바다(상)

눈을 감으면 여전히 그때 그 바닷가의 정경이 생생하게 떠오르곤 한다. 분홍색과 빨간색, 파란색이 한데 뒤섞인 검푸른 바닷가의 석양과 해당화가 군데군데 피어 있고 앉은뱅이 나도풍란이 하얀 모래를 꽉 움켜쥔 작은 백사장, 그리고 모닥불 앞에 삼삼오오 모여 앉은 청춘들….

그때 난, 바닷가 모래사장에 홀로 앉아 마치 오래된 청춘 영화처럼 눈 앞에 펼쳐진 정경들을 어리둥절하게 바라보고 있었다. 바로 눈앞에서는 부드러운 파도가 자갈을 어루만지며 '자그락자그락' 소리를 냈다. 수많은 게 구멍 위로 앙증맞은 게들이 고개를 들고나와 모래 위를 '샤샤샤샥' 걸으며 정탐하는 소리도 들렸다. 이름 모를 밤벌레들의 합창은 '저녁 하늘 위로 떠 있는 별들이 눈을 깜빡거릴 때 내는 소리가 아닌가.' 하는 착각마저 들었다. 고요한 바닷가에서 들리는 자연의 소리가 마치 영화의 배경음악처럼 섬을 감쌌다. 신비롭고도 몽환적인 순간이었다. 아마도 해변 어딘가에 인어공주가 앉아 머리를 빗고 있을지도 몰랐다.

선배 중 누군가 통기타를 치며 유행가를 부르자 그곳에 모인 학생들이 손뼉을 치며 따라 부르기 시작했다. 육지에서 한참 떨어진 작은 무인도에는 우리만 있는 것이 아니라는 듯 숲속에 숨어 있던 참매미가 '쎄얼 쎄얼 쎄르르르' 목청껏 노래 부르기 시작했다. 이 모든 게 비현실적인 풍경 같아 나는 그 속에 온전히 참여하지 못한 채 관객처럼 그저 바라만 보고 있었다.

"무슨 생각을 그리 해?"

우진 선배는 무리와 조금 떨어져 앉아 있는 내게 다가와 캔맥주를 건네주었다. 아이스박스에서 꺼낸 맥주는 방금 수확한 사과처럼 싱그럽고 시원했다. 나는 한낮의 열기에 익어버린 볼을 식히려고 맥주를 얼굴로 가져다 대었다. 선배가 내게 "무슨 생각을 그리 해?"라고 물었지만 나는 어떤 말을 꺼내야 할지 판단이 서지 않았다. 내 마음속에 떠오르는 순간의 상념들이라는 게 아득하고 모호해서. 해변이 너무 아름다워 조금 슬프고, 나는 여전히 선배가 담긴 풍경 밖에 있는 것 같아 또 조금 쓸쓸하지만, 이 또한 묘하게 달콤해서 이런 감정을 적절하게 표현할 단어들을 찾지 못했다. 또, 찾았다 한들 막상 입 밖으로 꺼내는 순간 김빠진 맥주처럼 시시해질 것만 같았다. 나는 그저 조금 외로웠다. 하지만 '철썩, 철썩' 들리는 파도 소리 때문이었을까. 우리 두 사람 사이에 흐르는 침묵이 어색하지 않았다.

"조금 걸을까?"
"네."

사실은 선배가 내게 걷자고 하길 기다리고 있었다. 선배와 함께 무리에서 떨어져 또 다른 무리로 서로에게 소속되길 바랐다. 각자의 동아리에 소속되어 있는 사람들 사이에서 소속이 없던 나는 조금 난감했다. 선배가 함께 바다에 가자는 말이 단둘이 가는 여행일 거라고는 생각하지 않았지만 막상 뚜껑을 열고 보니 그렇게 되기를 은근히 기대하고 있었던 모양이다. 인천항에 선배와 도착했을 때 그곳에 모인 십여 명의 학생들을 보고 난 꽤 당황했다. 하지만 나중에 겪은 일에 비하면 그건 별로 당황할 만한 일도 아니었다.

석양은 이미 바다 아래로 저물어 섬 주위는 물체의 실루엣만 어슴푸레 보일 만큼 어둑어둑해져 있었다. 사람이 사는 본 섬 옆에 딸린 작은 무인도는 천천히 걸어도 한 시간 이내면 섬 주변 바닷가를 돌만큼 작고 아담했다.

"이런 섬은 어떻게 찾은 거예요?"

"창수 큰아버지가 본섬 마을 이장님이시거든."

"아… 어쩐지, 이런 곳은 외지인들은 절대 못 찾을 것 같아요."

"여기 실은 작년에 에쿠스 회원들끼리만 와 봤거든. 그때 너무 좋았어. 그래서 이번엔 꼭 너를 데려오고 싶더라."

"이번엔 왜 다른 대학까지 같이 온 거예요?"

"그게 말이지… 실은 비밀인데… 꼭 지켜줘."

비밀은 사실 지키고 말고 할 것도 없었다. 나는 인천항에 도착한 순간부터 기연 선배가 누구를 좋아하는지 금세 알아차렸다. 물리학도인 기연 선배는 운동선수처럼 체격이 좋았다. 마치 남자 아나운서처럼 또렷하면서도 신뢰감이 도는 멋진 목소리를 가지고 있는 호남자이기도 했다. 늘 조용한 듯했지만 어딘가 당당한 기백이 엿보이는 그가 예슬이란 여자, 그러니까 축제 때 주점에서 우진 선배를 데려갔던 바로 그 여자 앞에서 안절부절하고 있었다. 기연 선배의 그런 모습을 보니 안타까웠다. 누군가를 마음에 품으면 그 사람은 몹시 커 보이고 나란 존재는 한없이 작아지는 그 마음을 누구보다 잘 알고 있기에 기연 선배의 짝사랑이 남 일 같지 않았다.

짝사랑하는 여학생과 함께하고 싶은 기연 선배의 바람은 곧 에쿠스 회원들의 바람이기도 했기에 이웃 대학 학생들과 함께 MT를 가는 것은 일사천리로 진행되었다고 했다. 여객선을 기다리는 대합실에서 예슬이라는 예쁜 이름을 가진 그 여자를 발견한 순간 나는 이미 대강의 스토리를 파악할 수 있었다. 이름도 얼굴도 몸매도 예쁜 그 여자의 시선은 대합실에 도착한 후부터 내내 우진 선배를 향해 있었다. 그녀가 우진 선배를 무척 좋아하고 있다는 걸 나는 심증으로 느꼈을 뿐이었지만 그날 밤 내 심증은 사실로 밝혀지고 말았다.

 나도 선배에게 내가 알게 된 비밀을 말해주고 싶었다. 어젯밤 내가 잠결에 들었던 여자들의 그 비밀스러운 이야기를 선배가 알면 기분이 어떨까.

 "예슬아, 어떻게 해. 기연이가 너 되게 좋아하는 것 같더라."
 "맞아요. 언니. 짐은 다 같이 들고 있는데 굳이 언니 짐만 들어주시던걸요?"
 "예슬이는 좋아하는 사람 따로 있는데 말이야."
 "몰라, 몰라. 나 너무 속상해. 기연이가 자꾸 티를 내니까 우진이가 다가오질 않잖아."

"그러네. 둘이 완전 베스트프렌드잖아."

"뭐야, 언니. 삼각관계 주인공 되는 거예요?"

"모르지. 사각 관계가 될지."

예슬 선배(우진 선배와 동갑이니 선배라고 하겠다)의 말에 갑자기 침묵이 돌았다.

"근데 그 같이 온 여자애는 에쿠스 회원도 아닌 것 같던데 왜 온 거래요?"

"설마. 회원이니까 같이 왔겠지. 1학년이라니까 신입회원 아닌가?"

"그 애 좀 얄밉지 않아요? 우진 오빠 옆에만 계속 붙어 있던데."

"계속 붙어 있으면 뭐 해. 우진이는 걔한테 관심 없을걸. 우진이가 얼마나 눈이 높은데."

"하긴, 예슬 언니면 모를까. 근데 우진 오빠가 언니한테 관심 있는 것 같지 않아요?"

"모르겠어. 난. 근데 나도 그 애 조금 신경 쓰여."

"천하의 안예슬이 왜 신경을 써. 그러지 말고 이번에 우진이한테 마음 확실히 전해봐."

"그럴 거야. 그러려고 여기까지 왔는데."

"오우! 사랑 앞에서 직진하는 모습 너무 멋져요, 언니."

"근데 우리 말소리 옆 텐트에 다 들리는 거 아냐?"

"제가 봤는데 걔 자고 있던데요?"

"아, 그래? 애가 좀 붙임성도 없고, 암튼 마음에 안 들어."

"그러니까요. 우진 오빠가 소개하기 전까지 인사도 안 하던
데요."

나는 여자들이 모여 있던 텐트 바로 옆에 설치된 텐트에서 잠
을 청하는 중이었다. 너무나 오랜만에 지하철을 타고, 또 난생
처음 큰 배와 작은 배를 타고 왔기에 섬에 도착한 후로 기진맥진
한 상태였다. 하지만 잠자리가 바뀐 탓에 눈을 감고 있어도 쉬
이 잠이 들지는 못했다. 그 덕분에 여자들의 대화를 의도치 않
게 엿듣게 되었다. 텐트가 방음이 전혀 되지 않는다는 것을 그
들은 모르는 듯했다.

에쿠스 동아리와 연합으로 MT를 온 여학생들은 우리 학교 인
근에 있는 여자대학의 영화 동아리 회원들이었다. 모두 다섯 명

이었는데 여학생을 발견한 에쿠스의 남학생들은 그녀들을 보자마자 함박웃음을 지었다. 에쿠스 출신의 졸업한 선배들도 합류해 인천항 터미널은 젊은 남녀들로 활기를 띠었다. 우리는 항구에서 여객선을 타고 본섬에 도착했고, 마을 주민인 선장님의 작은 배를 타고 다시 이곳 무인도로 들어왔다. 나중에 알고 보니 창수 선배의 큰아버지가 마을의 지인인 선장님에게 부탁해 우리를 이곳까지 데려다주신 것이었다.

 선장님의 말에 따르면 무인도라고 해도 예전에는 사람이 살았다고 했다. 섬에 도착해서 선장님이 알려준 길로 오르니 섬 가운데 야트막한 동산처럼 솟아오른 지대가 보였고 그곳에 조그마한 민박집이 있었다. 민박집은 작은 슈퍼마켓을 겸했던 것 같았다. 민박 건물에 매달려 있던 금성 슈퍼라는 낡은 간판이 바닷바람에 부식된 채 거미줄로 뒤덮여 있었다. 민박 건물의 방은 모두 문이 잠겨 있어 들어갈 수 없었지만 다행히 화장실과 수도를 사용할 수 있었다. 화장실은 물론 말할 수 없이 더럽고 바닥이 낡아 위태로워 보였지만 여학생들로서는 우거진 수풀 뒤에 숨어 볼일을 보는 남학생들처럼 뒷일을 볼 수는 없었다.

일행들은 민박 건물에서 바닷가로 연결된 작은 오솔길을 따라 내려와 너른 백사장 위에 텐트와 천막을 쳤다. 남학생들은 널찍한 텐트 하나만 쳤고, 6명의 여학생을 위해 두 개의 텐트를 건너편에 쳤다. 창수 선배가 민박 건물에서 커다란 가마솥을 찾아오자 모두들 환호했다. 여학생들이 사방으로 흩어져 땔감으로 쓸 나뭇가지를 모아 오는 동안 우진 선배와 남학생들은 커다란 돌들을 가져와 그 위에 솥을 얹었다. 그날 저녁 본섬에서 구해 온 토종닭을 몇 마리 넣고 끓인 백숙으로 배를 든든히 채운 우리는 영화광 아니랄까 봐 천막에 앉아 영화를 감상했다. 하지만 곧 모기가 달려들어 영화 상영을 잠시 중단해야 했다. 남학생들은 부랴부랴 모기장을 천막 사방으로 치고 모기향을 피웠다. 영화를 비추는 하얀 천이 섬으로 불어오는 바람에 살짝 흔들렸다.

바닷가에서 불어오는 밤바람으로 더위를 식히며 모두 영화에 집중하고 있었지만 난 재미없어 연신 하품만 해댔다. 영화의 제목은 〈희생〉이라고 했는데 도대체 무슨 내용인지 이해할 수 없는 예술영화였다. 감독의 이름도 영화만큼이나 어려웠지만 난 그 감독의 이름을 잊을 수 없었다. '안드레이 타르코프스키'. 이렇게 지독한 영화를 만들다니, 영화관에 그의 영화가 걸리면 난 절대 보지 않겠다고 다짐했다! 스무 번째 하품을 하고 있었을까, 우진 선배와 눈이 딱 마주쳤다. 선배는 슬금슬금 내 옆으로 다가와 내 귀에 자신의 손과 입술을 대고 속삭였다.

"영화 제목이 왜 희생인 줄 알아?"

안 그래도 난 그게 몹시도 궁금한 찰나였다.

"아니요. 왜 희생이에요, 도대체?"
"이 영화를 끝까지 다 보려면 엄청난 희생정신이 필요해. 너무 지루해서. 그래서 제목이 희생이야."

풉-. 의도치 않게 웃음이 터져 나왔다. 나는 재빨리 두 손으로 내 입을 막았다. 그 순간 우리 두 사람을 바라보는 시선이 느껴졌다. 고개를 들어 보니 예슬 선배가 이글거리는 눈빛으로 나를 노려보고 있었다. 나는 눈이 마주치자마자 깜짝 놀라 시선을 피해 버렸다. 죄지은 것도 아닌데 왜 그녀의 시선에 맞서지 못하는지 스스로 한심했다. 우진 선배는 아무것도 모른 채 다시 영화에 집중했다. 말로는 지루하다고 했지만 선배의 눈빛은 매우 진지했다. 어쩌면 선배는 이 영화가 재밌을지도 모른다. 선배는 영화를 진심으로 사랑하는 사람이란 걸 난 잘 알고 있다. 아마도 지루해하는 내게 다가와 선배만의 방식으로 나를 달래준 것이리라.

  다음날 우리 일행들은 뜨거운 열기 속에서 눈을 떴다. 나무 그늘이 전혀 없는 곳에 텐트를 쳤기에 이른 아침부터 내리쬐는 한여름의 햇살이 텐트 안을 뜨겁게 달구고 있었다. 더위 때문에 잠에서 깬 일행들은 일어나자마자 바다로 뛰어들었다. 나도 전날 밤 여학생들의 대화 내용에 의기소침했던 걸 잊어버리고 신나게 물놀이를 했다. 남자 선배들은 우르르 몰려가 예슬 선배를 번쩍 들더니 물속에 빠뜨려 버렸다. 그걸 본 여학생들은 다가오는 남자들을 피해 도망 다니다가 결국 붙잡혀 물에 던져졌다. 우진 선배가 나를 보며 달려왔고 나 역시 줄행랑을 쳤지만 곧 선배 손에 붙잡히고 말았다. 선배가 날 뒤에서 끌어안고 번쩍 들어 올렸을 때 선배의 단단한 가슴이 선명하게 느껴져 당황했지만 이내 물속에 처박히고 말았다.

  아침 겸 점심으로 라면을 끓여 먹은 후 어떤 이는 낮잠을 자고 어떤 이는 책을 펼쳤다. 몇몇은 남녀가 짝을 이뤄 섬을 탐방하러 나섰고 어떤 팀은 낚시를 갔다. 각자 휴식을 취하는 동안에도 예슬 선배는 우진 선배와 간밤에 본 영화에 대해 토론하고 있었다. 그때 졸업한 남자 선배 한 명이 내게 다가왔다. 선배는 올해 졸업하고 은행에 입사했지만 적응하기 쉽지 않다고 했다. 선배는 누군가에게 하소연하고 싶어 했고 딱히 할 일이 없던 나는 그 선배의 조용한 말동무가 되어 주었다. 선배의 이야기에 집중하느라 우진 선배가 어느새 우리 뒤에 서 있는 줄도 몰랐다.

"형, 예슬이가 찾던데요?"
"정말?"

우진 선배의 말에 남자 선배는 내게 미안하다며 자리를 황급히 떴다. 나는 솔직히 믿을 수 없었다. 예슬 선배가 우진 선배를 보내고 다른 사람을 찾을 리 없다. 선배가 떠난 자리에 우진 선배가 털썩 주저앉았다.

"진짜예요?"
"뭐가?"

"예슬 선배가 찾는다는 거요."

"뭐? 내가 그랬어? 나 안 그랬는데."

나는 어이가 없었지만 웃음이 나왔다.

"짓궂네요. 선배."

우린 서로 얼굴을 보고 피식 웃었다. 이로써 난 그와 공범이
됐다. 사소한 비밀을 함께 나누는 일이 이렇게 즐거울 줄이야.

"재인아. 여행 재밌어?"

"네. 여기 정말 마음에 들어요. 여기에서 평생 살아도 좋을 만
큼요."

"정말? 그 정도로 좋아?"

"저 바닷가에 처음 와 봐요. 섬도 처음이고요. 처음 보는 곳인
데 너무 예뻐서 꼭 현실이 아닌 것 같아요."

"부모님하고 바닷가에 와본 적 없었어?"

"네."

"저런… 부모님도 무심하시지."

"우리 엄마랑 아빠도 날 바다에 데려오고 싶었을 거예요."

"많이 바쁘셨나 보지?"

　선배의 질문에 어떻게 대답할까 잠시 주저했다. 하지만 부모님이 일찍 돌아가신 걸 굳이 숨길 이유도 없었다.

"아, 실은… 엄마는 내가 태어난 후 일 년쯤 후에 병으로 돌아가셨어요. 아빠는 여섯 살 때 교통사고로 돌아가셨고요."

　내 말에 선배는 말을 잇지 못했다. 나는 속으로 중얼거렸다.

'아, 괜한 이야기로 선배 마음을 무겁게 했구나.'

　선배가 어떤 얼굴로 나를 바라볼지 궁금했지만 차마 선배를 똑바로 바라볼 수 없었다. 그래서 나는 고개를 숙여 선배를 몰래 바라보았다. 선배는 말없이 손으로 모래를 쥐고는 다시 아래로 떨어뜨렸다. 나도 선배를 따라 모래를 쥐었다. 선배의 커다란 손이 내 손을 가만히 덮지 않았더라면 나도 모래를 바람에 날렸을 텐데. 태양 빛이 뜨거워 얼굴이 화끈거렸지만 그것보다 쿵쿵대는 심장 소리가 손으로 전달될까 봐 더 신경 쓰였다. 선배의 손이 내 손을 꽉 쥐더니 손을 돌려 내 손가락 사이로 선배의 손가락을 집어넣었다.

"두 사람 거기서 뭐 해?"

예슬 선배의 목소리에 우리 두 사람은 깜짝 놀라 손을 얼른 뗀때였다. 귀청이 떨어질 것 같은 매미 소리가 그제야 귀에 들렸다. 우진 선배는 내게 한쪽 눈을 찡긋하고는 몸을 일으켰다. 선배가 가고 난 후 난 그대로 바닷물 속으로 풍덩 뛰어들었다. 여름의 해변은 너무 덥고 또 너무 시원했다.

그해 여름 바다(하)

"우진이랑 사귀니?"

 작디작고 이름 없는 섬의 고요한 해변에서 나는 바다를 보며 가만히 앉아 있었다. 몇 시간 전 우진 선배가 내 손을 꼬옥 쥐고 간 순간부터 머릿속이 하얗게 되어 앉아 있는 것 외에는 아무것도 할 수 없었다. 마치 감기약을 먹은 것처럼 몸이 둥실둥실 날아다니는 기분이었다. 몽롱한 느낌을 오랫동안 음미하고 싶었다.

 그런데 예슬 선배가 불쑥 내게 다가와 내뱉은 첫마디는 하늘에서 떨어지는 새똥을 맞는 것처럼 갑작스럽고 불쾌했다.

"아니요."

 한여름의 뜨거운 바닷가에서 나는 북극의 추위를 상상하며 최대한 냉랭하고 건조하게 대답했다. 그녀의 적개심은 내게도 똑같은 크기의 칼날을 세우도록 만들었다.

"제가 좋아해요."

자신이 듣고 싶은 대답만을 듣고 재빠르게 뒤돌아서던 그녀를 나는 말로써 황급히 붙잡았다. 우진 선배를 얻기 위해, 반드시 승자를 정해야만 하는 치열한 전투에서 어떻게든 승패를 잡고 싶어 저토록 버둥대는 그녀를 보자 나 또한 내 속 깊이 숨겨져 있던 용기를 불러내 장렬하게 싸워보고 싶어졌다. 나도 선배를 좋아한다. 나도 그녀처럼 그를 얻고 싶다. 용기 내지 않고 뒤로 숨는 건 사랑에 대한, 아니 나에 대한 예의가 아니다.

"뭐라고?"

"저도 우진 선배 좋아한다고요."

"그래서? 뭐 어쩌려고?"

"최선을 다하려고요. 선배도 이렇게 최선을 다하는데 저도 지지 않으려고요."

"우진이는? 우진이도 너 좋대?"

"그걸 왜 저에게 물으세요?"

그녀는 나의 대답에 당황한 듯 보였다. 나는 떨리는 마음을 들키지 않으려고 최대한 목소리를 낮춰야 했다. 그녀에게 바위처럼 단단해 보이고 싶었다. 나는 그녀처럼 사랑을 얻지는 않겠다. 내가 나의 감정을 존중하듯 다른 이의 감정은 오롯이 그 사람의 것임을 인정해 줄 것이다. 그저 나는 내 마음을 고백하고 그의 마음을 얻으려 노력할 것이다. 같은 사람을 사랑한다고 해서 서로가 꼭 적이 되어야만 하는지 이해할 수 없다. 무엇보다 나라는 사람을 알려고 하지도 않고 이렇게 적개심을 먼저 보이는 사람의 사랑을 나는 도저히 인정할 수 없었다.

하지만 이런 나의 마음속 선언은 선배가 내게 어느 정도 확신을 주었기 때문에 가능한 것이리라. 선배도 나를 좋아하고 있다는 사실이 믿어지지 않아 바닷가에서 곱씹고 또 곱씹는 중이었지만 내 앞에 선 사랑의 라이벌 앞에 마음을 토해내고 나니 모든 것들이 더욱 선명해졌다. 그녀는 우리 두 사람을 보며 불안했던 모양이다.

"그래서? 우진이에게 고백이라도 하려고?"
"네. 저는 오늘 밤 우진 선배에게 마음을 전할 거예요. 확실하고 분명하게."

예슬 선배의 얼굴이 이제 막 바다 위로 떠 오른 노을처럼 붉게 물들었다. 심지어 눈가조차 붉어지더니 눈망울에 눈물이 차올랐다. 표독스럽게 나를 몰아치던 그녀가 갑자기 내 앞에서 눈물을 흘리려 하고 있었다. 아, 그녀가 끝까지 악역이면 좋겠다. 이 상황에서 마음이 약해지는 것이 싫다. 그녀 또한 그저 한 남자를 좋아하는 보통의 여자일 뿐임을, 나보다 세 살이나 많은 선배지만 좋아하는 사람 앞에서는 그녀 역시 사랑을 갈구하는 약자에 불과하단 사실을 받아들이고 싶지 않았다. 나를 노려보던 그녀는 다행히 눈물을 흘리지는 않았다.

"그래, 잘 해봐. 그런데 쉽게 잘 되진 않을 거야. 나도 우진이에게 고백할 거야. 너보다 먼저."

그녀가 오만한 자존심을 드러내어 다행이었다.

"선배가 고백을 하든 말든 그건 제가 상관할 바가 아니에요."

그녀가 돌아간 후 다리에 힘이 풀린 나는 모래밭에 주저앉았다. 선배를 좋아한다는 말을 이런 식으로 다른 사람에게 표현할 줄은 몰랐지만 한편으로는 속이 후련했다. 뱉은 말은 주워 담을 수 없기에 나는 내 말에 책임을 져야 했다. 이래서 인류는 중요한 사건을 앞에 두고 항상 선언을 했던 모양이다.

저녁을 먹은 후 남자 선배들이 모닥불을 피웠다. 타오르는 모닥불 주변에 옹기종기 앉은 사람들은 맥주를 마시며 홀린 듯 멍하니 불꽃을 바라보았다. 그때 기연 선배가 통기타를 치며 노래를 부르기 시작했다. 우진 선배와 예슬 선배가 단둘이 어둑어둑해지고 있는 숲속으로 사라지자 기연 선배는 입으로 노래를 불렀지만 눈으로 그들의 자취를 더듬었다. 그가 부르고 있는 노래는 퍽 애달팠다. 사랑이 떠난 후 잊지 못해 힘들어하는 어떤 남자의 고백이 담긴 노래였다.

아마도 지금쯤 그녀가 우진 선배에게 고백을 하고 있겠지. 기연 선배의 목소리는 점점 더 구슬퍼져 갔고 나 역시 마음이 검게 그을려갔다. 그녀에게 보여주었던 낮 동안의 패기는 온데간데없이 사라지고 어둠 속으로 흩어지는 저녁노을처럼 부정적인 생각에 삼켜지는 중이었다.

예슬 선배의 고백에 선배가 흔들리면 어떡할까. 아니야, 선배는 그럴 사람이 아니다. 내가 먼저 선수를 쳤어야 했을까. 하지만 막상 고백을 하려니 무슨 말을 어떻게 꺼내야 할지 잘 몰랐다. 그저 머릿속에는 하얀 백지장만 덩그러니 놓여 있다. 분명 좀 전까지 생생하게 떠오르던 숱한 문장들이 종이를 대면하자마자 휘발되어 버린 소설가처럼 막막해져 버렸다.

두 사람이 다시 무리 곁으로 다가왔을 때 둘의 표정을 확인하고 싶었지만 주위는 이미 어두워져 표정도, 또 그 속에 감춰진 감정도 분별하기 어려웠다. 하지만 잠시 후 모닥불 근처에 앉은 두 사람의 얼굴은 청춘들 사이에서 또렷하게 떠올랐다. 불빛에 어린 두 사람의 표정에서 난 무엇을 읽어야 할지 잠시 고민했지만 실은 아무것도 읽히지 않길 바랐다.

용기가 사라져 버린 나는 무리에서 조금 떨어져 섬에게 마음을 의지했다. 고요한 바다와 자연의 소리 안에서 평온을 찾고 싶었다. 조금 쓸쓸했지만 한편 행복했던 것도 같다. 쓸쓸함과 행복함이 동시에 찾아오는 이 이율배반적인 감정을 나는 도무지 설명할 자신이 없다. 그리고 바로 그 순간, 우진 선배가 내 곁으로 다가왔다.

선배와 함께 해변을 걷는 동안 바다를 매만지고 온 바람이 습한 입김을 불어왔다. 소나무 숲속에서 산비둘기 울음소리가 들려왔다. 섬에 온 후로 지겹게 울던 매미는 이제 잠이 들었는지 주위는 더욱 고요했다. 파도 소리가 배경음악처럼 밤을 감쌌다. 밤하늘에 떠 있는 달빛은 검은 바다 표면에 반사되어 길게 반짝거리는 띠를 이루며 윤슬을 만들어냈다.

"여기에 반딧불이가 가끔 나타난대."

선배의 목소리는 밤바다의 미풍처럼 부드러웠다. 다정한 선배의 음성은 내 마음의 문을 두드렸다. 비로소 난 내 삶의 주인공으로 살아갈 수 있을 것 같은 힘을 얻었다. 내 의지로 생을 헤쳐나가고 운명을 만들어가야 하겠지만, 가끔은 내 돛에 불어오는 순풍처럼 힘을 주는 누군가를 항상 그리워했던 것 같다. 나는 아무 말 없이 선배의 얼굴을 물끄러미 바라보았다.

"선배 눈빛이 반딧불이처럼 반짝거리네요."

선배는 아마 환하게 웃은 것 같다. 바다와 달빛을 등지고 선 그의 얼굴을 자세히 볼 수 없었지만, 그런 어두움 속에서도 그의 기쁨을 나는 확신할 수 있었다.

"자, 이제 고백해 봐."
"무슨… 고백이요?"
"아까, 예슬이한테 말했잖아. 나한테 고백할 거라고."

선배는 두 손을 뻗어 내 손을 잡았다. 너무나 가슴이 뛰었다. 그리고 떨렸다. 온몸이 떨려 아무 말도 할 수 없었다. 충만한 기쁨이 바다의 많은 물처럼 나를 덮쳤다. 나는 어떤 말도 내뱉을 수 없었다.

"자아, 어서. 나 기다리고 있잖아."

내 영혼은 어느새 출발선에서 포즈를 취했다. 땅- 총성과 함께 최선을 다해 달려가는 스프린터처럼 나는 그에게 있는 힘껏 달려가고 싶었다. 나는 선배의 손을 꼭 잡았다. 선배의 손바닥이 축축했다. 아, 이 사람도 나처럼 긴장하고 있구나. 나처럼 떨고 있구나. 영혼 깊은 곳에서 용기가 솟구쳤다.

"좋아해요. 처음 본 순간부터, 내게 인사하던 그날부터 선배를 좋아했어요."

선배는 내 말이 끝나기가 무섭게 내 손을 잡아끌고 나를 와락 껴안았다. 넓은 가슴과 두 팔로 나를 감싸더니 잠시 나를 바라보았다. 그리고 내 이마에 살포시 입을 맞췄다.

"나는 강의실에서 처음 봤을 때부터 좋아했어. 나를 알아봐 주기를, 나처럼 너도 날 바라봐주길 계속 기다렸어. 이 바보야."

그때 숲으로부터 반짝거리는 작은 불빛이 우리가 있는 바다 쪽으로 날아오는 것이 아닌가!

"선배, 반딧불인가 봐요."
"어, 진짜네. 진짜 반딧불이네."

우리 두 사람은 반딧불이에 반해 신기한 듯 바라보았다.

"선배, 반딧불이가 왜 불빛을 내는지 알아요?"

"글쎄? 그건 생각 안 해봤는데… 음… 아마도 먹이 찾아다니려고?"

"사랑하는 짝을 찾으려고요. 반딧불이가 내는 빛을 '사랑의 불빛'이라고 한대요."

"그래서 네가 나를 볼 때마다 그렇게 눈빛을 반짝거렸구나. 나 좀 보라고."

"그랬어요? 제가 선배 볼 때마다 눈을 반짝거렸어요?"

"그래, 정말로. 저기 반짝이는 별을 제 증인으로 소환합니다."

"과연. 별이 유독 반짝거리는 것이 선배 말이 사실이라고 증언하는 것 같아요."

내 대답에 선배는 내 볼을 꼬집는 시늉을 했다.

"난 처음 봤을 때부터 재인이가 말을 엄청 잘하는 사람이란 걸 알았다니까."

우리 두 사람은 서로 킥킥대며 웃다가 눈이 마주치자 갑자기 쑥스러워져 버렸다. 선배도 나도 아까의 입맞춤을 떠올리는 게 분명했다. 선배가 또 내게 입맞춤을 할 것 같아 재빨리 말을 골라야 했다. 만일 또 입맞춤을 하게 된다면 이번에는 이마가 아닐 것 같았다. 그건 생각만 해도 아찔하고 부끄러웠다.

"그런데, 선배. 제가 선배에게 고백할 거란 걸 어떻게 알았어요?"

"예슬이한테 들었어."

"그 선배가요? 왜?"

"아까 예슬이가 물어보더라. 나보고 좋아하는 사람 있느냐고."

"그래서요?."

"좋아하는 사람 있다고 하니까 그게 혹시 재인이냐고 하길래, 맞다고 했지. 그랬더니 예슬이가 나보고 축하한다고, 재인이도 오늘 밤 나한테 고백할 예정이라 들었다고 하더라. 그 말 듣고 내가 얼마나 기뻤는지 넌 모를 거야."

"얼마나 기뻤는데요?"

"그 사실을 아는 순간, 내 머릿속에 불꽃놀이 축제가 열렸어."

'이 남자는 어쩜 이리 마음에 드는 말만 고를까.'라고 생각하며 속으로 감탄했다. 그리고 그 순간 알았다. 선배는 다른 누구에게도 보여 준 적 없는 모습을 나에게만 보여준다는 것을….

"예슬 선배가 또 다른 말은 안 했고요?"

"응. 실은 예슬이가 나한테 고백이라도 할까 봐 좀 걱정했었어. 거절하는 건 정말 어려운 일이야. 우리는 영화 때문에라도 가끔 보는 사이인데 내가 거절하면 사이가 어색해지잖아. 그러면 동아리에도 영향을 줄 테고. 근데 예슬이는 네가 고백할 거라는 걸 어떻게 알았지?"

"그건… 비밀이에요."

"뭐야. 그럼 나도 비밀 만들 거다."

"그건 안 돼요."

"그럼 난 안 만들지 뭐. 대신 재인이는 아까 같은 비밀만 만들어줘. 그러면 돼. 알았지?"

"네, 약속할게요."

우리 두 사람은 손을 잡은 채 해변의 모래밭을 걷고 또 걸었다. 저 멀리서 청춘들의 노랫소리가 여전히 들려왔다. 반딧불이들이 하나둘 늘어나 어느새 수십 마리가 떼를 지어 우리 주위를 날아다녔다. 반딧불이도 우리 두 사람처럼 고운 짝을 찾기를 나도, 달빛도, 바다도 조용히 기도했다.

부재

'8282(빨리빨리)'

선배가 보내온 메시지에 재빨리 기숙사 1층으로 내려갔다. 1층 현관 앞에 있는 공중전화를 찾아 삐삐에 남겨진 음성메시지를 확인했다.

'재인아. 지금 빨리 옥탑방으로 올래?'

나는 코트를 입고 선배가 크리스마스 선물로 사준 빨간 목도리를 목에 두르고 같은 색 벙어리장갑을 꼈다. 밤 9시가 조금 넘어 있었다. 오후부터 내린 눈이 쌓여 거리는 온통 하얀 솜사탕으로 뒤덮인 듯 폭신해 보였다. 올겨울 내린 첫눈이었다.

"이게 다 뭐예요?"

옥상 마당에도 소복하게 눈이 쌓여 있었다. 선배는 마당에 텐트를 치고 모닥불을 피우는 중이었다. 주위는 칠흑처럼 어두웠지만 텐트보다 조금 높게 설치된 작은 램프가 가로등처럼 주위를 은은하게 비췄다. 밤하늘에서 별 가루를 뿌리는 듯 가늘고 여린 눈송이들이 이리저리 흩날렸다. 모닥불과 조명에 반사되어 하얀 눈꽃들이 아주 작은 폭죽처럼 잠깐잠깐 반짝거렸다.

"자아, 이리 와서 앉아."

불 앞에 놓인 캠핑용 의자에 앉으니 선배가 작은 담요를 가져와 내 어깨에 걸쳐 준다. 선배는 항상 내게 다정하고 친절하다. 여섯 살 이후로 받아본 적 없던 다정함과 친절함이 선배에게 저축되어 있던 걸까. 지금에서야 그걸 인출해서 쓰고 있는 기분이다. 세상에서 가장 부자가 된 듯한 만족감을 주는 사람이 바로 내 앞에 있다니. 이 모든 현실이 꿈처럼 달콤해서 가끔은 금방 깨어버리는 건 아닐까 불안하기도 했다.

"선배, 웬 텐트예요?"

모닥불을 뒤적이던 선배는 한동안 말이 없었다. 내 질문이 그리 어려웠나 멋쩍어졌다.

"…엄마가 암으로 돌아가신 후부터 아버지랑 항상 캠핑을 다

넜어."

눈앞에 아른거리는 불꽃을 바라보는 선배가 조금 쓸쓸해 보였다. 선배 역시 나처럼 어릴 때 어머니를 여의었다. 외동아들이었던 선배는 늘 외로웠다고 했다.

"그 충격으로 한동안 말을 못 했어. 내가 열 살 때였는데 밥도 잘 못 먹고 늘 방에 틀어박혀 있었거든. 학교도 가지 않았지. 평소에 무뚝뚝하던 아버지가 어느 날 텐트를 사 오시더니 나를 데리고 전국 방방곡곡을 돌아다니기 시작하셨어. 아버지는 운영하시던 약국 문을 닫고 나하고 한동안 그렇게 캠핑을 다녔어. 지금 생각해보니, 아버지도 상심이 꽤 컸던 것 같아. 말이 별로 없는 우리 부자가 서로를 위로하는 건 그저 풍경이 아름다운 자연 속에서 텐트를 치고 야영하는 것이 전부였지. 그런데 그게 희한하게 위로가 되더라."

선배는 무언가 떠올랐는지 갑자기 옥탑방으로 들어갔다. 그리고 이내 보온병과 머그컵을 들고나와 내게 컵을 건네고 따뜻한 커피를 따라 주었다. 카페 칸타타의 인기 메뉴인 아메리카노 향기가 차가운 밤공기 사이로 흘러 다녔다. 눈이 오는 광경을 조용히 지켜보는 고양이처럼 주위는 무척 평온했다. 타닥타닥, 장작 타는 소리에 눈을 들면 가끔 불똥이 튀어 올라 작은 혜성의 궤적을 그리다 사라졌다.

"그러던 어느 겨울날, 아버지랑 캠핑을 하고 아침에 눈을 떴어. 그리고 화장실에 가려고 텐트를 열었지. 그런데 세상이 온통 눈으로 가득한 거야. 그때 얼마나 아름답던지. 아, 이 광경을 보려고 우리 부자가 지난밤 추위에 떨며 여기에서 잠을 잔 것이구나 싶더라. 그때 문득 엄마 생각이 나는 거야. 나도 모르게 펑펑 울고 말았어. 내 울음소리에 잠에서 깬 아버지도 나를 안고 하염없이 울었어. 그리고 그날 이후로 신기하게 말문이 트였어. 봄이 되어 나는 학교로 돌아가고 아버지는 다시 약국 문을 열었지. 그렇게 우리 부자는 다시 일상으로 돌아올 수 있었어."

나는 그저 조용히 선배의 이야기에 귀 기울일 수밖에 없었다. 선배에게는 지금 당장 선배의 이야기를 들어줄 사람이 옆에 있는 것으로도 충분하리라 여겨졌다. 슬픈 이야기였지만 다행히 선배는 더 이상 슬퍼 보이지 않았다.

"그 후로 눈이 내리면 늘 생각했어. 내게 언젠가 좋아하는 사람이 생긴다면, 그 사람과 꼭 눈이 오는 날 캠핑을 하겠다고 말이야. 내가 느꼈던 아름다움을 같이 나누고 싶은 사람을 늘 기다려왔던 것 같아."

나는 머그컵을 의자 옆에 가만히 내려두고 두 손으로 선배의 손을 잡았다. 선배의 다정한 눈빛은 언제나 내가 선배를 더욱 사랑할 수 있도록 용기를 준다.

"고마워요."
"응? 뭐가?"
"그 좋아하는 사람이 나여서요."
"고마워."
"응? 뭐가요?"
"그 좋아하는 사람이 너여서."

선배는 오른손으로 내 코끝을 잡아당겼다. 선배가 말하지 않아도 내 눈에 어떤 모습들이 영화 속 한 장면처럼 그려졌다. 오후에 눈이 내리자 선배는 부랴부랴 집에 갔을 것이다. 그리고 집안 어딘가에 잠들어 있던 텐트와 캠핑 의자, 화로대를 챙겨서 아마도 아버지의 차에 몰래 싣고 미끄러운 길을 조심스럽게 운전해 왔을 것이다. 선배는 혼자서 이 짐들을 낑낑대며 옥상까지 가지고 올라와서 추운 밤 텐트를 치고 장작에 불을 붙였을 것이다. 오로지 나와 이 소중한 시간을 함께하기 위해서 말이다. 선배는 늘 그런 사람이었다. 우리에게 주어진 모든 시간을 허투루 쓰지 않는 사람. 선배는 특유의 성실함과 낙천성으로 항상 소소한 행복을 만들어내는 마법사 같은 사람이었다.

-

여름날 무인도에서 선배와 내가 서로의 마음을 확인한 후로 선배는 세상 그 무엇과도 비교할 수 없는 애정을 내게 주었다. 선배는 주말마다 나를 데리고 서울의 온갖 곳을 돌아다녔다. 선배를 따라 선배가 가장 좋아하는 거리인 종로에서 영화를 보았고, 인사동 골목길을 걸었다. 피맛골에서 파전에 동동주를 마셨고 야심한 밤에는 동대문 의류 도매시장에서 함께 옷을 사기도 했다. 또 어떤 날에는 갈치조림을 먹자며 남대문에 데려가기도 했다. 연인이라면 꼭 남산에 가야 한다며 남산타워에도 올랐다. 부암동과 정동의 정다운 골목을 걸었고, 경복궁과 덕수궁을 구경하기도 했다. 선배는 덕수궁 돌담길을 연인이 걸으면 사랑이 이뤄지지 않는다고 했다. 그래서 결국 그 유명한 돌담길은 함께 걷지 못했다. 선배와 그렇게 데이트를 하는 사이 여름은 가을로, 가을은 다시 겨울로 흘렀지만 나는 계절의 변화를 알아채지 못할 만큼 행복했다. 계절과 상관없이 그저 내 마음은 봄날에 머물러 있었다.

2학기가 되면서 나는 옥탑방을 나와 학교 기숙사에 들어갔다. 대신 우진 선배가 내가 살던 옥탑방에 들어왔다. 선배는 한남동에 살고 있었지만 학교에 오는 데 한 시간 반이나 걸린다며 학교 근처에서 하숙을 하겠다고 했다. 선배가 하숙을 고집부린 데에는 다른 이유가 있다는 것을 나는 잘 알고 있었다. 언제나 나와 더 오랜 시간을 함께하고 싶어 했던 선배는 늘 나와 함께 도서관에서 공부하고 지하철 막차를 타곤 했다. 또 가끔은 영화 동아리에서 단편 영화를 제작하느라 학교에서 밤을 지새우기도 했다. 선배가 학교 근처에서 지내게 되니 우리 두 사람은 더욱 오랜 시간 함께 할 수 있었다.

나는 주중에는 여전히 카페 칸타타에서 일을 하고 주말에는 과외를 했다. 선배도 하숙비와 생활비를 마련하기 위해 학교 근처의 보습학원에서 주말 오전에 시간강사로 일했다. 우리는 근면한 학생들이었고, 공부도 열심히 했다. 그렇지만 틈틈이 데이트도 했다. 다정다감한 선배는 내게 한 번도 화를 내거나 짜증을 낸 적이 없었다. 나는 그다지 재미있는 사람이 아닌데도 선배는 나와 있으면 항상 즐겁다고 말했다. 이유는 잘 모르겠지만 선배와 나는 어쩐지 처음부터 서로에게 친숙했던 것 같다. 물론 선배를 만나면 여전히 가슴이 두근거리고 내게 키스를 할 때면 부끄러워 쥐구멍으로 숨고 싶어지지만 그 모든 것이 물 흐르듯 자연스러웠다. 선배의 말처럼 우리 두 사람은 전생에서부터 이어진 인연이었을지도 모른다는 생각이 든다.

　선배가 옥탑에서 하숙을 하자 옥탑방은 금세 에쿠스 회원들의 아지트가 되었다. 우진 선배와 에쿠스의 선배들은 옥상에 놓인 평상에 모여 삼겹살을 구워 먹기도 하고, 중국 음식을 배달시켜 먹기도 했다. 더운 여름에는 수박을 먹었고, 가을에는 노량진 수산 시장에서 회를 떠 와서 함께 먹기도 했다. 무리에 속해 와자지껄 웃고 떠들고 있노라면 나는 그저 평범한 여대생이 되어 있었다. 우진 선배는 옥탑방에 나와 단둘이 있고 싶은데 저 녀석들 때문에 글렀다며 늘 하소연했지만 선배 역시 그들과의 시간을 몹시 사랑했다.

—

"나 며칠 뒤에 잠시 여행 다녀올 생각이야."

모닥불을 바라보며 선배가 불쑥 꺼낸 이야기에 내 심장이 덜컹 내려앉았다.

"어디로요? 왜요? 얼마나요?"
"하하하. 하나씩 물어봐야지. 재인아."
"그게 좀 갑작스러워서요. 만일 선배랑 길게 떨어져 있게 되면 저 너무 외로울 것 같아서요."
"짧으면 열흘, 조금 길어지면 아마 이 주일 정도."
"그렇게 길게요? 어딜 가는데요?"

선배는 말이 없었다. 나는 또다시 불안해졌다. 하지만 선배에게 그런 내색을 할 수는 없었다. 선배와 떨어져 지낼 거라는 생각을 단 한 번도 하지 못했던 나로서는 선배의 갑작스러운 여행 소식에 불안할 수밖에 없었다. 그러나 일시적인 감정으로 선배의 기분을 상하게 하고 싶지 않았다.

"과테말라."

"과테말라?"

"응, 과테말라."

"거기를 왜요?"

"아는 선배가 여행 프로 프로듀서야. 재인이도 봤으려나. 〈걸어서 가는 세계 여행〉이라고 텔레비전에서 주말 아침마다 하는 방송."

"알죠, 당연히. 유명한 여행 프로잖아요."

"응. 거기 외주 제작사에 있는 선배가 이번에 과테말라 안티구아로 떠날 거래. 최근에 보조 스텝이 필요하다고 나보고 같이 가자고 해서 말이야."

"이 겨울에요?"

"한국은 겨울이지만 과테말라는 따듯할 거야. 워낙 친한 선배 부탁이라 거절하기가 어렵네. 나도 여행 프로그램 제작하는 경험도 하고…."

"조금 서운하긴 하지만 선배가 좋다면 난 다 좋아요."

우진 선배는 나를 품에 안았다.
"아… 오늘 너 보내기 싫다."
"아… 나도 오늘 집에 가기 싫다."
"정말? 그러면 여기서… 하룻밤 있다 갈래?"

나는 대답 대신 고개를 끄덕였다. 기숙사 같은 방을 쓰는 룸
메이트에게 삐삐로 오늘 기숙사에 들어가지 못할 거라는 메시
지를 남겼다. 선배와 나는 야식으로 라면을 끓여 먹고 맥주를
한잔 마셨다. 우리는 길고 긴 키스를 나눴고 나는 선배의 품에
안겨 잠이 들었다. 물론 잠이 오지 않았지만 억지로 자는 척을
했다. 선배도 잠이 오지 않는 느낌이었지만 나는 잠든 척 연기
를 해야 했다. 한 번도 성인 남자와 단둘이 잠을 자 본 적이 없
던 나는 어색하고 불편했다. 그리고 왠지 눈을 뜨면 무슨 일이
벌어질 것 같았다. 그 어떤 일을 나는 아직 감당할 자신이 없었
기에 선배에게 오해할 만한 신호를 주지 않아야 했다. 다행히
도 선배는 내게 팔베개를 한 채 손으로 내 머리카락을 살살 만
질 뿐이었다.

어느새 선배의 코 고는 소리가 들려왔다. 코를 고는 소리가 어쩐지 자장가처럼 여겨졌다. 새벽이 다가왔고, 나는 그제야 잠에 빠져들었다.

3일 후 선배는 과테말라로 떠났다. 선배가 떠난 무렵에 예기치 못한 사건이 발생했다. 카페 칸타타가 문을 닫았다. 사장님은 여름휴가 기간에 간 필리핀의 작은 섬 보라카이에서 '자라투스트라' 수연 사장님과 결혼식을 올리고 돌아왔다. 그리고 가을이 다 갈 무렵, 두 부부는 한국에서의 모든 생활을 정리하고 필리핀으로 이민을 가기로 결정했다. 두 사람의 결혼을 완강하게 반대하던 사장님의 부모님을 피해 두 사람은 자신들만의 파라다이스로 떠나기로 한 것이다. 두 사람은 모아둔 돈으로 보라카이 해변에 있는 작은 식당을 인수할 예정이라고 했다. 나는 사장님의 결정을 기쁜 마음으로 축하해 주었다. 하지만 선배가 떠난 후 사장님 부부마저 필리핀으로 영영 떠난다고 하니 속이 텅 비어버린 기분이 들었다. 선배는 내게 이메일로 연락하겠다고 약속했지만 떠난 지 일주일이 지나도록 선배에게서 한 통의 이메일도, 국제 전화도 오지 않았다. 1998년 1월의 어느 날, 기다리던 선배의 연락 대신 내게 갑자기 나타난 사람은 다름 아닌 오랜 친구 예은이었다.

예은의 방문

'혁'

그 꿈이 오랜만에 나를 다시 찾았다.

13년 전 그 일을 겪은 후 외삼촌이 부재한 날이면 나는 극한의 공포심에 사로잡혔다. 외삼촌은 2, 3년에 한 번 업무차 해외 출장을 다녀오곤 했다. 가까운 중국이나 일본으로 갈 땐 2박 3일의 짧은 일정으로 다녀왔지만 유럽이나 미주 지역으로 갈 땐 일주일 이상 집을 비웠다.

외삼촌이 유럽으로 8박 10일간의 기나긴 출장을 간 여덟 살의 어느 토요일 아침, 외숙모는 다른 날과 달리 부랴부랴 사촌동생들과 나를 깨워 수도권에 위치한 놀이동산에 데리고 갔다. 외숙모가 나를 데리고 외출한 건 그날이 처음이라 난 꽤 흥분했다. 더군다나 사촌들과 함께 놀이동산으로 소풍을 가게 되다니, 외숙모가 드디어 나를 가족의 일원으로 받아들였다는 생각에 한껏 설렜다.

저녁 무렵 놀이동산의 자랑인 퍼레이드가 시작되자 곳곳에 흩어져 있던 사람들이 어느새 광장 근처로 모여 인산인해를 이뤘다. 나는 사촌 동생 민희 옆에 앉아 퍼레이드를 구경하고 있었다. 그렇게 한참 넋을 놓고 보다가 기분이 이상해 주위를 둘러봤다. 언제부터였는지 모르겠지만 민희도, 민성 오빠도 그리고 외숙모도 보이지 않았다. 순간 벌떡 일어나 외숙모를 부르며 놀이동산 구석구석을 뛰어다녔다. 조금 더운 날이었기에 금세 온몸이 땀으로 젖어 들었다. 외숙모를 영영 못 찾게 될까 봐 너무나 두려워 눈물조차 나오지 않았다. 30여 분 가까이 헤맨 끝에 저 멀리서 외숙모의 뒷모습을 보고 소리를 질렀다. 외숙모는 내 목소리에 뒤돌아 나를 잠시 바라봤지만 이내 고개를 돌려 인파 속으로 사라져 버렸다. 나는 그때 깨달았다. 내가 버려졌다는 것을….

다리에 힘이 풀린 나는 매표소 입구에 앉아 놀이동산을 떠나는 수많은 사람을 멍하니 바라보았다. 저 숱한 사람들 가운데 나를 아는 사람이 단 한 명도 없다는 생각이 들자 나도 모르게 눈물이 터져 나왔다. 혼자서 엉엉 울고 있는 어린아이를 사람들은 걱정스럽다는 듯이 바라보았지만 그저 지나쳐 갈 뿐이었다. 비록 어린 나이였지만 동물원의 원숭이가 된 것 같아 비참하고 창피했다. 창피해서 비참했는지, 비참한 모습을 사람들에게 보여 창피했는지 그때의 혼란한 감정을 지금도 명확히 정리할 수 없다. 다만, 외삼촌의 부재를 틈타 나를 이렇게 버리고 간 외숙모에 대한 증오는 내 영혼 어딘가에 지문처럼 선명하게 남았다.

어느새 놀이동산에 어둠이 깔리고 시선 너머로 붉은 석양이 아른거렸다. 더 이상 눈물이 나지 않아 멍하니 앉아 있던 그때, 어떤 아저씨가 내게 다가왔다. 그 아저씨 옆에는 나보다 좀 더 키가 큰 남자아이가 서 있었다. 그 아이는 나보다 더 겁을 먹고 나보다 더 슬픈 표정으로 나를 바라보고 있었다. 아저씨는 내 앞에 한쪽 무릎을 세우고 앉아 내 얼굴을 바라보았다.

"부모님을 잃어버렸니?"

키가 무척 컸던 아저씨는 조금 무뚝뚝한 표정을 짓고 있었지만 다정한 목소리에 마음이 놓였다. 아저씨의 물음에 나는 외숙모가 나를 버리고 갔다고 차마 말할 수 없어 조용히 고개만 끄덕였다. 아저씨는 자신의 아들과 함께 나를 자동차에 태워 가까운 파출소에 데려다주었다.

어린 나였지만 다행히 외삼촌의 이름도, 집 주소도, 집 전화번호도 모두 기억하고 있었다. 아저씨는 내 보호자가 오기 전까지 파출소에서 같이 기다리겠다고 했다. 외숙모는 아직 조치원 집에 도착하지 않은 모양이었다. 순경 아저씨가 여러 번 전화를 했지만 아무도 전화를 받지 않았다. 밤이 깊어가고 있었다. 아저씨의 아들이 피곤하다고 집에 언제 가냐며 칭얼거렸다. 아저씨는 보호자와 연락이 닿으면 자신에게도 알려 달라며 이름과 전화번호를 담당자에게 불러 주었다. 나는 그 아저씨의 이름을 똑똑히 기억하고 있다. 김영환. 잊지 않으려고 순경 아저씨 책상에 놓인 볼펜을 몰래 집어 내 손바닥에 그 이름을 적어 두었으니까. 순경 아저씨가 사다 준 김밥을 먹고 파출소 안에 있는 어떤 조그만 방(훗날 생각해 보니 숙직실이 아닌가 싶은)에서 하룻밤을 묵었다. 고단했던 나는 금방 잠이 들었다.

　외숙모는 다음날 파출소에 들러 나를 데리고 시외버스터미널로 향했다. 그녀를 따라 조치원의 집으로 향하는 내내 다시 버려지지 않을까 하는 두려움 때문에 화장실에 가는 것도 꾹 참아야 했다. 화장실에서 볼일을 보는 동안 외숙모가 나를 다시 버릴지 모른다는 두려움 때문이었다. 결국 나는 고속버스 안에서 실례를 하고 말았다. 버스 복도 사이로 흐르는 소변 줄기를 보면서 나는 그저 덜덜 떨었다. 외숙모는 집에 도착하자마자 내게 매질을 했다. 그리고 당시에 살고 있던 시골집 창고에 나를 가둬버렸다. 나는 옷도 갈아입지 못한 채 캄캄하고 더러운 지하창고에서 귀신이 나올까 봐 밤새 벌벌 떨었다. 그날 이후로 나는 악몽을 꾸기 시작했다.

"재인아, 괜찮아? 무슨 땀을 이리 흘려?"

예은이 나를 흔들어 깨웠다. 자면서 내가 괴로워했던 모양이었다. 외삼촌이 돌아가신 후 더는 악몽을 꾸지 않았다. 외삼촌의 죽음은 더 이상 내가 버려질 일도 없다는 뜻이기도 했다. 나는 이미 철저하게 버려졌고 세상에 홀로 남겨졌기에 날 오랫동안 괴롭히던 악몽도 자취를 감추었다. 더 이상 내게 큰 의미가 없다는 것을 악몽 자신도 알았던 모양이다. 하지만 우진 선배가 과테말라로 떠난 그날부터 다시 그 악몽이 시작되었다. 만일 선배에게 버려진다면 나는 과연 제대로 살아갈 수 있을까…

악몽은 늘 똑같은 내용이었다. 꿈속에서 나는 아주 낡은 자동차에 타고 있다. 그 자동차에는 얼굴을 잘 알지 못하는 어른 두 사람이 운전석과 조수석에 앉아 있었고, 내가 앉은 뒷좌석 양옆에는 무표정한 얼굴의 커다란 인형 둘이 앉혀 있다. 우리 일행은 아마도 가족인 것 같았다. 하지만 전혀 가족 같지 않은 느낌이 들었다. 자동차 밖에는 천둥이 치고 비가 내리고 있었다. 그리고 우리는 강물이 엄청나게 불어난 다리 위를 위태롭게 지나가고 있었다. 나는 두려움에 식은땀이 절로 났다. 아니나 다를까 자동차는 다리 한가운데 멈추어 버렸다. 나는 왜 멈추냐고, 지금 강물이 우리 차를 덮치기 일보 직전이라고 소리를 지른다. 하지만 그 순간 자동차 안에는 나 혼자뿐이다. 순식간에 같이 있던 사람들과 인형들이 사라져 버린 것이다. 나는 울부짖으며 자동차를 빠져나오려 노력하지만 온몸이 좌석에 붙은 것처럼 움직일 수 없다. 그 순간 나는 이 모든 것이 꿈이라는 걸 깨닫고 깨어나려 노력한다. 소리를 지르고 몸부림을 치지만 상상일 뿐, 밧줄로 온몸과 혀가 결박된 것처럼 옴짝달싹할 수 없다. 그렇게 한참 사투를 벌이다 잠에서 깨곤 했다.

  우진 선배가 과테말라로 떠나고 일주일이 지난 어느 날, 나는 기숙사 현관으로 막 들어가려다 현관 입구 쪽에 검은색 코트를 입고 갈색의 체크무늬 목도리를 두른 한 소녀의 뒷모습을 발견했다. 그리고 그 소녀가 예은이라는 것을 단번에 알아봤다. 고등학생처럼 짧게 단발머리를 한 예은은 화장기 없는 수수한 얼굴로 환하게 웃으며 내 앞에 서 있었다. 그녀에게 달려가 와락 끌어안았다.

"예은아! 어떻게 온 거야."
"너 보려고 왔지. 보고 싶어서."

나도 모르게 눈물이 터지고 말았다. 예은은 언제나 그렇듯 따듯하게 나를 다독여 주었다. 그녀는 호주머니에서 깨끗하고 하얀 손수건을 꺼내 내 눈물을 닦고 코를 풀게 했다. 그녀는 예전보다 더욱 성숙하고 차분해 보였다. 그리고 어딘가 모르게 청빈한 느낌마저 들었다.

"내가 여기 있는 줄 어떻게 알았어?"
"학과 사무실로 찾아갔지. 네 이름이랑 학년 이야기하니까 학교 여학생 기숙사에 살고 있다고 알려줬어."
"나 못 만나면 어쩌려고 연락도 없이 찾아왔어."

"네가 갈 데가 어딨다고….”

"맞아. 그건 그래.”

　나는 예은과 캠퍼스를 거닐었다. 예은은 내가 다니는 학교가 어떻게 생겼는지 몹시 궁금해했다. 그녀를 처음 만났을 때도 그랬다. 중학교 1학년이었던 무더운 여름날, 예은이 전학을 왔다. 담임선생님은 반장인 나와 예은을 짝지어 주었다. 예은은 작은 목소리로 끊임없이 내게 질문을 했다. 나는 좀 귀찮다고 생각했지만 한편으로는 그런 예은의 모습이 귀여운 종달새 같다는 생각도 들었다. 그녀는 천식을 앓고 있었고 그로 인해 몸이 약해 자주 학교를 결석해야 했다. 예은이 처음 결석한 날 나는 담임 선생님의 부탁으로 반장으로서 그리고 짝꿍으로서 의무를 다하기 위해 예은의 집에 들러야 했다. 그리고 그날 이후로 예은이 결석할 때마다 나는 그녀의 집에 들러 수업 진도와 숙제를 알려 주었다. 가끔은 그녀의 숙제를 도와주기도 했다.

　예은은 조치원 시내에서 가장 최근에 지은 아파트에 살고 있었다. 그날 처음으로 나는 엘리베이터를 타고, 20층의 높이까지 올라가 보았다. '띵동' 벨을 누르자 후덕한 인상의 아주머니가 문을 열었다. 내가 "어머니, 안녕하세요."라고 인사하자 아주머니는 "아, 예은 학생 찾아왔구나."라며 나를 예은에게 안내했다. 거실로 들어섰을 때 베란다 창 앞에 놓인 하얗고 커다란 그랜드 피아노가 지금도 생생하게 기억난다. 거실의 벽면은 화려한 드레스를 입은 젊은 여인의 피아노 연주 사진이 걸려 있었는데 훗날 그 사람이 예은의 어머니라는 것을 알았다. 피아니스트인 예은의 어머니는 연주 여행 때문에 집을 자주 비웠다. 예은의 아버지는 조치원에서 하나밖에 없는 커다란 골프연습장을 운영하는 사업가였다. 아버지의 잦은 외도로 예은은 사춘기 시절 내내 괴로워했다. 어머니는 점점 더 집에 오지 않았고, 예은이 고등학생이 되던 해에 부모님은 결국 이혼했다.

그럼에도 불구하고 예은은 항상 상냥하고 친절한 사람이었다. 예은은 아마도 태어날 때부터 상냥한 존재였을 거다. 천사 같은 사람들은 이 세상에서 적응하기 어렵기 때문에 하느님이 천국으로 일찍 불러 진짜 천사로 만들어 준다는 이야기를 들은 적이 있다. 몸은 약했지만 언제나 웃음을 잃지 않는 예은이 문득 천사가 아닐까 하는 생각에, 그런 예은을 하느님이 일찍 데려갈까 봐 가끔 걱정이 됐다. 나는 예은의 웃음소리를 무척 좋아했다. 그녀의 웃음에는 나이에 어울리지 않는 온화함이 있었다. 조숙하고 얼굴도 예뻤던 예은은 친구라기보다는 언니 같았다. 그나마 내가 예은보다 공부를 좀 더 잘해 가끔 공부를 가르쳐 줄 때 빼고는 예은은 항상 내게 친언니처럼 굴었는데 나는 그게 싫지 않았다. 아니 오히려 좋았다. 사춘기 시절, 예은이 내곁에 없었더라면 나는 아마 훨씬 비뚤어지고 어두운 사람이 되었을지도 모르겠다.

예은은 평소 내가 학교생활을 하는 것처럼 지내보고 싶다면서 내가 수업 듣는 약학대학 건물 강의실에서 내가 자주 앉는 의자에 앉아 보고, 내가 자주 가는 학생 식당에 가서 함께 카레를 먹었다. 나는 그녀에게 도서관과 본관 건물도 구경시켜주었고, 자판기 커피도 뽑아 주었다.

"추운데 이제 그만 들어가자."

나는 예은이 충분히 무리했음을 알고 있었다. 그녀는 아마도 한밤중에 기침 때문에 쉬이 잠들기 어려울 것이다. 나는 그녀를 내 기숙사 방에 데려왔다. 내 룸메이트는 명절을 지내기 위해 고향에 내려간 후라 다행히 예은과 같이 지낼 수 있었다. 기숙사 방에는 침대 두 개가 양쪽 벽면에 붙어 있었고 그사이에 작은 책상 두 개가 나란히 놓여있었다. 방 바로 옆에는 작은 화장실이 붙어 있었다. 나는 예은을 내 침대에 앉히고 책상 의자에 앉아 그녀를 바라보았다. 예은은 신기한 듯 이리저리 둘러보다가 문득 가방에서 미사보를 꺼내어 쓰더니 성호를 긋고 조용히 기도했다. 그녀의 기도는 짧았지만 엄숙했다. 미사보를 쓴 예은의 모습이 유난히 순결해 보였다.

"나 여기서 일주일만 지내고 가도 될까?"

"당연하지. 근데 그래도 돼? 아버지께 허락받은 거야?"

"아버지랑 연락 끊은 지 꽤 됐어."

예은은 중학생 시절부터 성당에 열심히 다니고 있었다. 그녀는 내게 언젠가 수녀가 될 거라고 이야기하곤 했지만 나는 그저 소녀 시절의 막연한 환상이라고 여기고 대수롭지 않게 생각했다.

"재인아, 나 고3 때 1년간 성소 상담받았던 거 기억나?"

"응, 그… 성소 상담이 되게 중요하다고 열심히 다녔잖아."

"맞아. 수녀가 되려면 일단은 성소 상담을 맡은 신부님이 나를 수녀원에 추천해 주어야 하거든."

"수녀가 되고 싶단 말 꽤 진지했구나."

"응. 너도 알다시피 난 태어날 때부터 몸이 약했잖아. 그래서 어릴 때부터 난 늘 누군가에게 의지만 하며 살았어. 그러다가 중학교 3학년 때 성당에서 어떤 곳으로 봉사활동을 간 적이 있었거든. 중증 지체장애인들이 함께 생활하는 시설이었는데 봉사활동을 갔던 3박 4일이 내 생애 가장 행복했었어. 나처럼 약한 사람도 누군가를 도울 수 있다는 사실이 너무나 기뻤거든. 그 시설에 계시던 수녀님들이 난 너무나 부럽더라. 그때부터 내 꿈은 수녀가 되어 어려운 사람들을 돕는 것이었어. 지난 1년간 난 수녀원에서 실제로 수녀님들과 함께 생활했어. 그리고 더욱 확신하게 되었어. 난 아무래도 하느님께 소명을 받은 것 같아."

예은은 수녀원에 들어간 후로 아버지와도 인연이 거의 끊어졌다고 했다. 그녀는 이제 수녀가 되기 위한 첫 번째 단계인 지원기를 마쳤고 곧 청원기에 들어간다고 했다. 1년간의 청원기 후에 예비 수녀가 되는 수련기에 들어서고 다시 2년이 지나면 정식 서원을 거쳐 진짜 수녀로서의 삶이 시작된다고도 했다. 나는 얼떨떨하기도 했지만 예은이 진심으로 자신이 원하는 것을 찾아 이렇게 결단력 있게 실행할 줄은 상상조차 하지 못했다. 온화하고 유약한 줄 알았던 그녀가 실은 나보다 더 단단한 사람이었다는 것을, 나는 그제야 깨달았다.

"그래서, 네가 편지에 썼던 그 선배 말이야. 나 실은 그 선배가 너무 보고 싶어서 온 것도 있어."

"어떡하지. 그 선배는 지금 여기에 없어."

"여기에 없다니? 그게 무슨 말이야?"

"지금 과테말라에 있거든."

나는 예은과 밤을 새우며 이야기꽃을 피웠다. 무인도에서 내가 먼저 우진 선배에게 고백했다고 하자 예은은 박수를 치며 좋아했다.

"예은아, 있지. 나 아버지 유품 가지고 있다."

"정말? 어떻게?"

"외삼촌이 오랫동안 외숙모 몰래 보관하고 계셨어."

"너희 외숙모… 동네에서 쫓겨나신 듯해."

"그게 무슨 말이야?"

"나도 우리 집에서 일하시던 가정부 아주머니께 들었어. 알고 보니 그 아주머니가 너희 외숙모랑 같은 계 모임을 했었나 봐. 네 외숙모가 계주를 오래 했었는데 곗돈을 어디다 써버린 모양이더라. 계원들이 외숙모를 고소하고 난리도 아니었대. 그래서 너희 외숙모가 급하게 집을 처분하고 한밤중에 조용히 도망갔다고 하더라고. 민성 오빠가 일하는 공장 근처로 이사 갔다는 소문도 있는데 다들 행방을 잘 모른대."

"민희는? 민희는 어떻게 하고? 아직 고등학생일 텐데."

"민희는 진작에 가출했어. 다시 돌아왔을 때 자기 집이 팔리고 아무도 없는 걸 알면 얼마나 황당할까."

예은에게 전해 들은 그들의 소식에 마음이 착잡했다. 내게 모질게 굴던 외사촌들과 외숙모의 불행한 소식이 기쁨이 되지는 않았다. 내가 받은 상처와 고통이 그들의 상처와 고통으로 사라지는 것은 아닌 모양이다. 나는 대체 누구에게 구원받아야 하는 걸까….

예은에게 부모님 사진이 담긴 앨범과 아버지의 다이어리, 몇

장의 레코드판을 보여주었다.

"어, 재인아. 이 편지 너도 봤어?"
"편지?"

아버지의 다이어리를 유심하게 살펴보던 예은이 다이어리 커버 안쪽에 들어있던 오래된 편지를 발견했다. 예은은 편지를 꺼내 내게 보여주었고 우리는 서로 말을 맞춘 듯 함께 편지를 소리 내어 읽었다.

나정주 전도사님께.

전도사님, 그동안 잘 지내셨는지요? 어쩌면 지금쯤은 목사님이 되셨을지도 모르겠습니다. 저 승원이에요. 전도사님께서 중고등부 지도하실 때 찬양팀에 있던 그 승원이요. 서울로 전학을 간 이후 전도사님께 지난 몇 년간 소식을 전해드리지 못했네요. 죄송합니다. 어머니를 도우며 학교에 다니고, 또 서울이라는 도시에 적응하느라 참으로 바쁜 날들이었습니다.

꽤 오랜 시간이 지났지만 전도사님께 좋은 소식을 전해드리고 싶어 편지를 씁니다. 저 이번에 신학대학교에 입학하게 되었습니다. 그리고 제가 다니던 교회에서 막내 전도사가 되었습니다.

아버지가 돌아가신 후 방황하던 저를 전도사님께서 사랑과 기도로 늘 보살펴 주신 덕분에 하느님의 은혜를 입었고 줄곧 저도 전도사님처럼 훌륭한 사역자가 되기로 소망하며 지냈습니다. 제가 지금 사역하는 곳은 옥수동에 있는 소망교회입니다.

제 친형처럼 저를 사랑해주시던 전도사님의 그 온정을 저는 지금도 가슴 깊이 감사하며 살고 있습니다. 제게 항상 다정하시던 사모님과 귀여운 재인이의 모습이 가끔 눈앞에 어른거릴 때가 있습니다. 전도사님 가족사진을 제게 보내주시면 새벽예배 때마다 사진을 보며 기도하겠습니다.

서울에 오시게 되면 꼭 제 교회로 방문해주세요. 보고 싶고 그립습니다.

사랑하는 제자, 한승원 올림.

"한승원? 재인아 너 이 사람 기억나?"

나는 고개를 저었다. 한승원. 우리 부모님을 알고 또 나도 알았던 사람. 과연 누구일까. 나는 무척이나 궁금했지만 누구인지 도무지 기억나지 않았다. 예은은 바닥에 내려놓았던 미사보를 집어 들고 머리에 가만 둘렀다. 그리고 침대 앞에 무릎을 꿇고 성호를 긋고 기도하기 시작했다.

"하느님, 감사합니다. 재인이의 부모님과 재인이를 기억하는 사람이 서울 어디인가에 있다는 사실이 너무나 기쁩니다. 그리고 그 사람이 무엇보다 하느님의 부르심을 받고 귀한 사역자가 되었다니 이 또한 하느님의 예비하심이 아닐는지요. 부디 당신의 선하신 뜻대로 우리 재인이를 인도하시고 지켜주시옵소서. 성부와 성자와 성령의 이름으로 아멘."

예은은 내 부모님과 깊은 인연을 가진 사람을 발견한 사실에 무척 행복해했다. 그녀는 눈을 반짝거리며 편지를 몇 번씩 읽고 또 읽었다. 하지만 당사자인 나는 무덤덤했다. 내 신경은 온통 선배에게 있었다. 일주일이 지났지만 선배로부터 아무런 소식도 들려오지 않았다. 혹여 과테말라에서 무슨 일이 생긴 것은 아닌지 슬슬 걱정이 되었다. 예은을 만나기 전날에도 우진 선배로부터 이메일이 와 있을까 싶어 학교 근처 PC방에 가서 메일함을 확인해 보았지만 선배는 내가 보낸 메일을 수신조차 하지 않았다.

 예은은 나와 일주일을 함께 지낸 후 자신의 수녀원으로 돌아 갔다. 우진 선배는 여전히 감감무소식이었다. 예은과 함께 지 내는 동안은 그나마 견딜 만했지만 예은이 가고 난 뒤 나는 걱 정과 두려움에 밥도 잘 넘기지 못했다. 선배는 아무 말도 없이 나를 버릴 사람이 아니기에 선배에게 무슨 일이 생긴 것만 같은 불안함에 미칠 지경이었다.

겨울비

벌써 2월이 되었다. 난 겨울이 싫다. 아버지가 교통사고로 돌아가신 계절도 겨울이고 외삼촌이 돌아가신 2월도 늦겨울이다. 봄이 올 것 같은 기대감을 주었다가 그 어느 때보다 강추위가 몰아치는 2월이 되면 배신감이 들어 온몸에 진저리가 쳐진다. 그 중에서도 내 생일이 2월인 것은 정말 최악 중 최악이다. 선배는 내 생일을 기억하고 있을까. 절망감을 꾹꾹 누르며 기연 선배의 삐삐에 만나고 싶다고 음성 메시지를 남겼다.

약속 시간보다 일찍 나온 나는 카페 칸타타가 있던 자리에 새로 생긴 카페에 앉아 있었다. 낡은 원목 테이블과 초록색 벽, 커다란 로스팅 기계가 있던 카페 칸타타의 벽과 천장은 이제 온통 하얗게 칠해져 있다. 커피 머신이 놓여 있던 아일랜드 테이블은 스테인리스 싱크대로 바뀌어 그 주위가 번쩍거렸다. 홀 내부에는 플라스틱 재질로 만든 노란색 테이블과 파란색 의자가 놓여 있었다. 깔끔하고 세련된 인테리어 때문에 나는 더욱 침울해졌다. 카페 칸타타는 더 이상 어디에도 존재하지 않았다.

"오래 기다렸니?"

겨울 방학이 된 후로 좀처럼 얼굴을 볼 수 없었던 기연 선배는 반가운 얼굴로 내게 인사했다. 나는 선배를 위해 미리 주문한 커피를 선배 앞으로 밀어주었다. 카페 칸타타의 커피는 언제나 향긋하고, 고소했는데 지금 마시는 커피는 시큼하고 밍밍했다. 원두를 좀 더 볶아야 했는데…. 아… 사장님이 이 맛을 보았더라면 분명 하루종일 화를 냈을 테지. 로스팅이 부족한 커피를 내오는 건 조리를 하다 만 음식을 내오는 것처럼 형편없는 일이라며 씩씩거리는 사장님의 모습이 눈에 선했다. 1년 내내 따듯한 지방에서 살면 삶도 기후처럼 따듯해질까. 필리핀으로 떠난 사장님 부부가 몹시 그리웠다.

"우진 선배에게 혹시 연락받으셨나요?"

"아직도 연락 없어? 실은 나도 좀 걱정이다. 무슨 일인지 모르겠어."

"방송국에 전화해 봤는데 최근에 과테말라로 떠난 외주 제작 팀은 없다고…. 그리고 외주라서 자세히는 잘 모른다고 하더라고요."

"과테말라? 우진이가 과테말라로 떠난다고 했니?"

"…!"

예상치 못한 기연 선배의 대답에 나는 멍해져 버렸다. 순간 귀에서 날카로운 이명이 들려 나도 모르게 "아얏." 하고 소리쳤다. 카페에 있던 사람들이 순간 나를 바라봤다.

"그럼… 어디로 간다고 했는데요?"

기연 선배는 곤란하다는 표정을 지어 보였다. 나는 이 상황을 도무지 이해할 수 없었다.

"과테말라에 간 게 아닌가요?"
"흠… 나도 정확히 어디 갔는지 모르겠어. 그냥 좀 일이 있어서 잠깐 외국에 나간다고만 말했거든."
"아…"
"그게… 마음에 좀 걸리는 게 있어. 우진이… 의가사 제대한 건 알고 있니?"
"의가사 제대요? 그게 뭔가요?"

우진 선배는 1학년을 마치고 곧바로 군에 입대했다. 그리고 1년이 지난 어느 날 의가사 제대를 했다. 우진 선배는 의가사 제대 직전까지 국군병원에 입원해 있었고, 제대 후에도 집에서 오랫동안 요양을 해야 했다. 우진 선배의 정확한 병명을 기연 선배도 잘 알지는 못했다. 강원도 산속 부대에서 근무를 서고 내려오던 우진 선배는 어떤 일을 계기로 머리를 다쳤고, 한동안 후유증으로 힘들어했다는 것, 내가 입학한 그해에 학교에 다시 돌아온 것 정도만 알고 있다고 했다. 가장 가까운 친구에게도 우진 선배는 자신의 속내를 잘 털어놓지 않는 사람이었다.

"혹시 우진 선배 집이 어디인지 아세요?"
"한남동에 사는 건 아는데 정확한 주소는 모르겠네. 주소는 학과 사무소에 알아보면 될 거야."
"저에게 알려 줄까요?"
"당연하지. 너희들 약대에서 꽤 유명한 커플이야."

기연 선배와 헤어진 나는 곧장 약학과 사무실에 찾아가 우진 선배의 집 전화번호와 주소를 알려달라고 요청했다. 학과 사무실에 새로 온 직원은 제3자에게 알려줄 수 없다고 강경하게 이야기했지만 옆에 있던 또 다른 직원, 그러니까 생리학 조교라서 서로 낯이 익었던 대학원 선배가 "이 학생에게는 알려 줘도 된다."라고 말해주어 다행히 주소를 얻을 수 있었다.

 메모 종이에 주소와 전화번호를 적어 건네주던 학과 선배는 무언가 할 말이 있는 얼굴로 나를 바라보았다. 나는 선배와 눈을 맞추며 잠시 기다렸다.

"우진이, 다음 학기 휴학한 건 알고 있니?"

 휴학이라는 단어에 나는 흠칫 놀랐다. 내 표정을 본 선배는 딱한 표정으로 나를 바라보았다.

"저런… 몰랐나 보구나."
"아… 네. 처음 듣네요. 휴학….'

 어두워진 나의 얼굴을 본 선배는 옆에 있던 직원과 눈을 마주치며 당황스러운 표정을 지어 보였다. 사무실 문을 열고 나오기도 전에 두 사람은 "둘이 헤어진 거 아냐?"라며 나지막하게 속삭였다. 그 순간 심장이 철렁 내려앉았다.

우진 선배와 6개월 가까이 연인으로 지냈으면서도 나는 선배에 대해 제대로 알고 있었던 걸까 의문이 든다. 선배는 항상 그 자리에 있었고 내가 부르기도 전에 달려왔다. 그래서일까. 이 사람은 언제까지나 내 옆에 있어 줄 거라고 확신했다. 버려질지도 모른다는 긴장 속에서 어린 시절을 보낸 나는 선배의 사랑과 보살핌 덕분에 트라우마를 극복하고 있었다. 그런데 그 모든 것이 하루아침에 모래성처럼 무너져 내리고 말았다. 선배가 영영 나타나지 않을까 봐, 또다시 버려질까 봐 너무나 무섭고 두려웠다.

　공중전화 부스에서 우진 선배의 집에 전화를 걸었다. 누군가 받아주기를 간절히 기도하면서. 수화기 속 신호음이 수십 번이 울리도록 나는 기다리고 또 기다렸다. 다음날, 또 그다음 날에도 나는 계속 전화했다. 아무도 받아주지 않는 전화를 계속 거는 것만큼 슬픈 일이 또 있을까. 이제는 선배의 집에 찾아갈 차례였다. 하지만 겁이 났다. 만일, 집에도 선배가 없다면 나는 정말로 그의 행방불명을 인정해야 할 것만 같았다. 그렇게 한 주가 또 흐르고 결국 나는 선배의 집을 찾아 나섰다. 때로는 절망이 용기보다 더 큰 원동력이 될 때가 있다.

선배가 사는 동네의 지하철역에 내렸지만 어느 출구로 나가야 하는지조차 알지 못했다. 지하철역 바깥으로 나가 부동산 사무실을 찾아 헤맸다. 눈에 가장 먼저 보이는 사무실로 들어가 선배의 집 주소가 어디쯤인지 물었다. 사장인지 직원인지 알 수 없지만 사무실 책상에 앉아 있던 아주머니가 벽에 붙어 있는 동네 지도로 선배 집의 위치를 상세히 알려 주었다. 친절하게도 근처까지 가는 마을버스도 알려주었다.

마을버스에서 내린 나는 그럼에도 불구하고 막막했다. 동쪽으로 가야 할지 서쪽으로 가야 할지 감이 오지 않았다. 설령 누군가가 동쪽으로 가라고 한들 나는 동쪽이 어디인지도 알지 못했다. 근처에 또 부동산 사무실이 없는지 주위를 두리번거렸다. 내가 내린 곳은 동네 어귀 같았는데 근처에는 주택만 보일 뿐 상업 시설은 전혀 보이지 않았다. 하는 수 없이 마을버스를 타고 올라왔던 길을 다시 걸어서 내려가야 했다. 사거리가 보이는 큰길로 내려오니 두어 군데 부동산이 보였다.

"저, 실례합니다."

딸랑, 출입문을 여니 종소리가 났다. 커다란 책상 앞에 안경을 낀 아저씨가 나를 쳐다보았다.

"젊은 아가씨가 어쩐 일로? 집 보시게?"
"저…이 집을 찾고 있어요."

 사람 좋아 보이는 부동산 아저씨에게 나는 집 주소가 적힌 종이를 펼쳐 보였다.

"아, 이 집이면 김 약국 댁이네."
"아시는 데인가요?"
"당연히 알다마다, 이 집을 처음 살 때도 내가 중개했고, 이 집을 내놓은 곳도 우리 부동산이거든."
"집을… 내놨다고요?"
"두 달 전에 내놨어요. 약국까지."
"왜요? 이사 가셨나 봐요?"
"이민 갔어요."
"…!"

순간 누가 머리를 한 대 강하게 내리친 것 같았다. 충격으로 온몸이 덜덜 떨려오기 시작했다.

"사장님이 잘못 아신 게 아닐까요? 그 집 아들이 지금 대학에 잘 다니고 있는데요."

"그 아들 때문에 미국으로 건너갔어요. 아들이 겉은 멀쩡해 보이는데 머릿속에 문제가 좀 있다더라고."

부동산 아저씨는 자신의 오른손으로 총 모양을 만들어 자신의 머리를 가리켰다.

"머리를 어떻게 다쳤다는 건가요?"

"나도 자세한 건 잘 몰라. 아무튼 그 집은 지금 비어 있어서 가 봤자 아무도 없을 텐데."

"그래도 위치 좀 알려주시겠어요?"

"아니, 그 집이랑 무슨 사이길래 빈집을 구태여 간다고… 참….."

'제가 그 집 아들 애인이에요. 제게 말도 없이 미국에 갈 리가 없어요. 저는 사실을 알아내야 해요. 아저씨가 잘못 알고 있다는 걸 저는 밝혀낼 거예요.'라고 소리치고 싶었지만 화풀이 대상이 내 앞의 부동산 사장님은 아니라는 것을 난 잘 알고 있다.

"그 집 아들이 제 학교 선배인데 전해드릴 게 있어서요. 집에 아무도 없으면 우편함에 넣어 둘게요."
"연락이 안 되나 보네. 그렇다면 할 수 없지. 자, 여기 지도로 알려 줄게요."

부동산 아저씨는 벽에 붙어 있는 인근 동네의 지도에서 우진 선배의 집을 찾아 주었다. 선배의 집은 부동산에서 멀지 않은 곳에 있었다. 부동산 아저씨에게 인사를 한 뒤 문을 나서는 순간 하늘에서 한두 방울씩 비가 떨어지기 시작했다. 이런, 우산을 챙겨 오지 않았는데….

선배의 집이 위치한 동네는 조용했다. 전원주택처럼 예쁜 집들이 커다란 담장으로 둘러싸여 있었고 담장 아래 주차된 자동차들은 깔끔하고 고급스럽게 보였다. 서울 시내에 이렇게 한적한 동네가 있다는 것에 놀랐다. 학교 근처 동네는 좁은 골목을 사이에 두고 주택들이 다닥다닥 붙어 있었다. 게다가 지저분했다. 선배가 이런 고급 주택가에서 살았다는 것이 믿기지 않았다.

선배의 집에 도착했을 때 빗줄기는 좀 더 굵어지고 있었다. 나는 대문 위로 튀어나온 처마 아래에 서서 초인종을 눌렀다. 혹시나 하며 기대했지만 아무런 대답이 없었다. 쾅쾅쾅 문을 두드리고 "누구 없나요?"라고 소리를 쳤지만 여전히 감감무소식이었다.

하는 수 없이 선배에게 쓴 편지를 대문 오른쪽 벽에 붙어 있는 우편함에 집어넣었다. 차마 발이 떨어지지 않았다. 그러는 동안 추적추적 내리던 겨울비가 장대비로 바뀌더니 세차게 퍼붓기 시작했다. 우산이 없던 나는 한참 동안 대문 앞에 서 있어야 했다. 타닥타닥 빗소리 사이로 자동차 소리가 들려왔다. 골목 아래쪽에서 올라온 자동차는 놀랍게도 선배 집 앞 담벼락에 주차를 했다. 이웃집에 사는 사람인지도 모른다는 생각에 나를 이상하게 생각하면 어쩌나 걱정이 되었다. '탁', 차 문이 닫히는 소리에 나는 애써 그쪽을 쳐다보지 않으려 노력했다.

"누구시죠?"

예상치 못한 어떤 남자의 목소리에 깜짝 놀라 그만 도망치듯 달려가고 말았다. 나를 이상한 사람으로 오인해 신고할지도 모르고, 어쩌면 집이 이미 팔린 것일지도 몰랐다. 아, 우편함에 편지를 그냥 넣어둔 채로 와 버렸다. 하지만 되돌아갈 수는 없었다. 별도리 없이 나는 비를 맞으며 정신없이 뛰고 또 뛰었다.

한참을 뛰어 내려가자 눈앞에 편의점이 보였다. 나는 재빨리 편의점으로 들어가서 눈에 보이는 우산을 대강 집어 들고 계산대로 향했다. 지갑을 꺼내기 위해 메고 있던 가방을 어깨에서 내리는데 아뿔싸! 가방 문이 열려 있었다. 아까 편지를 꺼낸 후 닫는다는 걸 잊어버린 모양이다. 게다가 가방에 들어있던 지갑도 보이지 않았다. 급하게 뛰어오는 도중에 가방에서 떨어진 것 같았다. 나는 실망하지 않으려고, 좌절하지 않으려고 무던히 애를 쓰며 편의점을 나섰다. 그리고 왔던 길로 다시 뛰어갔다.

빗속에서 내가 왔던 길을 더듬어 가며 길바닥에 떨어진 지갑을 찾아 헤맸다. 입고 있던 점퍼는 이미 다 젖었다. 빗물이 목을 타고 안에 입은 옷까지 적시기 시작하자 한기가 올라왔다. 온몸에서 김이 모락모락 피어 나왔다. 추위에 부들부들 떨며 지갑을 찾아 사방을 돌아다녔지만 그 어디에도 지갑은 보이지 않았다. 선배의 집이 있는 골목도, 선배의 집 앞에도, 담벼락에 주차된 자동차 근처에서도 지갑은 보이지 않았다. 지갑에는 학생증과 버스카드, 체크카드와 약간의 현금이 들어 있었다. 주머니를 뒤져 봐도 동전 하나 보이지 않았다. 그제야 꾹꾹 눌러 참고 있던 서러움이 폭발하고 말았다.

"뭐가 이렇게 엉망이야. 왜! 왜! 오늘은 내 생일이라고! 생일에 이러는 거 반칙이잖아!"

나는 자리에 주저앉아 소리 내어 울었다. 모든 것이 다 미웠다. 갑자기 사라져 버린 우진 선배가 밉고, 이 차가운 겨울비도 밉다. 하지만 제일 미운 건 우산을 살 수도 없고, 기숙사까지 대중교통을 이용할 돈도 없는, 그리고 지금 당장 도와줄 이가 곁에 아무도 없는 그런 나 자신이었다.

마냥 울고 있을 수는 없었기에 비를 맞으며 다시 걸어야 했다.

본능적으로 학교 쪽이라고 생각되는 방향으로 하염없이 걸었다. 빗줄기가 잦아들고 있었지만 나는 이미 온몸이 젖은 상태였다. 덜덜 떨면서 비 오는 거리를 걷고 있는 내 모습을 사람들이 흘끗 쳐다보았다. 어디에선가 우진 선배가 달려 나와 내게 우산을 씌워 줄 것만 같았지만 한 시간을 걸어도 그런 일은 일어나지 않았다.

 큰길을 따라 한참을 걷고 또 걸었다. 그사이 비는 그치고 있었지만 바람이 불어오기 시작했다. 온몸이 너무 추워 감각이 잘 느껴지지 않았다. 지난 몇 주간 제대로 먹지 못한 나는 추위 속을 걷는 것이 평소보다 더 힘들고 고달팠다. 카페 칸타타가 있었더라면 그곳까지 택시를 타고 가서 선우 사장님께 돈을 빌릴 수도 있을 텐데⋯. 기숙사 룸메이트에게 돈을 빌릴 수 있으면 좋으련만 지금은 시골 본가에 있었다. 에쿠스 동아리 선배들이 생각이 났지만 차마 연락할 용기가 나지 않았다. 그리고 이 동네는 평소에 그리도 많이 보이던 공중전화 부스도 잘 보이지 않았다. 두어 시간 가까이 걸으니 도저히 더 걸을 힘도, 걸을 의욕도, 나아갈 용기도 나지 않았다. 이대로 쓰러져 그냥 죽어버렸으면 좋겠다는 생각이 들었다. 문득 아버지가 떠올랐다. 나는 원망 섞인 목소리로 아버지를 찾았다. 속으로 아버지에게 화를 냈다.

'왜, 왜 나만 남겨두고 가신 거예요? 차라리 나랑 같이 가시지 왜 나만 혼자 이 세상에 남겨놔 천하의 고아로 만들어 버리신 거죠. 아버지는 목사잖아요. 아버지가 그렇게 믿고 인생을 바친 그 신은 대체 어디에 있나요? 그 신은 왜 나는 돌보지 않으시나요? 신은 모든 사람을 공평하게 골고루 사랑해주는 존재가 아니던가요? 더구나 아버지는 그 신과 더 가까운 분이었잖아요. 천국에 계신다면 제발 그 신에게 나 좀 돌봐주라고 잘 좀 말씀해 보세요. 네? 아버지…'

걷고 있던 길이 큰 도로 앞에서 끝나고 횡단보도가 보였다. 횡단보도를 건너야 할지, 학교 쪽이라고 생각되는 왼쪽 길을 따라 쭉 걸어야 할지 갈피를 잡기 어려웠다. 거리를 알려주는 이정표를 보기 위해 눈을 들었다. 바로 그 순간 커다란 교회 건물이 보였다. 교회 건물 정면에는 간판이 걸려 있었다. 흰 간판은 비에 젖은 붉은 벽돌과 대조되어 더욱 선명하게 보였다. 그리고 검은 글씨로 이렇게 적혀 있었다. '소망교회'.

만남

'소망교회'라는 글자를 본 순간 나는 자석에 끌리듯 교회 방향으로 걸어갔다. 어쩐지 낯이 익는 이름이다. 어디서 교회 이름을 봤던 걸까…. 그러다 문득 아버지 편지에서 본 기억이 뇌리를 스쳐갔다. 아버지의 제자라는 한승원! 그 젊은 전도사가 일한다는 교회가 바로 옥수동에 위치한 소망교회 아니었던가!

나는 이곳이 옥수동인지 아닌지를 확인하기 위해 주변을 둘러보았지만 어느 동네인지 알 수 없었다. 하지만 왠지 모를 예감에 심장이 두근거리기 시작했다. 아니면 일단 추위를 피할 어디라도 당장 찾아 들어가고 싶은 심정 때문이었는지도 모른다. 다행히 거세게 불던 겨울바람은 조금씩 잦아들고 있었다. 귓가로 졸, 졸, 졸 시냇물 흐르는 듯한 물소리가 들렸다. 소리를 따라 시선을 돌리니 교회 처마에서 바닥으로 이어진 파이프에서 빗물이 흘러 내리고 있었다. 물줄기는 야트막한 앞마당으로 넓게 퍼져 흘러 내려갔다. 앞마당은 폭은 좁고 세로로 기다란 화단이 담장처럼 둘러쳐 있었다. 주차장으로 쓰이는 교회 앞마당에는 자동차 두 대와 커다란 봉고 세 대가 나란히 세워져 있었다. 내 눈에는 그 모습이 마치 교회 안에 사람이 있다는 증거처럼 보였다.

교회 주차장을 가로질러 붉은색 벽돌로 지어진 건물 1층 안으로 들어서니 건물 입구 오른쪽에 '사무실'이라 쓰여 있는 문패가 달린 갈색 출입문이 보였다. 나는 그 문을 조심스럽게 열었다.

"저… 실례합니다. 여기가 혹시… 옥수동 소망교회 맞나요?"

사무실 안에는 책들이 가지런히 꽂혀 있는 책상이 여러 개 놓여 있고, 두 사람이 앉아 있었다. 한 사람은 30대 후반으로 보이는 남자였고, 다른 한 사람은 20대 후반이나 30대 초반으로 보이는 젊은 여자였다. 혹시 저 남자가 한승원 전도사일까?

갑작스러운 나의 방문에도 불구하고 두 사람은 놀란 기색을 보이기는커녕 오히려 반가운 사람을 만난 것처럼 환하게 미소를 지으며 나를 맞았다. 그 두 사람의 미소를 보니 어쩐지 아버지가 떠올랐다. 아버지도 비슷하게 미소를 띠곤 했다.

"아, 네. 여기가 옥수동 소망교회 맞습니다. 누구 찾아오셨나요? 그런데 저런, 비에 잔뜩 젖었네. 이쪽으로 오세요."

나이는 젊지만 상당히 정중한 목소리의 여자가 자리에서 일어나 내 쪽으로 다가왔다. 그리고 옷걸이에 걸린 수건을 들고 와서 내게 건네주더니 자연스럽게 나를 난로가 놓인 쪽으로 안내했다.

"아유, 춥겠다. 왜 이리 비를 맞았어요. 학생인 듯한데."
"그게… 우산을 미처 챙기지 못해서…."
"저런… 얼마나 추울까."

난로 앞에 앉으니 온기가 훅 몰려와 나를 감쌌다. 방금 전까지 비를 맞으며 함께 걷던 슬픔 역시 내 옆에 슬그머니 앉았다. 내가 걸어온 자리마다 빗물이 뚝뚝 떨어져 있었다. 마치 슬픔이 자신의 존재를 확인시키듯….

"죄송해요. 저 때문에 바닥이…."
"신경 쓰지 마세요. 이따 대걸레로 닦으면 돼요."

진한 감색의 양복을 입은 남자는 다소 사무적이지만 낭랑한 목소리로 나를 안심시켜 주었다. 그리고 여자를 향해 말했다.

"박 전도사님, 혹시 실례가 안 된다면 이 학생에게 줄 여벌 옷이 있을까요?"

"네. 제 차에 가면 여벌 옷이 있어요. 지금 가져올게요."

"아니에요. 저 말려서 가면 되는데…."

"그렇게 가면 감기 들어요. 아니, 큰일 나요. 이 추위에."

박 전도사라는 분은 남자를 윤 목사님이라고 불렀다. 나는 그들의 호의 덕분에 화장실에 가서 마른 옷으로 갈아입은 후 다시 난롯가에 앉아 몸을 녹일 수 있었다.

"저… 혹시… 한승원 전도사님 아직도 여기 계실까요?"

"어머, 한승원 선교사를 아시나요?"

"아… 네. 오래전에 친분이 있었는데 지금은 연락이 끊겨서 궁금해서 찾아왔어요."

"그분은 지금 아프리카에 계세요. 선교 가신 지 꽤 됐어요."

"아프리카…요? 아… 그렇군요…."

한승원 선교사, 그는 지금 이곳이 아닌 아프리카에 있었다. 신앙과 신념을 위해 이타적인 삶을 사는 사람들의 삶을 당시의 나는 상상하기 어려웠다. 내게도 세상에서 가장 가까운 두 분이 그런 삶을 살았지만 한 분은 백혈병으로, 또 한 분은 자동차 사고로 젊은 나이에 유명을 달리했다. 아프리카는 더군다나 위험한 곳이 아닌가. 가끔 신문에서 아프리카 부족끼리 오랫동안 내전을 치르고 있다는 소식을 접했다. 그는 우리 아버지가 돌아가셨다는 사실은 알고 있을까.

"신기하네, 몇 주 전에도 젊은 아가씨가 한승원 선교사를 찾아왔었는데."

박 전도사는 자신의 자리에 앉아 혼잣말로 중얼거렸다. 어쩐지 그 젊은 아가씨가 예은이라는 생각이 들었다.

"그 아가씨라면 혹시 검은색 코트에 체크무늬 목도리를 하지 않았나요?"
"맞아요. 그 아가씨. 아는 사이에요?"
"네. 제 친구예요."

역시 예은이 다녀갔던 모양이다. 예은이 무슨 생각으로 여기까지 찾아온 것인지 대충 짐작할 수 있었다. 아마도 내게 한승원 전도사를 찾아 주고 싶었던 거겠지. 내게 도움이 될 일이라면 앞뒤 가리지 않는 그녀이기에. 예은이 이곳에 찾아왔을 생각을 하니 슬펐던 마음 한구석에 작은 난롯불이 켜진 기분이 들었다. 우진 선배가 없는 지금, 내게 그녀라도 있어 정말 다행이었다. 하지만 공교롭게도 내가 사랑하는 사람들은 대부분 나보다는 하느님을 택한 것 같았다. 이제껏 내 인생의 최대 라이벌은 불행이라 여겼다. 하지만 찬찬히 생각해 보니 불행이 아니라 저 위에 계신 신이었다. 그 신께서 그걸 똑똑히 알려주려고 나를 지금 여기, 이곳까지 보낸 걸까. 알 수 없는 일이다. 앞으로도 알 수 없을 일일 테고.

상념에 사로잡힌 채 멍하니 붉게 빛나는 난로 속 불을 바라보는 내게 박 전도사가 다가와 하얀 종이를 건넸다.

"아프리카 선교 보고서예요. 선교사님이 매월 교회로 선교활동 내역을 보내고 있는데 여기에 아프리카 교회 주소랑 연락처, 이메일 주소도 있어요. 연락하고 싶으시면 이리로 하시면 될 것 같아요."

"네, 고맙습니다."

따듯한 사무실을 떠나기 싫었지만 볼 일을 다 본 나로서는 더이상 앉아 있기 민망했다. 아직 다 마르지 않아 조금 축축한 점퍼를 다시 걸쳤다. 박 전도사는 비닐봉지에 내 젖은 옷을 넣어 건네주었다. 친절을 베풀어 준 두 사람에게 인사를 한 후 사무실을 나왔다. 이런, 학교까지 갈 돈을 빌린다는 걸 깜빡했다. 사무실에 다시 들어가 돈을 빌려달라고 해야 하나 고민이 되었지만 차마 그러지 못했다. 도움이 그 누구보다 절박한 사람은 오히려 도와달라는 말을 솔직하게 꺼내지 못한다. 동정받고 싶지 않은 마지막 남은 자존심일 수도 있고, 절박함을 들키고 싶지 않은 허세일 수도 있다. 내 경우에는 아마도 자존심을 버리고 도움을 요청했다가 거절당할지도 모른다는 두려움 때문인 것 같다. 이 세상에 기댈 곳이 하나도 없다는 사실을, 나는 차마 확인할 자신이 없었다.

여전히 학교로 가는 길도 모른 채 걸어갈 생각을 하니 저절로 한숨이 나왔다. 그 순간, 교회 사무실 옆으로 계단이 보였다. 나는 무의식적으로 계단을 따라 올라갔다. 2층에는 알록달록한

색깔의 자그마한 돌들이 총총 박힌 대리석으로 된 복도가 널찍하게 깔려 있었다. 복도의 중앙에 교회 예배당으로 통할 것 같은 커다란 문이 보였다. 나는 그 문을 열고 안으로 들어갔다. 예상대로 교회 예배당이었다. 겨울인 데다가 난방을 하지 않아 예배당 내부는 썰렁했다. 십자가가 있는 커다란 단상을 정면으로 향해 있는 기다란 의자 수백여 개가 얌전히 놓여 있는 모습이 마치 십자가의 보이지 않는 어떤 권위에 조용히 순종하는 듯한 느낌이었다. 나는 여전히 신이 미웠다.

예배당의 맨 뒤편에 놓인 의자에 가만히 앉았다. 그리고 내 정면으로 사람의 뒷모습이 보였다. 중년의 여성으로 보이는 그녀는 내가 앉은 의자가 놓인 방향의 가장 앞쪽에 앉아 기도하고 있었다. 나도 기도해 볼까…. 하지만 기분이 과히 좋지 않다. 얼굴이 무척 뜨겁다는 생각에 손바닥으로 내 이마를 짚었다. 아, 열이 나는구나. 하긴, 이 겨울에 그리 비를 맞았으니 열이 나는 것도 당연하다. 머리가 뜨거워지니 이내 두통이 몰려왔다. 그리고 온몸에서 힘이 빠져나가는 느낌이 들었다. 어질어질했다.

바로 그때 기도를 끝내고 뒤돌아선 그녀, 그러니까 나이가 조금 지긋한 여성, 아마도 할머니라고 해야 할까, 아주머니라고 하기에는 나이가 많고 할머니라고 하기에는 조금은 젊은 여인의 모습이 내 눈에 들어왔다. 그런데 이상했다. 그녀의 모습이 흔들려 여러 개의 실루엣으로 겹쳐 움직이고 있었는데 그 모습이 점차 커져만 갔다. 아마도 내게 걸어오는 모양이었다. 그녀가 내 근처로 다가오는 동안 내 귓가에는 이명이 들려왔고 세상이 아득해졌다. "학생, 괜찮아요?"라는 그 말이 들리자마자 나는 정신을 잃고 말았다.

불현듯 눈을 떴다. 한참을 잔 것 같다. 선배가 떠난 후 잠을 통 잘 수 없는 날들의 연속이었다. 미뤄두었던 그 모든 잠을 한 번에 잔 듯 정신이 맑고 또렷했다. 하지만 누군가에게 두들겨 맞은 것처럼 온몸에서 통증이 느껴졌다. 팔을 들어 올리는데 왼쪽 팔이 묵직했다.

나는 어떤 낯선 방에 누워 있었고, 이내 그 방이 병실임을 깨달았다. 내 왼쪽 팔에는 주삿바늘이 꽂혀 있고 침대 옆에 매달린 링거병에서 주사액이 똑, 똑 떨어지고 있었다. 바로 그 순간, 드르륵 하는 소리와 함께 병실 문이 열렸다. 연한 핑크색 카디건을 입은 간호사가 내게 다가왔다.

"환자분 정신 드셨네요."
"제가 왜 병실에 누워 있는 건가요?"

간호사는 내 차트를 읽었다.

"환자분, 폐렴으로 입원하셨어요."

폐렴이라는 두 글자보다 입원, 이라는 말에 가슴이 쿵 내려앉았다. 입원이라고? 이내 병원비를 어떻게 내야 할지 걱정부터들었다. 이렇게 병실에 누워 있어도 되는지 불안했다.

"저, 퇴원해도 되나요?"
"아니요. 퇴원은 의사 선생님께서 결정하셔야 해요. 자, 항생제 넣어 드릴 거예요. 팔 움직이지 마세요."

그녀는 내 링거 튜브에 주삿바늘을 꽂아 노란색의 액체를 주입했다. 그녀가 엄지와 검지로 주사의 피스톤을 누르자 왼쪽 팔이 으스스했다. 내 혈관으로 차가운 액체가 들어와 퍼지는 느낌이 생생해 순간 소름이 돋았다.

"환자분, 다른 데 불편한 건 없으세요?"
"네. 없어요. 감사합니다."

병실의 또 다른 환자들을 살펴본 후 간호사가 나가자, 그제야 병실 전체가 눈에 들어왔다. 하나, 둘, 셋, 넷…, 총 여섯 개의 커튼이 보이는 걸 보니 6인실이로구나. 문득 목이 말랐다. 내 침상은 병실 입구 바로 옆에 있었고 공용으로 쓰는 냉장고는 입구를 마주하는 벽면 텔레비전 아래에 놓여 있었다. 몸을 간신히 일으켰다. 약간 어지러웠다. 갑자기 뱃속에서 꼬르륵 소리가 났다.

'아, 얼마나 누워 있었던 걸까.'

그때 나이가 지긋한 중년의 부인이 병실로 들어섰다.

"학생, 일어났구나. 움직이지 말아요."

부인은 내게 다가오더니 내 침대에 연결된 리모컨으로 침대를 세웠다.

"뭐 필요한 거 있으면 말해요. 내가 해 줄 테니까."
"아, 감사합니다. 저… 목이 말라요."

그녀는 곧 냉장고를 열어 생수병을 꺼내 병뚜껑을 열고 내게 건네주었다. 벌컥벌컥, 나는 물을 굉장히 달게 마셨다. 비어 있던 위장에 물이 들어가자 '꼬르륵' 하는 소리가 더 크게 났다. 그 모습을 본 부인이 혀를 쯧쯧 차며 말했다.

"배가 고플 만하지. 이틀간 꼬박 잠만 잤으니. 안 그래도 내가 죽을 좀 쑤어 왔어요."

나는 어리둥절했다. 초면인 이 부인은 나를 어떻게 알고 이런 친절을 베푸는 걸까.

그녀는 마치 내 마음속의 목소리를 모두 들었다는 듯 "나 생각 안 나요? 소망교회 본당에서 만났는데."라면서 내 침대에 설치된 간이 책상을 올리고 자신이 가져온 보온병에서 죽을 꺼냈다. 그녀는 내 손에 숟가락을 쥐여주고는 내 침대 옆에 놓인 의자에 앉아 나를 바라보았다. 고급스러운 코트를 입은 그녀에게서 고소한 음식 냄새가 은은하게 풍겼다. 그녀가 끓여 온 죽을 한 숟가락 떠서 입에 넣었다. 무척 맛있었다. 흰죽일 뿐인데 이렇게 맛있다니. 여태껏 먹어 본 그 어떤 음식보다 맛있어서 초면인 부인을 앞에 두고 허겁지겁 먹었다. 창피한 일이었지만 어쩐지 창피하지 않아 죽을 먹으면서도 참 이상한 기분이 들었다.

"학생, 교회에서 갑자기 쓰러진 건 기억나요?"

나는 죽을 먹으며 고개를 끄덕거렸다.

"그럼 앰뷸런스 타고 여기 병원에 온 건?"

잠시 숟가락을 내려놓고 생각해 보았지만 떠오르는 것은 없었다.

"병원 왔는데 열이 40도가 넘어 깜짝 놀랐다우. 삐쩍 마른 학생이 그렇게 열이 펄펄 끓은 상태에서 쓰러져 있는데 어찌나 안 쓰럽던지…. 폐렴이 왔다고 하던데 알고는 있고?"

"아까 간호사 선생님께 들었어요."

"학생 가방에 학생 신분을 알만한 게 아무것도 없어서 내가 대충 이름을 지어서 넣었어요. 이따 간호사 선생님에게 학생 이름이랑 주민등록번호 알려줘야 해요."

"네. 고맙습니다."

"근데 딸이 이틀이나 연락이 없어서 부모님이 무척 걱정하겠어."

"…"

"부모님에게 연락은 해야지요?"

"저…. 부모님이 안 계세요."

"아이구 저런…. 딱한 아가씨구나. 그럼 연락할 친척은 있고?"

"외숙모가 한 분 계시는데 연락이 끊어졌어요. 어디 사시는지도 모르고요."

나는 사흘 뒤에야 비로소 퇴원할 수 있었다. 5일, 무려 5일이나 병원에 입원해 있었다. 병원 내부에 있는 공중전화로 내가 맡고 있던 과외를 모두 미뤘다. 친절한 부인은 자신의 이름을 '이숙자'라고 알려주었다. 나는 '숙자 아주머니'라고 불러야 할지 '숙자 여사님'이라고 불러야 할지 내내 고민하다가 결국 그녀에게 '저…'라고 불렀다. 사소한 호칭마저 심각하게 고민하는 나 자신이 안타까웠다. 나는 왜 이렇게 붙임성이 없는 것일까.

이숙자 부인은 내가 퇴원하는 시간에 맞춰 병원에 다시 들러주었다. 그녀의 손에는 비에 젖어 있던 내 옷과 신발이 담긴 종이봉투가 들려있었다. 나는 환자복을 벗고 뽀송뽀송해진 내 옷으로 갈아입었다. 옷에서 좋은 향기가 났다.

"참, 점퍼 주머니에 이게 있더라구."

그녀가 내민 것은 내 삐삐였다. 아, 그동안 삐삐를 까맣게 잊고 있었다.

"배터리 닳을까 봐 전원은 꺼두었어요."
"고맙습니다."
친절한 그 부인은 병원비를 모두 계산해 주었다. 그리고 내 손에 5만 원을 쥐여주었다. 나는 염치가 없었지만 그 돈을 받을 수밖에 없었다. 당장 버스카드를 사야 했다. 그리고 은행에서 체크카드를 새로 발급하고 대학교 학과 사무실에 들러 학생증도 재발급받아야 했다.

"자, 이거 내 명함이에요. 이 근처에서 식당을 하는데 밥 한번 먹으러 와요. 학생은 특별히 공짜로 맛보게 해 줄 테니 잊지 말고 꼭 들러요. 알았죠?"

"네. 이 은혜를 어떻게 갚아야 할지…. 병원비는 제가 어떻게든 꼭 갚겠습니다."

"그런 생각은 하지도 말아요. 그날 그렇게 만난 것도 다 하느님의 뜻인 것 같아. 나는 평소에 기도도 잘 안 하는 사람인데 어쩐지 그날 그렇게 교회에 가고 싶더라니, 학생 도와주라고 마치 하느님이 나를 보낸 것 같아. 그나저나 이렇게 홀쭉해서 어떡한담. 지금이라도 식당에 데려가서 한 끼 먹이고 싶은데."

"아니에요. 지금은 급하게 할 일이 있어서 학교로 돌아가 봐야 하거든요. 저… 꼭 식당에 찾아갈게요."

"그래요. 꼭 찾아와야 해요. 나랑 약속해요."

"네. 꼭 갈게요."

그녀는 나를 위해 길가에 나와 택시를 잡아 주었다. 버스를 타고 가도 된다고 했지만 그녀는 완강했다. 그리고 택시 기사에게 3만 원을 주면서 나를 잘 데려다 달라고 부탁했다. 참으로 이상한 일이었다. 병원에 누워 있는 동안은 선배에 대한 생각도 무뎌지고 내 삶의 고달픔에 대해서도 잠깐이지만 무감각했다. 친절한 그 부인이 계속 내 옆에 있는 동안, 마치 우진 선배가 옆에 있던 것처럼 안정감을 느끼고 있었다. 나이 지긋한 어른에게 처음 받아 본 돌봄 때문에 비록 몸은 아팠지만 조금… 아니, 아주 많이 행복감을 느꼈던 것 같다.

그렇지만 택시를 타고 다시 생의 터전으로 돌아가려니 또다시 막막했다. 우진 선배로부터 여전히 연락이 오지 않았겠지. 이런저런 복잡한 마음에 눈물이 나오려 했다. 하지만 눈물이 흐르지는 않았다. 코끝이 찡해졌지만 눈물을 키우지 않으려고 무던히 노력했다.

학교에 도착하자마자 나는 근처 피시방에 들렀다. 여전히 우진 선배로부터 메일 한 통 오지 않았다. 갑자기 삐삐가 떠올랐다. 점퍼 주머니에 넣어둔 삐삐를 꺼내 전원 버튼을 눌렀다. 놀랍게도 '486'이라는 숫자가 찍힌 메시지 한 통이 와 있었다. 나는 '486'이라는 숫자에 우진 선배임을 직감했다. 내게 '사랑해'라고 메시지를 남길 사람이 우진 선배 외에 또 누가 있단 말인가.

공중전화 부스로 걸어가 음성 메시지 사서함의 비밀번호를 눌렀다. 그런데 음성 메시지에는 아무런 말도 들리지 않았다. 누군가 그저 전화기를 들고 아무 말도 하지 않은 채 무언의 메시지를 내게 보내고 있었다. 가끔 한숨 비슷한 소리가 새어 나왔다. 1분 정도 그렇게 상대방은 아무런 말도 없이 수화기를 들고만 있었다. 그리고,

뚝.

무정하고 무심한 신호음에 내 눈에서 눈물이 빗물처럼 흘러내렸다. 우진 선배다. 그는 내 생일날 음성 메시지 사서함에 아무런 소리도 없는 메시지를 남겼다. 다행히 그는 살아 있었고, 내 생일도 잊지 않았다. 그에게는 말 못 할 사정이, 내게 모습을 드러낼 수 없는 어떤 사정이 생긴 것일 뿐이다. 나는 알 수 있다. 불행에 익숙한 나는 그에게서 풍기는 불행의 냄새 역시 맡

을 수 있었다.

새 학기가 시작되었지만 선배는 학교에 나타나지 않았다. 다시 여름 방학이 되고, 또다시 2학기가 되었지만 여전히 선배는 보이지 않았다. 그 후로 나는 학교를 졸업할 때까지 선배를 볼 수 없었다. 선배와 함께했던 1997년도의 학교 축제도, 여름날의 무인도도, 데이트를 했던 그해의 가을과 겨울도 모두 추억 속의 한 페이지로 남겨두어야 했다. 그가 너무나 보고 싶고 그리웠지만 어쩔 도리가 없었다. 그가 홀연히 종적을 감추면서 잠시 아름다웠던 내 청춘 역시 그를 따라 사라져 버렸다. 내가 할 수 있는 일은 그저 묵묵하게 살아내는 것뿐이었다.

밟혀서 더러워진 벚꽃들이 시체처럼 쌓이던 봄,

그리고

우진 선배는 아주 가끔, 떨리는 듯한 숨소리가 희미하게 들리는 음성 메시지를 남기곤 했다. 첫해에는 두 달에 한 번 발신자를 알 수 없는, 여전히 '486(사랑해)'라고만 적힌 음성 메시지를 내 삐삐에 남겼다. 그다음 해에는 반년에 한 번, 그리고 그다음 해에는 내 생일에, 그리고 그다음 해부터는 그마저도 영영 오지 않았다.

그는 도대체 어디에서 무엇을 하고 있는 걸까. 여전히 미국에서 지내는 걸까? 머리에 어떤 이상이 생긴 걸까? 지금은 건강해진 걸까? 학교에는 영영 안 오는 걸까? 많은 질문과 억측이 나를 괴롭혔지만 정답은 어디에서도 찾을 수 없었다. 나는 그를 그리워할 도리밖에는 없었다. 그가 내게 준 선택지는 단 두 가지였다. 그를 버리거나, 버리지 않는다면 그리워하거나….

나는 그를 버릴 수 없었다. 그것은 의지로 할 수 있는 일이 아니었다. 그저 내 마음이 그리되질 못했다. 그에게 실망했지만 내가 미처 알지 못하는 어떤 안타까운 일이 그에게 닥친 것은 아닐까 걱정이 됐다. 다만, 그를 보고 싶을 때 보지 못하고, 손으로 만지고 싶을 때 만지지 못하는 것은 상상 이상으로 괴롭고 힘든 일이었다. 무엇보다도 나를 힘들게 한 건 더 이상 선배에게 사랑받지 못한다는 사실이었다.

 아버지와 어머니가 종종 그리웠지만 그건 본능적인 감정이었다. 부모님에게 받은 사랑은 너무 어릴 때의 일이라 잘 기억나지 않았다. 그래서 부모님을 향한 그리움은 마치 추상화를 감상하는 것처럼 손에 잡히지 않는 막연한 정서였고 어쩐지 그래야만 할 것 같은 의무감에서 비롯된 감정이었다. 그러나 우진 선배를 향한 그리움은 달랐다. 우진 선배가 내게 준 사랑은 너무나 생생했다. 사막에서 물 하나 없이 갈증을 느끼는 채로 오아시스를 찾아 헤매는 유목민의 고통처럼, 우진 선배와의 이별은 생존을 위협하리만치 강렬하고 아팠다. 손에 잡힐 것 같은 신기루가 자꾸만 내 눈앞에서 나를 현혹하는데, 심지어 그것이 신기루라는 것을 알고 있으면서도 쫓아가는 것처럼 나는 속수무책으로 그리움의 고통을 감당해야 했다. 그렇게 채워질 수 없는 갈증으로 내내 괴로워할 수밖에 없었다. 게다가 그를 잊는다는 것은 그리움을 극복하는 것보다 더 어려운 일이었다. 우진 선배에 관한 한 내가 할 수 있는 일은 아무것도 없었다. 나는 내게 벌어진 일들에 그저 적응할 수 있길 바랐다.

병원에서 퇴원한 후 나는 일부러 바쁘게 지냈다. 우진 선배를 잠시라도 잊을 수 있도록 몰두할 일이 필요했고, 이른 시일 내에 병원비를 모아 이숙자 부인에게 찾아가고 싶기도 했다. 그분에게 받은 친절을 어떻게든 갚고 싶었다. 아니, 더 솔직하게 말하자면 돈을 갚는다는 핑계로 나는 그분을 다시 만나고 싶었던 것 같다. 이 세상에서 그나마도 얼마 되지 않는 인연들이 끊어져 버렸기에 나는 어딘가에 손을 내밀어 무엇이든 잡고 싶었다. 당장이라도 꺼질 것 같은 땅 위에 위태로이 홀로 서 있는 느낌이었다. 누군들 나에게 손을 내밀어 준다면 그가 누구든 덥석 잡을 것만 같았다. 무척 외로운 사람은 순식간에 망가질 수 있다는 걸 그때 알았다. 그때의 나는 나쁜 마음을 가지고 다가오는 사기꾼들조차 환영할 태세였다. 그렇게 무너지지 않기 위해 밤마다 눈물 흘렸다. 불행 중 다행으로 내게는 나쁜 사람도 좋은 사람도 먼저 다가오지 않았다. 그래서일까, 나 자신이 나무 한 그루, 풀 한 포기 자라지 않는 남극의 척박한 땅처럼 여겨졌다.

과외를 늘리고 주말에는 보습학원에서 시간강사로 일했다. 바쁘게 지낼수록 시간은 빨리 흘렀고, 몸이 지치면 다른 생각을 할 겨를이 없었다. 공부는 학기 중에 열심히 하기로 마음먹었다. 도서관에 앉아 책을 펴 본들, 집중하기 어려울 것이 뻔했다. 학교 구석구석 우진 선배와의 추억이 새겨진 곳을 지날 때면 그때의 기억들이 유리 파편처럼 내 심장을 찔렀다. 그리고 그때마다 내 영혼은 대책 없이 피를 흘려야 했다. 영혼의 상처는 과연 어디에서 고쳐야 할까. 찢어지고 벌어진 상처들이 스스로 봉합될 때까지 나는 그저 견뎌낼 수밖에 없는 것일까. 선배의 영혼은 지금 어떨까. 이런 생각들을 꼬리처럼 매달며 나는 홀로 추운 계절을 지나고 있었다.

　어느덧 봄이 되고 새 학기가 시작되었다. 나는 2학년이 되었고, 내가 듣는 강의실에는 신입생들이 제법 눈에 띄었다. 우진 선배가 학교를 휴학했다는 소문이 약학대에 삽시간에 돌았다. 나를 두고 주위에서 어떤 말들이 오고 가는지 대충 짐작할 수 있었지만 신경 쓰지 않기로 했다. 신경이 무척 쓰였지만 그렇지 않은 척하기로 마음먹었다. 괜찮다고 스스로를 다독였다. 실제로 신입생 시절 나는 그림자처럼 잘 지내지 않았던가. 선배를 만나기 전까지는 말이다. 그때처럼 고립된 기분을 느끼지 않기 위해 나는 스스로를 먼저 고립시켰다. 강제로 감옥에 갇힌 사람이 아니라 제 발로 감옥에 들어가 평온을 찾는 사람이 되기로 마음먹었다. 마음의 문을 걸어 잠그고 나니 하루라도 빨리 학교를 졸업하고 싶어졌다. 우진 선배가 없는 학교는 그저 내게 약사라는 직업을 보장해주는 직업학교일 뿐, 그 이상의 의미는 없었다.

5월이 되었다. 교정에는 계절의 약속처럼 꽃들이 다시 활짝 피었다. 캠퍼스는 5월의 축제로 떠들썩했다. 하지만 나는 감히 주변을 보며 걷지 못했다. 신록의 푸르름과 화려한 봄꽃의 색채를 즐기고 싶지 않았고, 그들 속에 끼어들고 싶지 않았다. 야행성 동물이 조심스레 발걸음을 걷듯 내 보폭의 반경 내에 시야를 가두며 가만가만 걸었다. 그랬더니 벚꽃들이 떨어져 지저분하게 썩어 나뒹구는 모습만이 눈에 들어왔다. 연분홍의 어린 꽃잎들은 길바닥에 죽어 있었다. 노랗게 혹은 갈색빛으로 변색된 꽃잎들이 마치 그들의 시체인 것 같아 처참해 보였다. 사람들은 아무렇지 않은 듯 그 시체들을 지르밟거나 그 위로 뛰어다녔다. 봄의 잔해들 위로 조금만 눈을 들어 올리면 화사한 봄의 축제가 펼쳐졌지만 그것의 결말이 뻔히 길바닥에 아무렇게나 내동댕이쳐 있다는 것을 청춘들은 왜 모르는 건지. 인생의 아이러니가 불 보듯 뻔하게 진열되고 전시되어 있는데 왜 세상은 나를 제외하고 모두들 찬란하게 반짝거리는지. 도무지 서러워서 나는 그 길 위에 앉아 울고 싶었다. 봄은 내게 더 이상 아무런 의미가 없는 계절이었다. 의미가 너무 많아 의미가 없어진 가증스러운 봄의 어느 날, 나는 너무나 외롭고 쓸쓸해 지폐가 두둑하게 담긴 흰 봉투를 가지고 이숙자 부인이 건네준 명함에 적힌 식당을 찾았다.

식당은 '소망교회'와 같이 옥수동에 위치해 있었다. 여러 식당과 술집, 미용실, 애견숍, 문방구 그리고 크고 작은 회사 건물들이 줄지어 있는 번화가에서 조용한 주택가로 이어지는 초입에 곰탕을 전문으로 파는 식당, '도담'이 있었다. 식당 규모가 그리 크지 않았지만 식당 입구부터 윤이 날 만큼 청결한 걸 보니 필시 이곳은 꽤 장사가 잘되는 곳이 분명했다. 나는 일부러 바쁜 점심시간을 피해 3시쯤 도착했다. 식당 안에는 한 손님만 의자에 앉아 곰탕을 먹고 있었다. 한가로운 시간이라 이숙자 부인은 카운터에 앉아있었는데 나를 보자 벌떡 일어나 다가왔다. 그녀는 나의 예상치 못한 출현에 당황하기보다 오히려 반가워했다.

"안녕하셨어요. 아줌마, 저 왔어요."

"아이고, 재인 학생 왔네. 잘 왔어, 잘 왔어."

"그동안 잘 지내셨어요?"

"나야 잘 지냈지. 학생은 잘 지냈어? 몸은 좀 어때요?"

"덕분에 몸도 아주 건강하고, 잘 지냈습니다."

"점심은 먹고 온 거야?"

"아…. 실은… 아줌마 음식이 먹고 싶어서 일부러 안 먹고 왔어요."

"잘했어. 잠시만. 여기 앉아요."

아줌마는 식당에 들어가 뚝배기와 깍두기를 내왔다. 커다란 검은색 뚝배기에 우유처럼 뽀얀 곰탕이 바글바글 끓고 있었다. 송송 썰린 초록색 대파의 동그라미가 하얀 국물 위에 떠 있는 모습을 보니 문득 외삼촌의 화장터에서 본 곰탕이 생각났다. 그때 난 재로 남을 외삼촌이 생각나 뽀얀 곰탕을 차마 먹지 못했다. 하지만 오늘은 곰탕이 그저 먹음직스럽게 보였다. 숟가락으로 한 입 떠서 국물을 마시니 어찌나 고소하던지. 커다란 뚝배기에 넘치게 담긴 곰탕 국물을 하나도 남기지 않고 싹싹 비웠다. 아줌마의 음식은 이제껏 먹어본 음식 중에서 가장 맛있었다.

맛있게 먹는 내 모습을 보던 아줌마는 숟가락에 깍두기를 올려주고 연신 "맛있어요?" 하고 물었고 나는 그때마다 "네, 엄청 맛있어요"라고 대답했다. 오후의 햇살이 반짝거리는 조용한 식당에는 혼자서 밥을 먹는 손님의 '후루룩, 쩝쩝, 쩝쩝' 음식 먹는 소리가 배경음처럼 경쾌했다. 곰탕을 먹는 내내 몸에도 마음에도 온기가 채워지는 기분이 들었다. 이상하다. 왜 이 아줌마와 있으면 이렇게 마음이 평화로워지는 것일까. 왜 그녀에게 전혀 부담감을 느끼지 않는 것일까. 그녀가 가지고 있는 특유의 따뜻한 분위기 때문인 것일까. 아니면, 내가 너무 외로워서 그녀 앞에서 눈치 없이 굴고 있는 것일까. 나는 그다지 넉살 좋은 사람이 아님에도 불구하고 내 앞에 앉아 먹는 모습을 누구보다 흥미롭고 재미있게 지켜보는 이 나이 많은 여성이 그저 좋았다. 어쩌면, 나는 지금 오리가 부화할 때 처음 본 사람을 어미로 알고 따르게 된다는 '로렌츠의 각인 이론'을 몸소 체험하고 있는 것일지도 몰랐다. 내가 가장 불행하고 서러운 순간에 나는 그녀를 만났고, 그녀는 쓰러진 나를 도와주었다. 그러니까 나는 이숙자 부인을 어미로 각인한, 작은 오리 새끼가 된 것이었다.

곰탕을 다 먹은 후 그녀에게 흰 봉투를 내밀었다. 그녀는 학생이 무슨 돈이 있냐며 한사코 받기를 거절했다. 이 돈을 받으면 자신은 하느님을 속이게 되는 것이라고, 나를 그렇게 돕고 난 후 식당이 더 잘 되어 병원비보다 훨씬 많이 벌었는데 내게 병원비를 받으면 하느님께 혼이 날 것이라고, 말도 안 되는 논리로 나를 설득하려 했다. 그녀가 믿는 하느님을 나는 믿지 않지만 자신의 선함을 신의 탓으로 돌리는 이 사람의 말을 그저 믿고 따르고 싶어졌다. 나는 결국 흰 봉투를 도로 거둬야 했다. 그 대신 차선책을 생각해냈다.

학교 수업이 없는 매주 금요일마다 식당에 찾아가 식당 일을 돕고 아줌마의 말벗이 되어 주기로 한 것이다. 바쁜 점심시간이 끝나면 아줌마와 식당에서 일하는 분들과 함께 늦은 점심을 먹었고, 식당이 문을 닫는 밤 아홉 시까지 일을 돕다가 집으로 돌아갔다. 아줌마의 음식은 단순히 맛있다고만 평하기에 부족할 만큼 깊은 맛이 있었다. 아줌마는 곰탕 외에도 이 식당의 인기 메뉴인 청국장을 끓여 주었고 가끔 녹두 빈대떡을 부쳐 주기도 했다. 저녁 장사의 대표 술안주인 황태구이와 쇠고기 수육 맛을 보기도 했다. 그렇게 식당에 다니고 석 달 만에 나는 3킬로그램이나 살이 쪘다. 내 생애 그렇게 살이 쪘 적은 처음이었다. 나는 그 어느 때보다 건강해져 가고 있었다.

매주 금요일 곰탕집에 가는 일은 나를 행복하게 했다. 그러나 여전히 우진 선배를 기다리는 일은 힘들었다. 언제 올지 모를 소식을 기다리는 것은 인적 없는 쓸쓸한 간이역에서 오지 않을 기차를 기다리는 것처럼 참으로 부질없고 허무한 일이다. 그래서 나는 사람 냄새가 나고 맛있는 음식 냄새가 나는, 따듯한 심성을 가진 이숙자 아줌마(이제는 친근한 마음에 '아줌마'라는 호칭도 자연스럽다)의 품으로 자꾸만 파고들었는지도 모른다.

이숙자 아줌마는 무척이나 쾌활하고 소탈한 사람이었다. 조선족 여인 2명을 주방장 보조로 쓰고 있는 그녀는 곰탕을 비롯한 모든 메뉴를 직접 조리했다. 인근에 두어 개의 커다란 회사가 있어 꽤 바쁜 점심시간에만 아르바이트생을 쓰고, 저녁에는 주로 혼자 술손님을 받으며 음식도 조리하고 서빙도 한다고 했다. 금요일 밤에는 다른 날보다 특히 술손님이 많았다. 나는 테이블 한구석에 앉아 술을 마시고 왁자지껄 수다를 떠는 손님들의 모습을 구경하는 것이 퍽 재미있었다.

한 학기 내내 단순하고 반복적으로 살았다. 학교 강의를 듣고 매일 밤 도서관이 닫히는 시간까지 공부했다. 주중에 하던 과외를 끊고 주말에만 학원에서 일을 했다. 그리고 금요일마다 '도담'으로 향했다. 그러던 어느 날이었다. 꽃의 시신들이 무참하게 밟히고 더럽혀진 그해 봄날, 예은에게서 편지가 왔다.

  사랑하는 재인에게.

네게 다녀오던 때가 추운 겨울이었는데 어느새 이렇게 봄이 찾아와 세상천지가 새로 솟은 새싹과 꽃들로 축제를 하는구나. 봄은 아마도 혹독한 겨울을 지내는 모든 생명체를 위해 하느님이 만들어주신 선물인 것 같아.

  여전히 학교생활은 열심히 하고 있겠지? 우진 선배는 과테말라에 잘 다녀왔니? 네 남자 친구 얼굴을 보지 못한 게 영 아쉽지만 나는 매일 밤 너희 두 사람을 위해 기도하고 있어. 두 사람이 진정한 사랑을 하고 서로를 행복하게 만들어주기를 간절히 기도하고 있단다.

너와 헤어지던 날, 나는 옥수동에 있다는 소망교회를 찾아갔어. 아무런 정보 없이 찾아가려니 좀 막막하기도 했지만, 하느님께서 나에게 깜짝 지혜를 주시지 뭐니. 나는 생전 처음 PC방에 가 보았단다. 그리고 소망교회 홈페이지를 검색했지. 다행히 홈페이지를 찾았고 주소와 연락처를 얻게 되었어. 내가 그날 마음이 급했던 모양이야. 홈페이지를 좀 더 찬찬히 살펴보았더라면 굳이 옥수동까지 걸음 하지 않아도 한승원 전도사님이 어디에 계신지를 알아볼 수 있었을 텐데 말이야.

　아무튼 내가 알아낸 정보를 너에게 이제 보고하려고 해. 있지, 나 무척 재미있었단다. 마치 탐정이 된 듯한 기분이었어. 나는 교회로 가서 한승원 전도사의 거취를 물었어. 그리고 그분이 아프리카에 있다는 것과 그분의 이메일 주소도 알게 되었단다. 그래서 내가 어떻게 한 줄 아니? 글쎄, 내가 그분에게 이메일을 썼지 뭐니. 그분은 내가 메일을 보낸 지 한 달 만에 메일을 확인했단다. 하긴 아프리카에 계시니까 그럴 수밖에. 조금 이해는 되더라. 그리고 그분이 내게 답장을 보냈어.

　한승원 선교사는 현재 케냐의 키수무라는 도시 근방에서 가난한 아이들에게 영어와 한글을 가르치고 있대. 가끔 월드비전 현지 직원들과 협력해서 인근 마을에 우물을 파는 사업을 주선하기도 하고 말이야. 물론 작은 판잣집 교회를 짓고 거기에서 현지인들과 함께 예배도 드린다고 하더라. 그리고 내게 현장의 사진도 몇 장 보내주셨어. 나는 그 사진을 인화해서 수녀원의 수녀님들에게도 보여드렸단다. 모두들 얼마나 좋아하셨는지 몰라. 너에게도 보내준다. 그분의 얼굴을 보면 기억이 좀 날까?

 한승원 선교사는 금세 우리 수녀원의 유명 인사가 되었어. 우리 수녀님들이 하느님의 이름으로 먼 아프리카까지 가서 어려운 사람들을 돕는 선교사님이 너무 멋있다면서 새벽 미사 때마다 그분과 그분의 사역을 위해 축복하고 기도하고 있단다. 그리고 심지어 수녀원에서 근방의 고아원에 보내주기 위해 모으고 있는 아이들 옷과 장난감, 한글 교재용 책 중 일부를 한승원 선교사에게 보내주고 있어. 내가 가장 사랑하는 안젤라 수녀님은 타국에서 무척 먹고 싶어 할 거라며 김과 마른오징어, 미역 같은 걸 직접 사서 짐에 넣어주셨지 뭐니. 아… 수녀님들의 마음은 도저히 당해낼 수가 없다.

그랬더니 한승원 선교사님이 우리 수녀원에 감사하다며 자필로 편지와 아프리카 장신구들을 보내 주셨단다. 마을에서 아이들이 만드는 팔찌와 목걸이인데 알록달록 어찌나 예쁘던지 나와 수녀님들은 그 장신구를 보는 순간 감격해서 그만 울고 말았어. 수녀원의 모든 수녀님은 지금 그 팔찌와 목걸이를 차고 계신단다. 참, 그리고 한승원 선교사님이 그러는데 언젠가 기회가 닿는다면 수녀원에서 키수무에 한 번 방문해 주면 인근의 아름다운 빅토리아 호수를 구경시켜 준대. 아, 현지어로는 니안자호수라고 하더라. 선교사님은 현지인들을 존중하기 때문에 빅토리아 호수라고 말하지 않는대. 아무튼 그 니안자 호수를 구경시켜 주고 임팔라와 기린을 볼 수 있는 공원에도 데려가 준대. 그 말에 내 마음은 벌써 아프리카로 떠나있단다.

재인아, 그 니안자 호수가 세계에서 세 번째로 큰 호수란 걸알고 있니? 심지어 나일강의 발원지라고 하는구나. 이집트 문명을 만든 나일강이 이 니안자 호수에서 시작된 거래. 이집트가 역사상 가장 오래된 문명이라고 알려져 있지만 그 발원이 아프리카의 품에서 만들어졌다는 걸 알게 되니 저절로 아프리카에 경외감이 생겨나더라. 지금은 비록 가난으로 고통받는 대륙이지만, 한때는 모든 인류와 문명의 근원이었던 곳이니 하느님이 얼마나 그곳을 소중하게 생각하실지…. 나는 요즘 아프리카 역사와 문화에 대해 공부하는 재미에 푹 빠져있단다. 선교사님과의 연락을 계기로 아프리카에 흥미가 생겼어. 나도 언젠가는 아프리카에 가서 하느님과 가난한 이들을 위해 봉사하고 싶다는 소망이 생긴다.

이 모든 일이 그날 너를 찾아갔기에 가능한 일이었어. 참! 가장 중요한 말을 빼먹었구나. 한승원 선교사님이 재인이 너와 꼭 연락하고 싶다고 전해달라고 하더구나. 그분의 이메일 주소와 아프리카 현지 주소를 적어 보낸다. 선교사님에게 꼭 연락해 보길 바라. 나는 확신이 들어. 하느님께서 너를 위해 무언가 계획을 하고 계시다는 걸 말이야. 이번 여름에 잠시 짬을 내어 너를 찾아갈게. 우리 또 일주일간 휴가를 보내는 거야. 너를 만나면 해주고 싶은 이야기가 너무 많다. 부디 건강하게 잘 지내고, 네가 사랑하는 그 선배의 소식도 내게 편지로 알려주렴.

너를 언제나 사랑하는 스텔라 예은이가.

예은이 보내준 사진 속 한승원 선교사는 내가 상상한 것과 전혀 다른 얼굴을 하고 있었다. 아프리카까지 달려갈 정도면 좀 더 얼굴에 결단력과 에너지가 넘치는 남자다운 외모일 거라 생각했는데 사진 속의 남자는 호리호리한 체형에 얼굴에선 약간의 수줍음이 엿보였다. 서글서글한 눈매를 가진 그는 누가 봐도 한눈에 호감을 느낄 만한 30대 남성이었다. 사진 속 그는 아프리카 아이들과 똑같이 새하얀 이를 드러내며 웃고 있었다. 그의 옆에 아내로 추정되는 인물이 보이지 않는 것으로 보아 선교를 하느라 결혼도 하지 못한 모양이었다. 아버지의 제자였고 아버지의 사랑을 받았던 그는 아프리카에 가서 또 다른 사랑을 전파하고 있는데 나는 지금 뭘 하고 있는 걸까. 결국 나는 한승원 선교사에게 연락하지 않았다. 나는 기억하지도 못하는 아버지의 사랑을 받은 이 남자를 궁금해하고 싶지 않았다. 그가 들려줄 아버지의 이야기를 듣는다 한들 그게 다 무슨 소용이란 말인가.

-

어느덧 여름이 되었다. 우진 선배가 옆에 없다는 사실에 익숙해졌고, 혼자 학교 생활하는 것도 익숙해졌다. 작년 봄 학교 축제와 여름 여행의 기억은 점차 흐릿해졌다. 이제는 그런 일이 있었다는 사실이 믿기지 않는다. 기말고사가 모두 끝나고 방학을 맞이했다. 방학이 되니 딱히 할 일이 없었다. 가야 할 고향은 있지만 이제 거기에는 아무도 없다. 외삼촌을 보러 납골당에 가고 싶었지만 외숙모나 사촌들을 만날까 두려웠다.

하릴없던 나는 도서관에 가서 책을 읽거나 영어책을 펼쳤지만 눈에 들어 오지 않았다. 그래도 공부에 매진했다. 강의를 듣고 과제를 하고 시험을 보고 늦은 시간까지 공부를 하면 몸이 곤죽이 되어 밤에 잠을 잘 잘 수 있었으니 말이다. 가끔은 우진 선배가 사무치게 그리워 홀로 울었다. 방학이 되고, 여름이 되니 이제는 매일, 순간순간 선배가 사무치게 그리웠다. 선배가 미친 듯이 그리운 날에는 참지 못하고 선배의 동네에 찾아가 집 앞을 서성이기도 했다. 그러던 한여름의 어느 날 밤, 선배의 집에 불이 켜져 있는 것을 발견했다. 창문으로 새어 나오는 불빛을 보니 가슴이 두근거렸다. 한참을 망설인 끝에 용기를 내어 벨을 눌렀다. "누구세요." 하는 어떤 여자의 목소리 뒤로 아이의 웃음소리가 들렸다. 나는 대답하지 못하고 벨을 누르고 도망치는 아이처럼 그곳을 재빠르게 달아날 수밖에 없었다.

반딧불이가 날아다닐 무인도에는 여전히 아무도 살지 않을지 가끔 궁금했다. 우진 선배도 그때 본 반딧불이를 여전히 기억할지, 선배가 내 이마에 입을 맞추고, 다정하게 서로의 마음을 속삭였던 그 바닷가의 짭조름한 내음을 나처럼 생생하게 기억하고 있을지 궁금했지만, 그의 생각은 그의 소식처럼 바닷가에 짙게 깔려 한 치 앞도 내다볼 수 없는 해무 같은 것이었다. 내 사랑은 이제 안개가 되었다.

숙자 엄마

금요일이 되면 나는 하릴없이 마음이 분주했다. 기숙사 건물을 나오며 학교와 일터 외에 다른 목적지가 있다는 사실이 나로서는 신기하기만 했다. 화창한 날이면 지하철 유리창 안으로 쏟아지는 햇살이 나를 따라오며 세례를 주는 것 같았다. 햇살이 내 정수리에 조용히 손을 얹으면 나를 항상 따라다니던 불행의 그림자가 두 발짝, 세 발짝 떨어져 나가는 기분이었다. 우진 선배와 보낸 행복했던 시간들이 백만 년 전의 일처럼 까마득해졌다. 가끔은 잊어버릴 때도 있었다.

 나는 매주 금요일 수업이 끝나면 숙자 아줌마의 식당에 갔다. 그곳에서 아줌마가 만들어주신 곰탕을 먹고, 오후 네 시부터 식당 문을 닫는 아홉 시까지 정신없이 손님을 받았다. 보통 나는 설거지를 하고, 청소를 했다. 병원비를 갚는 대신 그렇게 아줌마에게 보답하기로 마음먹었다. 아줌마는 아마도 내가 한두 번 찾아오면 그만 올 거라 짐작했을 것이다. 몇 주 째 꾸준하게 식당을 찾는 나를 보자 아줌마는 점점 더 반갑게 또 편하게 맞아주었다. 나는 자연스럽게 식당의 일원이 되어 갔다. 그리고 또 몇 주가 흐른 어느 날이었다.

거나하게 취한 한 무리의 손님들이 늦은 시간까지 식당에서
버티는 바람에 평소보다 두 시간이나 늦게 식당을 마감해야 했
다. 열한 시가 되자 숙자 아줌마는 내게 어서 집에 가라고 여러
번 재촉했지만 주방의 직원들도 모두 퇴근해 버린 뒤라 도무지
발걸음이 떨어지지 않았다.

손님들이 떠난 후 아줌마를 도와 마무리를 하고 시계를 보니
자정이 다 되어 있었다. 지하철 막차 시간을 놓치기 전에 서둘
러 식당을 나서려는데 숙자 아줌마가 내 손을 잡았다.

"재인아, 밤이 늦었어…. 자고 가."
"괜찮아요. 아줌마. 막차 시간까지 아직 여유 있어요."
"내 마음이 편치 않아서 그래. 혹시…. 우리 집에서 자는 게 불
편할까?"
"그럴 리가요. 아니에요. 저 하나도 안 불편해요."
"그럼. 자고 가. 응?"

내 손을 잡은 그녀의 손이 그렇게 거칠지만 않았더라도 나는
아마 학교 기숙사로 돌아갔을 것이다. 투박하고 거친 숙자 아줌

마의 손을 어쩐지 놓고 싶지 않았다. 어쩌면 그녀도 나만큼이나 외로운 사람인지도 모를 일이었다.

"이렇게 늦은 시간에 젊은 아가씨 혼자 서울 밤거리를 헤매게 두면 쓰나. 금요일마다 나를 도와주러 오는 네가 늦은 시간 학교로 다시 갈 때마다 마음이 좋지 않았어. 어차피 내일은 토요일이니까 늦잠도 좀 자고, 아침밥 먹고 학원으로 일하러 가."

숙자 아줌마의 간곡한 음성을 들으니 그녀에게 내가 부담스럽거나 불편한 존재가 아니라는 확신이 들었다. 실은, 식당 주방 뒤꼍 조그마한 마당을 사이에 두고 식당과 나란히 마주한 아줌마의 안채가 궁금하기는 했다.

"네. 그렇게 할게요. 자고 갈게요. 아줌마."
"내가 공연한 부탁을 해서 부담스러운 건 아니지?"
"아니에요. 실은 너무 좋아요."
"아이고, 예뻐라. 우리 재인이. 그럼 앞으로 늘 자고 가는 거야."
"네."

숙자 아줌마의 방에서 같은 이불을 덮고 나란히 누워 잠을 청하고 있으려니 조금 쑥스러웠다. 하지만 동시에 이루 말할 수 없는 안도감이 들었다. 낡았지만 청결한 이불에서는 향긋한 섬유유연제와 숙자 아줌마의 체취가 함께 풍겼다. 엄마처럼 푸근한 사람의 냄새가 밴 이불 속에서 잠을 청해서일까 나는 평소와 달리 그 어떤 꿈도 꾸지 않고 푹 잘 수 있었다. 그날 이후로 숙자 아줌마가 내 엄마라면 좋겠다는 생각이 불쑥불쑥 들었다. 이런 내 마음을 들킬까 봐, 이런 내 생각을 알면 그녀가 부담스러워할까 봐 나는 평소보다 더 예의 있게 행동했지만 나를 대하는 아줌마의 태도와 눈빛은 한층 더 다정해지고 있었다. 우리 두 사람은 처음부터 서로에게 강하게 이끌렸던 것 같다.

그녀는 자신의 옆에 누운 내 손을 잡고 내 부모님은 언제 어떻게 돌아가셨는지 물었다. 나는 어머니의 죽음은 기억나지 않았고, 그저 병으로 내가 아주 어릴 때 돌아가신 것만 알고 있었다. 교통사고로 아버지가 돌아가신 일, 아버지의 장례를 치른 후 조치원 외삼촌 댁에서 함께 살게 된 일, 외숙모가 나를 철저히 구박한 일, 외삼촌이 죽고 난 후 새벽 기차를 타고 혈혈단신으로 서울에 올라왔던 일과 카페 칸타타에서의 즐거웠던 추억까지

하나하나 끄집어내어 밤새 이야기를 나눴다. 우진 선배 이야기는 차마 꺼내지 못했다. 숙자 아줌마는 내 이야기를 들으며 여러 번 눈시울을 적셨다. 내 불행에 이토록 깊게 공감해주는 어른을 만나다니…. 쨍한 햇볕에 널어놓은 축축한 빨래의 습기가 날아가듯 내 불행의 기운이 조금 더 날아간 것 같았다.

그날 이후로 숙자 아줌마는 숙자 엄마가 되었다. 숙자 엄마가 내 손을 꼭 잡고 자신을 엄마라고 불러 달라고 부탁했기 때문이다. 친엄마가 아니라서 차마 엄마라고는 입이 잘 떨어지지 않을 테니 대신 숙자 엄마라고 부르라고 했다. 나는 숙자 엄마의 말에 그만 눈물을 흘렸고, 그녀는 아무 말 없이 나를 꼭 안아 주었다. 숙자 엄마와 함께 잠을 잘 때 가끔은 숙자 엄마가 팔베개를 해 주었다. 그럴 때면 온 세상이 마치 내 편이 된 것처럼 든든했다. 우진 선배와 처음이자 마지막으로 함께 밤을 보내던 날, 선배도 나를 꼬옥 안아 주었다. 선배는 지금 어디에 있는 걸까. 선배도 나처럼 나를 그리워하고 있을까. 아니면 미국에서 새로운 삶을 사느라 나는 영영 잊어버린 걸까. 이런 생각으로 숱한 밤을 눈물을 흘리며 보내곤 했지만 숙자 엄마와 함께 지내게 된 이후로 눈물 흘리는 밤은 줄어들었다.

겨울 방학이 된 후 나는 기숙사에서 짐을 빼서 아예 숙자 엄마네 집에서 살게 되었다. 식당에서 학교까지 한 시간 이상 걸렸지만 버스와 지하철을 타고 등교할 생각에 오히려 마음이 설렜다. 마치 보통의 가정에서 태어난 보통의 대학생이 된 기분이 들었던 것이다. 숙자 엄마에게 "학교 다녀오겠습니다."라고 인사를 할 때마다 심장이 쿵쿵 뛰었다. 습관처럼 이 말을 쓰는 사람들은 과연 알까? "다녀오겠습니다."라는 짧은 인사말에는 다시 돌아오겠다는 뭉클한 약속이 담겨 있다는 것을. 그리고 돌아올 집이 있는 사람들만이 할 수 있는 약속이라는 것을 말이다. 고아에게 돌아갈 집이 있는 것보다 더 큰 기적은 돌아가신 부모가 살아 돌아오는 것뿐이다.

　겨울 방학 동안 나는 오전 시간에는 식당 근처 구립 도서관에서 공부를 했고, 오후 서너 시부터 식당 일을 도왔다. 매일 일을 하다 보니 단골손님들이 절로 눈에 익었다. 그중 유독 눈에 띄는 단골이 있었다. 삼십 대 초반으로 보이는 젊은 남자와 유치원생으로 보이는 아이가 매주 토요일마다 식당을 찾았다.

　숙자 엄마는 단골손님인 두 사람이 식당 안에 들어와도 다른 단골과 다르게 호들갑스럽게 아는 체하지 않았다. 두 부자는 식당에서 눈에 띄지 않도록 조심스럽게 들어왔고, 음식도 조용히 먹었으며, 계산도 조심스럽게 하고 나갔다. 손님들이 가장 적은 시간대인 세 시에서 세 시 반 사이에 들렀고 메뉴도 언제나 곰탕뿐이었다. 유치원 또래의 어린아이가 곰탕을 먹는 모습도 신기했지만 매주 먹는데도 질리지 않는지 항상 같은 시간대에 같은 자리에 앉아 먹었다. 그들이 원하는 것은 그저 시선을 끌지 않고 조용히 음식을 먹는 것이라는 것을 숙자 엄마는 잘 알고 있었다.

나는 몇 주간 이들 부자에 대해 조심스럽게 관찰했다. 두 사람이 눈에 띄지 않으려 노력할수록 내 눈은 자꾸 이들 부자에게 향했다. 아이는 겉보기엔 보통의 아이들과 같았지만 자세히 보면 어딘가 조금 어긋난 데가 있었다. 얌전한 아이였지만 아빠와 눈을 마주치거나 대화를 나눈 적이 없었다. 한 손에는 연필을 들고, 다른 한 손에는 숟가락을 들고 밥 먹는 데에만 집중했고, 콩나물무침 외에 다른 반찬에는 일절 손을 대지 않았다. 아이가 밥을 먹는 동안 아빠는 아이를 가만 바라보며 앉아 있었다. 두 사람이 살가운 부자가 아니라는 것은 눈치가 없는 사람조차도

대번에 눈치챌 수 있을 정도였다. 그리고 가만 생각해보니 엄마
와 함께 온 적은 단 한 번도 없었다.

사연 많아 보이는 그 부자를 보며 나도 모르게 상상의 나래를
펼쳤다. 내 상상 속에서 그 아이는 어린 시절 엄마를 잃었고, 그
충격으로 말을 잃었다. 아빠 역시 사랑하는 아내를 잃은 상실감
에 삶의 의미를 잃고 힘겨운 날들을 보내고 있지만 아이 때문에
간신히 목숨을 건사하고 있었다. 이런 내 상상이 사실과 전혀
다를 수도 있다. 두 사람이 입고 있던 고급스러운 옷을 보며 가
난하지 않은 아버지와 아들이라서 다행이라고도 생각했다. 그
리고 그 순간, 내가 다른 사람을 동정할 처지가 되지 못한다는
걸 깨달았다. 스스로가 한심해 픽 웃음이 났다. 바로 그때 아이
의 아빠와 눈이 마주쳤다.

그 남자는 내 얼굴을 한동안 빤히 바라보았다. 나 역시 그를
바라보는 눈길을 거둘 생각을 하지 않았다. 우리 두 사람은 그
렇게 한동안 서로를 약간 무심한 상태로 바라보았다. 그러다 나
는 갑자기 무언가 생각난 사람처럼 벌떡 일어나 콩나물무침이
담긴 반찬 그릇을 들고 그들에게 다가가 테이블에 가만 내려놓

았다. 그는 고맙다는 듯 고개를 살짝 숙였고, 아주 잠깐, 순식간에 사라지는 연기처럼 찰나의 미소를 지었다. 그러자 그의 양쪽 볼에 보조개가 생겼다. 그 순간, 그 잠깐의 모습에서 우진 선배의 얼굴이 스치고 지나갔다. 심장이 두근거렸다. 우진 선배가 지닌 독특한 분위기를 저 남자 역시 가지고 있다는 사실에 적잖이 당황했다.

멀리서 그의 얼굴을 찬찬히 다시 살펴보니 선배와 닮지 않았다. 저 남자는 우진 선배에게서 찾아볼 수 없던 차갑고 우울한 분위기를 풍기고 있었다. 우진 선배를 그리워하는 내 무의식이 낯선 남자의 얼굴에서 조금이라도 비슷한 모습을 찾아내려고 노력하는 걸까. 선배가 사라진 지도 벌써 1년이 다 되어가고 있었다.

"글쎄, 내 아들이 귀국한대."

편지를 읽던 숙자 엄마는 꽃보다 더 환한 얼굴로 소리쳤다.

"엄마! 아들이 있었어요?"

"어머나 내 정신 좀 봐, 나한테 아들이 있단 걸 까먹었지 뭐니. 몇 년 전에 외국에 나간 후로 얼굴을 본 적이 있어야 말이지."

말은 그리해도 숙자 엄마는 정녕 기뻐 보였다.

"잘됐네요. 우리 엄마 엄청 행복하겠네."

"당연하지, 재인이 널 소개할 생각을 하면 너무 짜릿해."

"그게 왜 짜릿해요?"

"아들한테 비밀로 했거든, 나에게 딸이 생겼다는 거."

그날 밤 숙자 엄마는 화장대 서랍에서 액자를 꺼내 들었다.

"내 아들이야. 잘 생겼지?"

사진 속 숙자 엄마의 아들은 스무 살 무렵의 아주 젊고 귀여운 청년이었다. 그런데 어딘가 모르게 낯이 익었다.

"이렇게 어린데 혼자 해외에는 공부하러 간 거예요?"

"어리기는. 지금 노총각이야. 서른넷인데 결혼도 안 하고 저리 아프리카에서 선교를 하고 있어."

"아프리카에서 선교를 하고 있다고요?"

"응, 그래서 내 속이 속이 아니야. 이 애는 내 배 속으로 낳았지만 저 위에 계신 분한테 뺏겼지 뭐야. 그럴 거면 결혼이라도 좀 시켜주시지 원."

갑자기 심장이 두근거리기 시작했다.

"혹시…. 아드님 성함이… 한…승원인가요?"

"…! 재인이가 우리 아들 이름을 어떻게 알아?"

"지난번 소망교회 찾아갔던 게 한승원 선교사 소식을 알고 싶어서였어요."

"세상에. 이런 인연이."

숙자 엄마는 갑자기 내 손을 덥석 잡더니 눈물을 글썽거렸다.

"어떻게 우리 아들을 알아? 재인이가?"

"우리 아버지가, 한승원 선교사가 중학생 시절 다니던 교회 전도사님이세요."

"설마! 그럼… 재인이가, 재인이가 바로 나정주 목사님 딸이야?"

"네! 우리 아버지를 아세요?"

내 말에 숙자 엄마는 크게 충격을 받은 모양이었다. 갑자기 뒤돌아서더니 눈물을 훔치기 시작한 것이다. 그리고 조용히 흐느꼈다. 그녀의 두툼한 어깨가 들썩거렸다. 나는 뒤에서 그녀의 등을 꼭 안았다.

"아이고. 그 나정주 목사님의 귀한 따님이 넌 줄도 나는 몰랐네. 아이고."

숙자 엄마는 오열했다. 나는 영문도 모른 채 따라 울었다. 그녀는 이불 서랍장 아래 칸을 열어 두껍고 낡은 사진첩을 꺼내 사진을 보여주었다. 사진에 아버지와 어머니 그리고 이제 막 돌을 지나 어리디어린 내가 보였다.

"이 사진을 보면서 나와 승원이가 항상 기도했었지. 부디 이 가정이 날마다 행복하게 해달라고 말이야."

숙자 엄마는 눈물을 훔치며 생각에 잠긴 듯 잠시 말을 멈추었다.

"그러니까 지금으로부터 약 20여 년 전에, 나정주 전도사님이 아주 예쁜 사모님을 데리고 내가 살던 시골 마을로 왔어. 그리곤 내가 다니던 교회에 부임을 했단다. 당시 교회의 담임 목사님이 노환으로 돌아가시자 교회가 비어 있었는데 그 소식을 듣고 글쎄, 서울에서 무안의 작은 마을까지 와주신 게야. 참 아버지 고향이 어디인지 알고는 있니?"

나는 고개를 가로저었다. 어머니의 고향이 조치원이라는 것은 알고 있었지만 아버지의 고향이 어디인지 알고 있는 사람을 만난 적이 없었다. 외삼촌은 내 아버지에게 대해 전혀 알려준 게 없었다.

"재인이 아버지 고향이 바로 무안이란다. 내가 나고 자란 마을에서 1시간 정도 거리에 있는 마을인데 그 마을에는 아주 크고 넓은 저수지가 하나 있었어. 그리고 그 저수지 위로 아주 오래전에 지어진 다리가 있지. 다리 이름이 뭐였더라. 파… 파… 그래 파군교. 그 다리 건너편으로 작은 마을이 있는데 그 마을에는 연꽃이 아주 많이 피었단다."

숙자 엄마에 따르면 아버지는 서울에 있는 신학대학원을 졸업
하고 같은 대학원 동기였던 어머니와 결혼을 하였다. 그리고 나
를 낳자마자 아버지의 고향인 무안으로 내려왔고, 무안읍 인근
작은 마을에 있던 교회를 담임하게 되었다. 교회에 다니는 수십
명의 마을 사람들은 모두 가난한 소작농이었다. 당연히 헌금은
초라했고 교회 관리비를 제외한 나머지 금액이 아버지의 월급
이었는데 세 식구가 생활하기에는 턱없이 부족했다. 모두가 궁
핍하던 시절이었기에 아버지는 일주일에 세 번 광주 시내로 나
가 택시를 운전했고, 어머니는 동네 아이들에게 교회에 놓인 낡
은 피아노를 가르치며 부족한 생활비를 충당했다. 그러다 내가
태어난 지 일 년 반 만에 어머니는 급성 백혈병으로 손도 쓰지
못한 채 광주의 대학병원에서 죽음을 맞이했다.

"사모님이 어찌나 목련꽃처럼 고왔는지, 성도들 모두 사모님
을 무척 사랑했단다. 사모님이 유독 몸이 약하긴 했지만 백혈병
을 앓고 있는 줄은 아무도 몰랐단다. 하느님도 참 고약하시지.
뭐가 그리 급하다고 그 고운 분을 치료 한번 제대로 받지도 못

하게 데려가 버리셨는지….”

숙자 엄마가 우리 부모님과 깊은 인연이 있는 분이었다는 사실에 나는 꽤 큰 충격을 받았다. 물론 좋은 의미의 충격이었다. 기억조차 없는 어머니의 이야기는 마치 봄비 같았다. 오랜 겨울의 추위와 가뭄으로 깊은 땅속에 몸을 묻은 채 언제 올지 모를 봄의 온기를 하염없이 기다리는 민들레 뿌리가 드디어 봄비를 맞은 것 같은 기분이었다. 어머니와 아버지, 그리고 숙자 엄마와 한승원 선교사의 인연과 옛이야기를 들으며 나는 땅속을 뚫고 나와 온몸에서 파릇파릇한 싹이 움트는 민들레를 상상했다. 나는 더 이상 혼자가 아니었다.

다음날 나는 눈을 뜨자마자 예은에게 전화를 걸어 내가 알게 된 사실을 전해주었다. 뜻밖의 소식에 흥분한 예은은 휴가를 얻어 나와 한승원 선교사, 그리고 숙자 엄마를 만나러 오겠다고 했다. 한승원 선교사는 수녀원에도 편지로 한국에 잠시 귀국한다는 사실을 알렸고, 수녀원에 감사 인사를 전하러 방문하겠다는 의사를 전했다고 했다. 자신의 귀국을 눈이 빠지도록 기다리는 여자가 어머니 말고 두 명 더 있다는 사실을 한승원 선교사는 아마 상상조차 못 할 것이 분명했다.

재인에게

사랑하는 나의 재인.

1년 전 내 음성사서함에 남겨진 너의 메시지를 오늘도 듣고 있
다. 내 삐삐 번호를 여전히 살려두고 있는 이유는 오로지 너 때
문이야. 내가 널 그렇게 떠난 후로… 아니… 널 버려둔 후로 너
는 내게 여러 차례 음성 메시지를 보냈지. 재인아, 그거 아니?
너의 목소리는 여전히 나의 빛이고 너의 한숨은 나의 양식이다.
너의 음성 메시지가 없었더라면, 네가 여전히 살아 있다고 생생
하게 확인받지 못했더라면 난 아마 완전히 무너졌을 거야. 별
하나 뜨지 않은 칠흑 속에서, 낮은 없고 오로지 밤만 있는 세상
에 홀로 서 있는 지금, 의지로써 생을 포기하고 싶을 때가 한두
번이 아니었다. 아버지를 생각하며 간신히 버티다가도 다 놓아
버리고 싶은 날이면 이렇게 너의 목소리를 찾아 듣고 있어. 그
러면 좀… 숨이 쉬어지더라. 생을 포기하고 싶은 강렬한 의지를
조금은 포기하고 싶어지더구나 재인아….

너를 만날 수는 없지만 이렇게 같은 땅을 딛고 같은 공기를 마
시며 같은 하늘 아래 살아가고 있다는 사실만으로 나는 충분하
다고 스스로에게 날마다 최면을 걸고 있어. '네가 만일 이 세상

에 없다면' 이라는 상상만으로도 가슴이 뻐근해지면서 답답해지고 눈물이 난다. 네가 없다면, 네가 영영 사라져 버린다면 지금의 내 비극은 아무것도 아닐 거야. 네가 영영 사라지는 일은 내가 영영 사라지는 일과는 비교할 수 없는 절대적인 고통이니까. 그런 일이 현실이 된다면 난 아마 미쳐서 죽고 말 거야. 광인이 되어 강물에 몸을 던진 오필리아처럼….

그런데 반대로 생각해 보니, '너야말로 얼마나 힘들까.' 하는 생각이 들어…. 네 입장에서 나는 영영 사라져 버린 것이나 다름없으니 너는 얼마나 이 상황이 고통스러울까. 네 마음을 가늠해 보면 내가 얼마나 한심한 놈인지 싶다. 이 와중에도 나는 내게 닥친 불행과 너에 대한 죄책감을 두고 저울질하고 있으니까. 이렇게라도 면죄부를 주지 않으면 나는 견딜 수가 없다.

불행 중 다행인 건 너 역시 나처럼 너의 삐삐 번호를 그대로 살려두었다는 거야. 서로를 위해 메시지를 남길 수 있는 유일한 수단을 네가 아직 포기하지 않았다는 사실에 신께 감사드린다. 나는 신을 지독하게 증오하지만 너를 위해 매일 기도하고 있다. 나를 그만 포기하고 편안해지라고… 아니 사실은 나를 절대 포기하지 말아 달라고….

 만일 네가 번호를 없앤다면, 나를 포기해 버린다면 나는 마치 잘려 나간 신체 일부처럼 내팽개쳐진 채 천천히 썩어져 버리겠지. 재인아, 너는 분명 내가 널 버렸다고 생각할 거야. 내가 널 잘라내고 버렸다며 피 흘리는 사람은 자신이라고 밤마다 울고 있을 거야. 나는 정작 그런 고통을 감당할 자신이 없으면서 네게 그런 고통을 주었구나. 너의 고통을 생각하는 일은 자신이 그린 그림을 눈앞에 둔 채 손목을 그어 바닥에 떨어지는 피를 보며 생을 마감한 어떤 화가의 심정 같다. 그는 영혼을 구하고 싶어 자신을 파괴하였다. 그러니까 나는… 나를 살리고 싶어서 선택한 것이야. 자살과도 같은 이별을….

 너로부터 내가 갑자기 사라진 지도 벌써 2년이 지났다. 나는 여전히 눈이 보이지 않는다. 눈을 뜨고 있는데 세상이 온통 먹통이야. 믿을 수 있겠니? 너를 바라보던 내 눈이 이제는 너를 볼 수 없다는 이 지독한 사실을 나는 믿을 수가 없는데…. 재인아, 너는 받아들일 수 있겠니? 너무 무서워서 혼자서는 대문 바깥으로 나갈 수도 없어. 차라리 태어날 때부터 눈이 보이지 않았더라면 먹통 같은 세상을 자연스럽게 받아들였을지도 모를 일이지. 난 여전히 적응 중이고 노력하고 있어. 세상 속으로 섞여 들어갈 수 있기를, 일상적인 일들을 아무렇지도 않게 해 낼 수 있기를 말이야. 그런데 전혀 나아진 것은 없다. 노력할수록 당혹감은 더욱 커지고 좌절감만 맛보게 된다. 이런 시련을 내게 준 하늘이 너무나 원망스럽다. 도대체 내가 무슨 잘못을 저질렀다고!

재인아, 너를 만나는 동안 네게 말하지 못한 사실이 하나 있어. 나는 군대를 끝까지 복무하지 못했어. 상병으로 의가사 제대를 했다. 군대에서도 오랫동안 병원 신세를 지고 있었어. 새벽에 야간 근무를 교대하고 산에서 내려가는 중이었어. 갑자기 뒤에서 딱딱하고 둔탁한 무언가가 내 뒤통수를 퍽 치는 소리가 들렸고 고통을 느끼는 새도 없이 고꾸라져 그대로 의식을 잃고 말았지. 돌이 날아온 것인지, 뒤에서 따라오던 누군가가 개머리판으로 날 친 것인지는 알 수 없어. 대충 짐작은 가지만 나는 누구에게도 말할 수 없었다. 의식을 잃고 한 달 가까이 코마 상태였거든.

머리에 가해진 타격 때문에 작은 혈관이 터졌던 나는 출혈을 잡고 찢어진 혈관 사이로 작은 튜브를 끼워 넣고 봉합하는 수술을 했어. 뇌압이 상승한 상태라 그대로 두면 목숨이 위험했거든. 하지만 수술 후에도 여전히 깨어나지 못했다고 한다. 내가 왜 깨어나지 못하는지 군의관들은 알 수 없었대. 다행히 수술 후, 한 달 만에 의식을 차렸어. 그 후로 두 달간 더 병원에 있던 나는 결국 의가사 제대를 했어. 집에서도 한동안 요양이 필요했고. 나는 그렇게 6개월가량 쉬고 난 후 복학했어. 그리고 너를 만난 거야.

여름이 지난 직후부터 이상하게 눈이 자꾸 침침하다고 느꼈지만 대수롭지 않게 여겼어. 머리도 가끔 아팠지만 두통약을 먹으면 참을 만했지. 병원에 가서 뇌 CT를 찍었지만 별 이상한 점은 없었어. 그러다 초겨울 유행했던 눈병 때문에 안과에 들렀다가 녹내장 진단을 받았어. 상당히 진행되었다는 의사의 말을 처음엔 알아들을 수 없었다. 조금 더 조기에 발견했더라면 수술로 시력이 저하되는 걸 어느 정도 막을 수 있었다는 말은 더욱 이해할 수 없었어. 당시에 내 시력은 평상시보다 30% 이상 떨어져 있었지. 아버지는 군대에서 벌어진 일로 내 몸이 스트레스를

과도하게 받은 것 때문이라며 심하게 자책하셨어. 아버지가 어찌할 수 없는 상황이었다는 걸 잘 아시면서도 아버지는 자신을 몰아세웠어. 내 운명을 더 이상 내가 어떻게 할 수 없다는 무력감보다 그게 더 힘들고 괴로웠어.

 내가 과테말라로 떠난 이튿날, 그러니까 넌 그렇게 알고 있었지만 실은 서울의 한 대학병원에서 수술을 받았어. 수술이 별 도움이 되지 않을 걸 알면서도 아버지는 포기할 수 없었던 모양이야. 수술 경과는 별로 좋지 않았단다. 아니 실은 아주 나빴어. 수술 후 내 시력이 급격히 악화되어 버렸거든. 바로 앞에 선 아버지 얼굴조차 보이지 않았거든. 아버지는 그때부터 미국에서 가장 유명한 안과의를 수소문했고 결국 찾아내셨어. 나는 망연자실한 상태로 아버지를 따라 미국으로 떠나야 했어. 네게는 그 어떤 말도 할 수 없었단다. 왜냐? 나도 내게 닥친 현실을 전혀 이해할 수도, 받아들일 수도 없었거든.

 수술비와 미국 체재비용을 마련하기 위해 아버지는 아버지가 운영하던 약국을 팔아야 했다. 미국에서 유명한 안과 의사를 만나려고 3개월을 기다렸어. 수술 일정이 잡히기까지는 더 오래 걸렸고. 미국 의료보험이 없었기 때문에 수술비용은 거의 천문학적이었어. 그곳에서 1년간 거주하면서 아버지는 거의 전 재산을 내 치료비용에 쓰셨어. 나는 아버지를 포기시켜야 했어. 눈이 보이지 않을 뿐 인생이 끝난 건 아니라고, 한국에 돌아가자고, 익숙한 곳으로 돌아가면 시각장애인이라는 삶을 받아들일 수 있지 않겠느냐며 거짓말을 했어. 내가 뭘 할 수 있었겠니. 나는 그저 아버지의 삶을 그런 식으로 소모할 수는 없다는 생각뿐이었어.

　우리 부자는 한국으로 돌아왔지만 서울 대신 고모가 사는 광주로 내려가 잠시간 고모와 함께 살았다. 아버지는 그곳에서 고모의 도움으로 작은 약국을 인수했어. 그러는 동안 나는… 나는 아무것도 하지 못했어. 그저 정원에 박혀 있는 돌처럼, 집안의 정물화처럼 무용한 존재로 살고 있어. 그거 아니? 돌은 반드시 무생물 이어야만 해. 돌이 사람처럼 숨도 쉬고 생각도 하는 건 돌에게 있어 무척이나 잔인한 일이야. 차라리 나도 돌처럼 감각도 인지도 모두 사라져 버리면 좋으련만! 아버지는 나에게 학교로 다시 돌아가자고, 일단 졸업은 하자고 하는데 도대체 눈이 안 보이는 약사가 세상천지에 어디 있다는 거니. 난 이제 영화도 찍을 수 없게 되었어. 내가 할 수 있는 일도, 하고 싶던 일도 다 할 수 없게 되었어.

'네게로 다시 돌아갈 수 있을까.'라고 감히 자문해 본다. 무용해져 버린, 정물 같은 남자를 너는 물론 보듬어 줄 수 있는 사람이라는 걸 난 알아. 하지만 평생 네게 짐이 되어 살아갈 바에야 차라리 죽고 말겠어. 의지할 피붙이 하나 없는 고아로 너무나 외롭게 살아가고 있는 너에게 또 다른 바위를 얹어 줄 수 없는 내 심정을 재인아, 너는 상상조차 할 수 없겠지. 네가 더 이상 음성 메시지를 남기지 않겠다며 메시지를 남긴 날 나는 죽은 거나 다름없게 되었어. 이미 날개가 꺾인 새였지만 이제 하늘조차도 감히 바라볼 수 없게 되었어. 정물 인간이 되어 나는 오늘도 무용하게 시간을 잡아먹는 중이야.

재인아…. 너는 지금 어떻게 지내고 있니…. 네가 보고 싶어 미칠 것만 같은 날이면 나는 이렇게 부치지 못할 편지를 쓴다. 너의 삐삐 번호를 눌러 음성사서함에 메시지를 남기고 싶다. 하지만 차마 그럴 수가 없구나. 혹시라도 네 번호가 결번이라는 안내 음성을 듣게 될까 봐 나는 너무나… 너무나 겁이 나. 언제

라도 네게 닿을 수 있는 채널이 여전히 내 손에 있다는, 단 하나
의 희망만으로 나는 살아가고 있기에….

　1년 전 내 음성사서함에 남겨진 너의 메시지를 오늘도 듣고 있
다. 아버지께 부탁해 내 삐삐 번호를 여전히 살려두고 있는 이
유는 오로지 너 때문이라고 생각했는데, 다시 생각해보니 그건
오로지 나 때문이라는 걸 이제야 알겠어. 보고 싶다. 다른 누구
도 아닌 너만 볼 수 있다면! 네가 보고 싶어 미칠 것 같아. 나
의 재인.

두 사람

점심 장사를 마친 후 오후 두 시가 되면 숙자 엄마는 항상 네 개의 머그잔에 반쯤 찰 만큼 우유를 부은 후 전자레인지에 데웠다. 데워진 머그잔을 꺼낸 후 인스턴트 블랙커피와 설탕을 각각 두 스푼씩 넣고 살살 저었다. 카페 칸타타에서 선우 사장님이 만들어주던 카페라테 맛에 비할 수는 없지만 나는 이렇게 만든 숙자 엄마의 커피가 좋았다. 식당 직원들과 늦은 점심을 먹은 숙자 엄마는 식후에 언제나 이렇게 직원들에게 달달한 커피를 만들어주었고 그렇게 우리는 커피를 마시며 잠깐의 휴식 시간을 가지곤 했다.

식당을 열지 않는 일요일에는 숙자 엄마와 함께 소망교회에 갔다. 숙자 엄마는 자신의 신앙 활동을 하늘에 계신 보이지 않는 존재에 대한 일종의 의리라고 설명했다. 자신이 가장 힘들 때 그 보이지 않는 존재가 보이는 존재보다 더 위로가 되었다고 했다. 비록 하나뿐인 아들을 그분에게 빼앗기다시피 했지만 사람을, 세상을 헤치는 악인도 많은 세상에서 가난한 사람들의 불행을 조금이라도 덜어보고자 노력하는 아들을 진심으로 존경한다고도 했다. 나는 눈에 보이지 않는 숙자 엄마의 그분을 증오했다. 하지만 내 눈에 생생하게 존재하는 숙자 엄마 때문에 나는 예전보다 덜 불행했다. 숙자 엄마와 지낼수록 내가 불행하다는 사실을 자꾸 잊게 된다. 나는 그런 숙자 엄마와의 의리를 지키기 위해 매주 일요일이 되면 함께 교회에 갔다.

오전 예배를 마치고 집에 돌아오면 숙자 엄마는 식당에 남은 잔반을 털어 비빔밥을 만들어주었다. 나는 그 비빔밥을 먹고 설거지를 한 후 숙자 엄마와 함께 마실 카페라테 두 잔을 만들었다. 우리 두 사람은 커피를 들고 식당 창으로 들어오는 햇살을 맞으며 도란도란 담소를 나누었다. 이 평범한 일상이 내게 얼마나 따뜻한 평온을 가져다주는지 믿을 수 없을 정도였다.

한승원 선교사는 3주간 한국에 머물다 아프리카로 돌아갔다. 그가 출국하고 석 달 후 예은 역시 그가 있는 아프리카로 떠났다. 예은의 출국을 전혀 예상하지 못했기에 나도, 숙자 엄마도 그 소식을 듣고 조금 얼떨떨했다.

"예은아! 어떻게 된 일이야?"

식당 출입문 앞에 나란히 선 한승원 선교사와 예은을 보며 나는 어리둥절했다. 두 사람이 함께 오리라고는 전혀 상상하지 못했다.

"지하철역에서 선교사님을 우연히 만났어."

흰색 테두리를 두른 회색빛 견습 수녀복을 입은 예은은 그날따라 더욱 청초하고 아름다웠다. 화장으로 결코 만들 수 없는 아름다움이 그녀 얼굴에 은은하게 빛났다. 종교의 종류와 상관없이 참된 신앙을 갖는 사람들은 특유의 아우라가 생기는 것 같다. 예은과 전혀 다른 얼굴과 몸매를 한 한승원 선교사도 예은과 비슷한 아우라가 몸 전체에서 퍼져 나왔다. 아마도 숭고한 삶을 사는 사람들만이 갖는 고결함 때문이리라.

나를 바라보는 예은의 눈빛에는 반가움과 놀라움, 기쁨과 부끄러움 등 복합적인 감정이 담겨 있었다. 예은은 들뜬 자신의 감정을 감추려 무던히 애를 썼지만 그녀의 붉은 홍조만은 감출 수 없었다. 한승원 선교사 옆에 서 있던 예은은 평소보다 더욱 수줍어했다. 중학생 때부터 예은을 본 이후로 저런 표정을 난,

처음 봤다. 예은이 사랑에 빠진 것임을 나는 단박에 눈치챘다.

"재인아, 나 기억하니?"

　한승원 선교사는 가지런한 하얀 이를 보이며 내게 손을 내밀었다. 마치 어제까지 알고 지낸 사이처럼 나를 정답게 불러 실은 오랜만에 만났다고 착각할 정도였다. 얼떨결에 손을 뻗어 악수한 나는 그를 멍하게 바라보았다. 사진보다 조금 더 마르고 검게 그을린 얼굴은 미남이라고 할 순 없지만 정의롭고 선한 인상을 하고 있어 호감이 저절로 생겼다. 식당 문 앞에 나란히 선 까맣고 키가 큰 남자와 하얗고 작은 여자는 열세 살이라는 나이 차이에도 불구하고 한 쌍의 선남선녀처럼 잘 어울렸다. 나란히 서 있는 두 사람의 모습에 기시감이 들었다. 묘한 기분이었다. 이런 걸 예감이라고 하는 걸까.

"안녕하세요? 선교사님. 반갑습니다."
"꼬맹이 재인이가 이렇게 컸다니! 이렇게 숙녀로 다 자랐다니!"

　그는 마치 오랫동안 헤어진 친동생을 만난 것처럼 진심으로 기뻐하고 있었다. 우리 두 사람의 조우에 예은 역시 감격하고 있었다. 예은은 우리 몰래 뒤돌아서서 재빠르게 성호를 그었다.

"참, 엄마는 어디 계시지?"
"아! 엄마! 엄마, 빨리 나와 보세요. 누가 왔는지 보세요."

숙자 엄마는 아들이 도착한 줄도 모른 채 식당 안채의 조그만 마당에서 열심히 소머리의 잔털을 면도하고 있었다. 나는 안채로 재빨리 달려가 숙자 엄마를 불렀다. 방금 아들이 도착했다는 나의 말에 숙자 엄마는 벌떡 일어섰다.

"승원아, 내 아들."

안채와 이어진 부엌에서 달려 나온 숙자 엄마는 지난 몇 년간 보지 못했던 아들을 보자마자 울음을 터뜨렸다. 그녀의 아들은 말없이 그녀를 끌어안고 등을 토닥거렸다. 자그마한 체구의 숙자 엄마는 아들의 품에 쏙 안겼다. 그 모습을 보는 나도 예은도 그만 눈물을 흘리면서 훌쩍거리고 말았다. 숙자 엄마는 식당을 연 이래 처음으로 저녁 장사를 접었다. 주방에서 일하던 직원들을 일찍 퇴근시켰고 출입문에는 '개인 사정으로 문을 닫습니다.'라고 적힌 하얀 종이를 붙였다.

우리 네 사람은 안채로 들어가 회포를 풀었다. 나와 예은이 어떻게 소망교회를 찾게 되었는지, 또 숙자 엄마가 날 어떻게 돌봐주었는지 시시콜콜 이야기보따리를 풀었다. 한승원 선교사는 예은의 첫 번째 이메일을 받고 무척 놀랐다고 했다. 그는 내 아버지가 돌아가신 것도, 내가 외삼촌과 함께 지냈던 것도, 서울의 대학에서 학교를 다니는 것도 그제야 알게 되었다고도 했다.

예은은 선교사와 이메일로 꽤 자주 연락하고 있었다. 나에 관한 이야기를 비롯한 그녀가 전하는 한국의 여러 소식은 자신에게 아프리카 사막에 내리는 단비처럼 해갈의 기쁨을 준다고 말하면서 얼굴을 붉혔다. 솔직히 한승원 선교사는 나보다 예은을 더 많이 바라보곤 했다. 처음의 수줍음이 사라진 예은은 그 어느 때보다 활기가 넘쳐흘렀다. 나와 달리 명랑한 목소리로 조곤조곤 이야기를 잘하는 예은이 꼭 숲속의 종달새처럼 귀여워 보였다. 그러면서도 예은 역시 선교사를 흘깃, 흘깃 훔쳐보고 있었다. 간혹 눈이라도 마주치면 두 사람 모두 시선을 황급히 거두었다. 두 사람은 서로를 선교사와 견습 수녀가 아닌 남자와 여자로 의식하는 것이 분명했다. 호감을 느끼는 남녀를 눈앞에서 직접 목격 중인 나는 속으로 즐겁지 않을 수 없었다.

늦은 저녁을 먹은 후 예은은 수녀원으로 돌아가야 했다. 택시를 타고 가겠다는 예은을 한승원 선교사는 한사코 수녀원까지 배웅하겠다고 고집을 부렸다. 그녀 앞에서 계속 쑥스러워하던 그가 그때만큼은 단호하게 행동했다. 결국 그는 자정이 한참 지난 후에 귀가했다. 아들을 기다리던 숙자 엄마는 늘 그렇듯 11시에 잠이 들었다. 잠이 오지 않던 나는 공연히 살림집 앞마당을 서성거렸다.

막 씻고 나온 한승원 선교사는 수건을 목에 두른 채로 화장실을 나오다 나와 눈이 마주쳤다.

"옥상 올라가 봤어?"

나는 그를 따라 식당 건물 옥상에 올랐다. 옥상에는 예전에 내가 지내던 옥탑 마당의 평상과 비슷하게 생긴 나무 평상이 놓여 있었다. 평소 숙자 엄마나 나나 옥상에 잘 올라가지 않던 터라 평상 위에 먼지가 자욱하게 깔려 있었다. 그는 목에 건 수건으로 평상의 먼지를 탈탈 털어냈다. 고요한 밤이었다. 우리 두 사람은 나란히 앉았다. 구름 한 점 없는 하늘에 초승달이 걸려 있었다.

"나 목사님의 그 귀여운 공주님이 이렇게나 컸다니….”
"저희 아버지, 지금도 기억나세요?"
"당연하지…. 목사님뿐 아니라 사모님과 꼬마 재인도 다 기억나는데…. 내가 재인 씨 많이 업어주곤 했는데 기억하려나?"

　나는 웃으며 고개를 천천히 흔들었다. 비록 그에 대해 지금 당장 기억나는 것은 없지만 그가 낯설지 않았다. 심지어 그를 '오빠'라고 부르고 싶은 충동이 일었다! 붙임성 없는 내가 그를 보자마자 오빠라고 부르고 싶다고 생각한 것이다. 내 기억 너머 무의식 어딘가에 그와 함께한 추억들이 저장되어 있는 것이 분명했다.

"난 네가 내 여동생과 다름없다고 생각해. 그래서 편하게 동생처럼 대하고 싶은데….”

"전 선교사님이… 제 오빠라고 생각해요. 숙자 엄마의 아드님이니까 제게는 오빠나 마찬가지예요.”

나를 바라보는 그의 눈빛에 다정함이 가득했다. 그 다정함은 분명히 예은을 바라보던 다정함과는 결이 달랐다. 그것은 마치 깊은 애정을 가진 혈육을 바라볼 때의 그런 다정함이었다. 그는 태생적으로 친절한 사람이었다. 처음 만났을 때부터 그의 모든 행동은 물처럼 자연스러웠고 여름의 바람처럼 따뜻했으니까. 아프리카에서 인종도, 문화도, 생각도 다른 사람들과 섞여 지낼 수 있으려면 이렇게 천성이 친절해야 가능할 것이다. 그 순간 예은이 이 사람과 맺어지길 바랐다. 그는 참으로 좋은 사람이었다. 이제 곧 있으면 예은은 스텔라 수녀가 된다. 그녀마저 하느님에게 빼앗기는 것은 억울하다.

"하느님의 섭리는 참 신기하구나. 네가 어떻게 우리 엄마를, 그것도 이 넓디넓은 서울에서 만나게 된 건지 말이야.”

"이게 다 예은…, 스텔라 수녀 덕분이에요.”

"난 수녀님들에게 고정관념이 있었나 봐. 모두 약간은 엄하고 딱딱한 분들이라고 생각했거든."

"예은이의 그런 적극적인 모습 저도 처음 봤어요."

"지하철에서 내려 에스컬레이터를 막 오르려고 하는데 큰소리로 누가 내 이름을 부르는 거야. 깜짝 놀라 뒤돌아보니 웬 천사한 분이 서 있지 뭐야."

"천사요? 스텔라 말씀이세요?"

"응. 내가 만난 사람 중에 가장 아름답고 천사와 비슷한 사람이야."

선교사의 말은 내게 거의 고백처럼 들렸다. 아, 예은이 이 사실을 알면 어떤 반응을 보일지 벌써부터 즐거웠다. 장난기 가득한 내 표정을 본 선교사는 내 의도를 알아챘는지 손사래를 쳤다.

"아, 얼굴이 아름답다는 게 아니라, 아니 얼굴도 물론, 물론 아름답고. 아무튼 편지 속 스텔라 수녀님은 내가 만나본 그 어떤 영혼보다 순수했거든."

"그런데 얼굴마저 저리 예쁘니 첫눈에 반할 수밖에요."

"아, 아니야. 그런 거."

한승원 선교사는 한사코 부정했지만 그의 눈빛 속에 가득 담긴 애정을 숨길 수는 없었다.

"그런데… 아시죠? 예은이 아직 수련 수녀라는 거?"

내 말에 그는 입을 다물었다. 방향을 알 수 없는 어딘가에서 아카시아 꽃향기가 바람에 실려 왔다. 그는 꽤 오래 침묵했다. 우리 두 사람 사이에 정적이 돌았지만 나는 전혀 어색하지 않았다. 오히려 그의 침묵에 어떤 향기로운 암시가 담긴 듯해서 설레기까지 했다. 나도 모르게 웃음이 나왔다. 한승원 선교사도 나를 향해 살짝 미소를 지어 보였다. 그날 밤 평상에서 우리 두 사람은 많은 이야기를 나눴다.

-

한승원 선교사의 아버지는 살아생전 술만 마시고 어머니를 몹시 괴롭혔다고 했다. 그는 거의 매일 술을 마셨고 심하게 취한 날에는 어머니를 때리고 집안의 물건을 부수곤 했다. 어린 승원은 아버지에게 맞을까 봐 두려워 차마 그를 말리지 못했고, 그

사나운 짐승 같은 아버지가 잠이 들 때까지 창고나 화장실에 숨어 있곤 했다며 쓸쓸한 웃음을 지었다. 그럴 때마다 그런 아버지가 빨리 죽어버리면 좋겠다고 생각했는데 정말로 그 일이 벌어진 것이다. 장마가 막 그친 초여름, 과음한 채로 경운기를 몰고 밭으로 향하던 아버지는 경사가 가파른 논둑에서 경운기와 함께 전복되고 말았다. 습기를 머금은 논둑은 무거운 경운기를 견디지 못하고 쉽게 허물어지고 만 것이다. 뜨거운 한낮이라 논 주변에는 아무도 없었고, 결국 그는 무거운 경운기에 깔려 숨진 채 발견되었다.

당시의 한승원 선교사는 자신이 아버지가 빨리 죽어버리길 바랐기 때문에 사고가 난 것 같아 무척 괴로웠다고 했다. 그런 종류의 죄책감은 어린 소년뿐만 아니라 다 큰 어른도 감당할 수 있는 것이 아니다. 비록 그는 내게 담담하게 고백했지만 그 말을 하는 그의 눈시울에 촉촉하게 물기가 차올랐다. 그는 여전히 아버지의 죽음을 슬퍼하고 있었다.

아버지의 죽음 이후로 어린 승원은 걷잡을 수 없이 비행을 저지르게 되었다. 남편 대신 홀로 농사를 짓는 어머니를 도울 법도 하련만 그는 학교도 가지 않고 동네 아이들과 툭하면 쌈박질을 했다. 거친 아들을 다룰 아비가 없었기에 그의 비행은 날로 심해져 갔고, 심지어 마을 어귀에 위치한 내 아버지의 교회에 몰래 들어가 닥치는 대로 물건을 훔쳐 고물상에 팔았다고 했다. 그렇게 여러 번 교회에서 도둑질을 하던 그는 결국 아버지에게 꼬리가 밟히고 말았다. 그때 한승원 선교사는 꼼짝없이 아버지 손에 경찰서로 끌려갈 줄 알았다고 했다. 그런데 아버지가 그를 데리고 간 곳은 예상과 달리 교회 사택이었다. 아버지가 따뜻한 물을 받아 그를 목욕시키고 머리를 감기는 동안에도 어린 도둑은 경찰이 언제 올지 몰라 겁을 먹고 있었다고 했다. 예상과 달리 목욕이 끝난 후에도, 나의 어머니가 그의 머리를 단정하게 이발한 후에도 경찰은 오지 않았다. 오히려 그를 기다린 건 어머니가 차린 따끈한 밥상이었다. 선교사의 표현대로 '양심도 없이' 허겁지겁 밥을 다 먹은 그에게 아버지는 학교로 다시 돌아가고 매주 일요일에 교회에 나와 청소를 도우면 그간의 절도를 용서해 주겠다고 말했다. 아버지 앞에 무릎을 꿇은 그는 어린애처럼 소리 내어 펑펑 울었다고 했다.

한승원 선교사에 의하면 나를 처음 봤을 때 이토록 예쁜 아기는 처음이라고 생각했다고 한다. 그는 마치 내가 자신의 친여동생인양 나를 아끼고 예뻐했는데 혹시 기억이 나느냐고 물었지만 민망하게도 나는 고개를 가로저을 뿐이었다. 중학생이 된 선교사는 학교에서 돌아오면 나를 늘 업고 다녔다고 했다. 엄마가 돌아가신 후에는 더욱 애틋하게 나를 돌봤다. 하지만 고등학생이 되면서 선교사와 숙자 엄마는 서울로 이사를 가게 되었다. 홀로 식당을 운영하던 그의 큰이모가 암에 걸렸고, 숙자 엄마는 언니의 병원비를 충당하기 위해 언니 대신 식당을 운영해야 했기 때문이었다. 고등학생이 된 후에도 선교사의 믿음은 날로 깊어져 대학 입시를 얼마 앞두고 아버지처럼 훌륭한 목회자가 되기로 결심하게 되었다.

　선교사의 기억 속에 내 아버지와 어머니는 여전히 살아 숨 쉬는 존재였다. 내가 모르던 나의 부모님이 누군가의 삶을 이토록 올바른 방향으로 이끌었다는 사실에 가슴이 뜨겁게 벅차올랐다. 그리고 누군가의 기억 속에 존재하는 한 아버지와 어머니는 이 세상에서 사라진 것이 아님을 알아차렸다. 그렇게 한승원 선교사가 전해준 부모님에 대한 기억은 내 가슴 속에 따뜻하게 자리 잡았다. 나에게 그런 소중한 추억을 나누어 준 한승원 선교사는 삼십 대 중반이 되도록 연애 한번 제대로 하지 못하고 오로지 아프리카의 가난한 사람들에게 청춘을 바치며 살아가는 중이었다. 그런 아들을 바라보는 숙자 엄마의 마음을 누가 헤아려줘야 하나 안타까운 마음이 들었다. 어쩌면 저 하늘 위에 계신다는 그분은 숙자 엄마에게 아들을 뺏은 대신 나를 보내 준 것일지도 몰랐다. 나는 숙자 엄마가 내게 나타난 줄 알았다. 하지만 지금 생각해보니 숙자 엄마를 위해 내가 그녀 앞에 나타난 것인지도 모르겠다. 한승원 선교사는 내 손을 잡고 자신을 대신해 엄마를 부탁한다고 말했다. 나는 선교사의 두 눈을 바라보며 꼭 그러겠노라고, 숙자 엄마를 그 누구보다 행복하게 지키겠노라고 약속했다. 그리고 깨달았다. 사람은 누군가로부터 돌봄을 받을 때보다 그 누군가를 돌볼 때 더욱 강해진다는 것을….

다음날 한승원 선교사는 자신을 파송한 교회에 들러 인사를 한 후 아프리카의 아이들이 보낸 선물을 들고 수녀원에 방문했다. 일요일에는 예배 시간에 성도들 앞에서 선교 보고를 하기도 했다. 약 삼 주간 한국에서 머물다가 아프리카로 다시 돌아가던 날, 숙자 엄마도 나도 그만 울고 말았다. 공항에 마중 나온 예은조차 울고 있었다.

한승원 선교사가 떠난 후 예은은 수녀원에 자신을 선교사 자격으로 아프리카로 보내 달라고 요청했다. 수녀원은 연간 정해진 예산 외에 추가로 선교비를 사용하려면 교구 주교 신부에게 허락을 받아야 했다. 주교는 정식 수녀도 아닌 예은을 선교사로 보낼 수 없다며 허락하지 않았다. 한승원 선교사가 고군분투하는 상황을 자세히 알고 있던 예은은 결국 자신의 사비를 털어 아프리카로 떠났다. 그녀의 그런 과감한 결단이 그녀가 믿는 신의 사랑을 실천하기 위함이었는지, 한승원 선교사에 대한 사랑의 감정인지 그녀 스스로도 혼란스러워했다. 아프리카로 떠나기 전 예은이 나에게 보낸 이메일에는 이런 말이 적혀 있었다.

'내가 직접 그곳으로 가지 않는 한 나는 더 이상 앞으로 나아갈 수 없을 것 같아.'

이듬해 예은은 그곳에서 한승원 선교사와 결혼했다. 숙자 엄마와 나는 아프리카에 갈 수 없었지만 두 사람의 결혼을 진심으로 축하했다. 결혼한 해에 예은은 쌍둥이 딸을 낳았다. 그리고 그 이듬해에는 아들을 또 낳았다. 아프리카에서 아이를 키우는 일이 쉽지 않을 거라 걱정했지만 예은은 편지에 이렇게 적었다.

이곳도 사람 사는 곳이야. 우리 걱정은 하지 마. 아이들은 우리가 사는 마을의 모든 분들이 같이 키워주고 있단다. 이곳 사람들의 순박한 마음을 한번 경험하면 여길 절대 떠날 수가 없게 돼. 어머니 모시고 부디 한 번 이곳에 와줘. 아이들이 재인 이모를 너무나 궁금해해. 재인아. 나 진심으로 행복하단다. 그리고 네가 너무 그리워….

추신: 그 사람은 잊어. 이제 네 행복을 찾을 차례야.

단골손님(상)

토요일 오후 세 시, 식당이 가장 한가한 시간이다. 졸업반이 된 후로 식당 일을 날마다 돕지는 못하지만 토요일만큼은 점심 시간부터 식당 문을 닫을 때까지 엄마를 도왔다. 그마저도 엄마 는 겨울에 있을 약사고시에 신경 쓰라며 말렸지만 나는 식당에 서 보내는 시간이 진심으로 좋았다. 진하게 우러나는 고소한 사 골 냄새가 좋았고, 선반 위에 가지런히 놓인 스테인리스 식기의 반짝거림이 좋았다. 엄마와 함께 살게 된 지도 벌써 4년이 흘렀 다. 나는 더 이상 숙자 엄마라고 부르지 않았다. 그저 "엄마-"라 고만 불러도 충분했다. 내가 사는 이 도시에는 우진 선배도, 예 은도 없었지만 엄마라는 단 하나의 존재만으로도 세상을 살아 가기에 충분했다.

 엄마의 곰탕이 세상 그 어떤 음식보다 맛있다고 자부하는 나 로서는 식당을 찾은 손님들이 국물 하나 남기지 않고 뚝배기를 비운 걸 볼 때면 마치 내가 인정받은 것처럼 뿌듯했다. 식당을 찾는 사람들은 그저 허기만 채우는 것이 아니었다. 추운 겨울 에 찾아든 햇볕처럼 맛있는 음식은 행복에 온기를 더해주는 마 법과도 같았다.

엄마 식당에는 단골손님이 많았다. 손님 대부분이 단골이라고 해도 무방했다. 점심에는 인근 직장인들이 요일을 돌아가며 찾아왔고 저녁에는 동네에 사는 분들이 주로 찾았다. 가끔은 이 근방에 사는 연예인이 오기도 했다. 유명한 연예인이 오면 사인을 받아 식당 벽에 전시할 법도 한데 엄마는 연예인이 오더라도 그저 반갑게 맞이할 뿐 그들을 귀찮게 하지 않았다. 엄마의 그런 적당한 무심함이 좋아 밤중에 불쑥불쑥 찾아오는 30대 후반의 남자 배우가 있다. 그 배우는 이름만 말하면 사람들이 깜짝 놀랄 정도의 유명인이다. 그런데 그 배우는 희한하게 내가 식당에 없을 때만 찾아왔고 결국 나는 그 배우의 실물을 단 한 번도 직접 보지 못했다. 엄마 말로는 얼굴에서 어찌나 빛이 나는지 그 주변만 저절로 화사해진단다. 나도 그 빛에 눈이 좀 부셔보고 싶은데….

토요일 오후 세 시가 되면 아주 오래된 단골이 찾아왔다. 일전에도 언급한 부자 말이다. 조용히 들어와 곰탕과 깍두기, 콩나물을 맛있게 먹고 가는 아버지와 아들. 어느덧 초등학교 저학년이 되었을 그 아들은 여전히 말이 없었다. 처음에는 자폐 스펙트럼을 가진 아이라고 생각했다. 주위에 관심이 없었고 아버지와 시선을 잘 맞추지 못했기 때문이다. 3년 넘게 두 부자를 보아 온 지금으로서는 아이의 병명이나 상태에 대한 호기심은 사라졌다. 그 아이를 그저 받아들이게 될 뿐이었다.

그날도 정해진 약속처럼, 제시간에 등교하는 학생처럼, 두 부자가 식당에 들어왔다. 아버지는 다른 날과 달리 곰탕을 두 그릇 시켰다. 아이가 어릴 때는 곰탕 한 그릇에 밥 한 공기를 나누어 먹곤 했는데 이제는 한 그릇으로 부족한 모양이다. 주변에 어린아이가 없던 나는 여전히 이름도, 나이도 모르는 그 아이가 점점 특별해졌다. 두 부자는 성실했고, 고요했고, 꾸준했다. 그 두 사람을 보면 정원의 식물을 볼 때처럼 평온함을 느꼈다.

나른해서 하품이 막 나오려던 순간, 평화로운 오후를 칼로 가르듯 휴대폰 벨 소리가 울려 퍼졌다. 주위가 워낙 조용했기 때문에 다급하게 울리는 벨 소리는 듣는 이를 긴장시켰다. 아들을 바라보고 있던 단골손님은 재빨리 전화를 받았다.

"여보세요. 네, 제가 그분 아들입니다. 어디요? 병원이요?"

남자는 "병원이요?"라고 말하면서 자기도 모르게 벌떡 일어섰다. 당황한 기색이 역력한 그 남자와 나의 시선이 마주쳤다. 통화를 끝낸 남자는 잠시 돌처럼 굳은 채 서 있었다. 하지만 한 곳을 가만히 응시하며 골똘히 생각하는 그의 시선과 달리 그의 머릿속은 급박하게 돌아가는 듯했다.

"혹시 뭐 필요하신 거라도…."

눈빛이 워낙 필사적이라 나도 모르게 이런 말이 튀어나왔다. 마침 주방에서 나오던 엄마는 심상치 않은 분위기를 감지하며 단골손님에게 다가왔다.

"손님…. 무슨 일 생기셨어요?"

엄마의 차분한 물음에 그 남자는 간절한 얼굴로 엄마를 바라보았다.

"방금 119 대원에게 전화를 받았습니다…. 제 어머니가 쓰러지셔서 병원으로 이송 중이랍니다. 지금 당장 가봐야 하는데 혹시 잠시 아이를 봐주실 수 있을까요?"

"아유, 그럼요. 당연하고말고요. 제가 아이 밥도 다 먹이고 여기에서 놀리고 있을 테니 얼른 다녀오세요."

"네. 감사합니다. 그럼 염치없지만 부탁드리겠습니다."

남자는 아이에게 다가가 한쪽 무릎을 꿇고 차분하게 말했다.

"유찬아, 아빠 잠깐 다녀올 때가 있어. 금방 올 테니까 여기에서 밥 먹고 얌전하게 있어야 해. 알았지?"

아이는 아빠를 바라보지도 않았고 대답도 하지 않았다. 남자는 그런 상황이 익숙한 모양이었다. 아이의 반응에 개의치 않고 나와 엄마에게 부탁한다며 급하게 식당을 나갔다. 그런데 아빠가 나가자 아이가 갑자기 소리 지르기 시작했다.

"아빠, 아빠, 아빠, 아빠…"

아이의 목소리를 그날 처음 들었다. 아이가 연신 아빠라고 소리치고 있었는데 아이러니하게도 나는 아이가 말을 할 수 있다는 사실에 안도하고 있었다. 엄마는 아이를 안고 달래려 했지만 아이는 거세게 손을 뿌리쳤다. 나는 아이에게 다가가 아빠가 하던 것처럼 한쪽 무릎을 꿇었다. 그리고 최대한 내 시선의 높이를 아이에게 맞췄다. 그리고 아이의 아빠처럼 낮고 고요한 목소리로 나직하게 말했다.

"유찬아. 곰탕 식으면 맛없어. 이것 먹고 누나랑 같이 텔레비전 볼까?"

놀랍게도 아이는 나와 눈을 마주치더니 소리 지르기를 멈추었다. 나는 숟가락으로 밥 한술을 떠 곰탕에 말아 아이 손에 쥐여 주었다. 아이는 아무 일도 없었다는 듯 음식을 먹기 시작했다. 아이가 좋아하는 콩나물을 숟가락에 얹어 주었다. 아이가 밥을 다 먹고 난 후 방에 데리고 들어가자 아이는 누가 시키지도 않았는데 리모컨을 들고 번호를 눌렀다. 케이블 방송의 낚시 채널이었다. 아이는 한참 동안 TV를 보다가 잠이 들었다.

누군가 아이를 가만히 안아 드는 인기척에 잠에서 깼다. 아이 옆에서 깜빡 잠이 들었던 모양이다. 유찬이의 아빠는 나를 보더니 가볍게 묵례를 한 후 아이를 안고 조심스럽게 거실 밖으로 나갔다. 엄마는 식당 내부로 은은하게 빛이 비치도록 식당 주방의 불을 켰다. 남자는 나와 엄마를 보고 나직하게 감사하다는 인사를 했다. 나는 식당 문을 열고 남자가 나갈 때까지 문이 닫히지 않도록 잡았다. 한밤중이라 밖은 꽤 어두웠다. 컴컴한 도로 속으로 사라지는 남자의 뒷모습이 그날 밤의 여리디여린 초승달처럼 조금 슬프고 적적해 보였다. 그 모습에 불현듯 우진 선배가 떠올랐다. 그 순간 왜 선배가 떠올랐을까. 조금 슬프고 또 조금 외로워 보이는 풍경들은 언제나 선배를 생각나게 만들었다. 그날 밤 그가 너무나 그리워 나는 밤새 울다 잠이 들었다.

"네?"

"정말 실례되는 부탁인 건 잘 압니다. 그래도 한번 고려해 주실 수 없을까요?"

아이를 돌봐준 다음 날, 단골손님인 그 남자가 식당을 다시 찾았다. 일요일이라 식당 문은 닫혀 있었다. 엄마와 교회에서 예배를 마치고 돌아왔을 때 식당 앞에 서성이는 그 남자를 발견했다. 남자는 꽤 절박해 보였다. 남자는 내게 일주일만 아이를 돌봐 달라고 부탁했다. 남자의 어머니가 뇌졸중으로 쓰러져 간 밤에 수술을 받았고 퇴원하기 전까지 남자는 어머니를 간병해야 했다. 물론 간병인이 있긴 했지만 밤에는 간병인도 퇴근을 해야 하므로 어머니 곁을 지켜야 했다. 자신과 할머니 외에는 곁을 주지 않던 아이가 내 곁에서 잠든 모습을 보고 부탁한다고도 했다.

"저는 학생이라, 낮에 돌보기 좀 어려워요."
"밤에, 그러니까 밤 8시부터 다음날 8시까지만 부탁할게요. 사례는 충분히 하겠습니다. 제가 외동아들이다 보니 유찬이, 우리 아이를 믿고 맡길 곳이 마땅찮습니다."

엄마도 나도 남자의 사정이 무척 딱하다는 생각에 그의 부탁을 차마 거절할 수 없었다. 일주일이면 그렇게 무리가 되는 기간도 아니다. 밤에는 학교 도서관에서 약사 시험 준비로 공부를 해야 했지만 일주일만 미뤄두기로 했다. 남자는 내게 자신의 연락처와 집 주소를 알려주었다. 나도 내 핸드폰 번호를 그에게 알려주었다.

"저는 김현우입니다."

"아, 저는 나재인입니다."

　내 이름을 말하는 순간 그의 시선이 약간 흔들렸다. 그는 자
신의 고개를 들어 나를 잠시 바라봤다. 그리곤 잠시 머뭇거리
다 이내 시선을 떨구었다. 비록 아주 짧은 순간이었지만 그는
내게 어떤 언질 같은 걸 준 느낌이었다. 무엇이었을까. 그가 하
려던 말. 그는 마치 내 이름을 이미 알고 있는 것 같았다. '제 이
름을 아시나요? 혹은 왜 그러시나요?'라고 묻고 싶었지만 나 혼
자만의 착각일 수도 있다는 생각에 묻지 못했다. 그런데 무언
가 이상한 기분이 들었다. 이 남자를 보고 있으면 묘한 기분이
든다. 실은 처음 본 순간부터 그랬다. 우진 선배와 닮은 보조개
와 눈매 때문일까. 그러나 그를 돕기로 한 건 우진 선배와는 아
무런 관련이 없다.

"대신 부탁이 있습니다."

"네. 무엇이든 말씀해 주세요."

"사례는 받지 않겠습니다."

"그래도… 사례를 해야 제 마음이 편할 것 같은데요. 혹시 이

유를 물어봐도 될까요?"

"유찬이… 우리 식당 최고의 단골손님이잖아요. 앞으로도 계속 단골 해주세요. 그게 제 부탁이에요."

 그가 돌아간 후, 나는 옷가지와 세면도구를 간단히 챙겼다. 그리고 남자가 알려준 몇 가지 주의 사항들을 되뇌었다. 유찬이는 견과류와 새우 알레르기가 있고, 낚시 프로그램을 가장 좋아하며, 잠들기 전에는 항상 모차르트의 플루트 협주곡 2악장을 듣는다. 또, 유찬이는 몽유병이 있다. 한밤중에 잠에서 깨 거실을 돌아다니다가 다시 잠자리로 돌아와 잠을 자니 너무 놀라지 말아야 한다. 그리고 유찬이는 다섯 살 무렵 우울증 진단을 받았다. 어느 날부터 말이 없어진 유찬이는 현재도 거의 말을 하지 않는다. 여덟 살이 된 올해부터는 약을 먹고 있는데 약을 먹은 후로는 아빠, 물, TV 등의 간단한 말은 하게 되었다. 유찬이는 조금이라도 큰 소리로 채근하면 발작을 일으킨다.

 어쩐지 낯이 익은 집 주소를 들고 걸어가는 중에도 나는 두 사람에 대해 골몰했다. 유찬이의 엄마는 어디에 있는 걸까. 혹시 이미 이 세상 사람이 아닌 걸까. 유찬이는 어쩌다 입을 닫았을까. 그 아이는 어떤 지옥을 겪은 걸까. 한때 나도 지옥을 헤맨 적이 있었다. 아이러니하게도 생을 갈망할수록, 행복을 염원할수록, 지옥의 고통은 더 커지게 된다. 그래서 스스로 딱 살아 숨 쉴 만큼의 욕망과 에너지만을 남기고 산 적이 있다. 외숙모는 내가 말이 없어질수록 더 집요하게 구박했다. 외숙모를 괴롭히고 싶어 그런 건 아니었다. 무감각해지지 않으면 견딜 수 없는 삶이 있는 것이다. 나는 유찬에게 강한 유대감을 느꼈다. 어쩌면 유찬이도 그런 나를 알아본 것인지도 모른다. 그리고 무엇보다 이 동네는 내가 와 본 적이 있었다!

유찬이의 집은 놀랍게도 우진 선배의 집이었다. 몇 년 전, 비 오던 겨울날, 선배가 허깨비가 아니라는, 어느 날 갑자기 증발했지만 분명 내 옆에 있던 존재라는 유일한 단서를 찾아 이 동네를 배회했고 깊게 절망한 적이 있다.

'띵동-'

"누구세요."
"저⋯ 나재인입니다."

내 말이 끝나기 무섭게 대문이 열렸다. 한때는 이 문 너머가 미치도록 궁금했다. 이 대문이 열리기를 그토록 간절히 바란 때에는 그렇게 견고한 성문 같았는데⋯. 이 대문이 이리 쉽게 열릴 줄이야. 이 대문 너머로 선배가 살고 있다면 얼마나 좋을까. 선배는 내게 다가오지 말았어야 했다. 선배는 내 마음속에 집을 짓지 말았어야 했다. 선배가 지은 집은 방치되어 폐허가 된 유적처럼 내 영혼에 여전히 서 있었다. 나는 그 집을 부서뜨릴 힘이 없었다. 그저 부식되고 풍화되어 스스로 허물어질 때까지 인내할 도리밖에는 방법이 없었다.

선배가 머물렀을 마당, 선배가 매일 아침 열었을 현관문, 선배가 앉았을 거실, 선배가 밥을 먹었을 부엌⋯. 선배의 방이 있었을 2층을 올라가면서 나는 허깨비처럼 부유했다. 그리고 잠시 후 유찬이와 나는 커다란 집에 남겨졌다. 그렇게 우리 두 사람은 말 없는 연대의 시간을 보냈다.

한밤중에 비가 내렸다. 투둑 툭. 툭. 창문을 때리는 빗방울의 규칙적인 리듬에 유찬이는 얌전하게 잠이 들었다. 아이에게서 오래된 우유 같은 냄새가 났다. 아직도 젖 냄새를 풍기는 이 작은 영혼이 어쩌다가 내 옆에 누워 잠을 자고 있는 것일까. 유찬이는 자는 내내 내 머리카락을 쥐었다. 그런 아이를 품에 안고 나는 하염없이 흐느꼈다. 조치원을 떠나 새벽 기차를 타고 서울로 올라오던 날, 그 기차에서처럼 나는 밤새 울었다. 그러나 그때처럼 막막하게 외롭지는 않았다. 나를 위해서, 그리고 이 어린아이를 위해서 눈물을 흘렸다. 하늘이 가끔 세상에 흘려보냈던 빗물이 실은 세상을 대신해 슬퍼서 흘린 눈물이라는 것을, 그날 밤 그 기차에서 본 밤비가 나를 위해 울어준 하늘의 울음이었다는 것을 이제야 조금 알 것 같았다.

단골손님(하)

유찬이를 돌보는 마지막 날 밤이었다. 장마철이라 일주일 내내 비가 내리고 있었다. 자정이 넘었지만 잠이 오지 않았다. 거실 소파에 앉아 창밖으로 내리는 비를 멍하게 바라보았다. 빗줄기는 점차 굵어지고 있었다. 그리고 예고도 없이 유찬의 아빠가 집 안으로 들어왔다. 우산을 털고 거실로 들어오던 그는 거실에 있는 나를 보자 화들짝 놀랐다. 이 공간의 주인이 나를 낯설어하는 기색에 나도 덩달아 그가 낯설어졌다. 아주 잠깐 그와 눈이 마주쳤는데 그는 어색해했고 나는 당황했다. 거실은 넓었던데다 우리 두 사람뿐이었기에 마주 서 있는 공간이 숨 막히게 부담스러웠다.

"아직 안 주무셨네요."
"네…. 이 시간에 어쩐 일로…."
"어머니가 부탁하신 물건을 가지러 잠시 들렀습니다."
"아… 네. 저는 막 자러 갈 참이었어요. 먼저 들어갈게요."

　나는 황급히 자리를 피하고 싶어 이층으로 냉큼 향했다.

"재인 씨. 잠시만요."

그는 거실 책장 서랍을 열어 무언가를 꺼내 들었다.

"혹시 이 지갑… 재인 씨가 주인 같은데… 맞나요?"

그가 들고 있는 빨간색 싸구려 장지갑은 분명 오래전 잃어버린 내 것이었다. 우진 선배 집을 찾아왔던 날, 비 오는 거리에서 지갑을 잃고 찾아 헤맸던 적이 있다. 물건은 신속하게 그때의 황망한 기억을 소환했다. 하지만 시간이 꽤 흘렀던 모양인지 나는 그때 느낀 지독한 감정보다는 지갑을 다시 찾은 기쁨이 더 컸다.

"이걸 어떻게….."
"몇 년 전에 집 근처에서 우연히 주웠어요. 파출소에 맡길 생각이었는데 이 서랍에 넣어두고 까맣게 잊고 지냈습니다. 지난번 이름을 듣고 나서야 기억났어요. 학생증에 적힌 이름을 기억하고 있었거든요."

지갑 속에는 학생증과 체크카드, 지폐와 동전이 고스란히 남아 있었다.

"학생증에 있는 사진이 너무 흐려서 그동안 재인 씨 얼굴을 못 알아봤네요."

"다시 찾을 거라곤 생각지도 못했어요. 꽤… 반갑네요."

나는 웃으며 고개를 들었다. 또다시, 유찬 아빠와 눈이 마주쳤다. 늘 약간의 우울함이 짙게 배어 있어 흐릿하던 그의 눈빛이 반짝 빛났다.

"이제야 전해줘서 미안합니다."

"아니에요. 지금에라도 찾았잖아요. 깜짝 선물 받은 기분이에요. 감사합니다."

내 말에 그는 활짝 웃었다. 아, 이렇게 웃을 수 있는 사람이었구나. 웃는 모습에서 우진 선배의 얼굴이 스쳐 지났다. 순간, 선배를 아느냐고 묻고 싶은 충동에 사로잡혔다. 어쩌면, 어쩌면 이 사람은 우진 선배와 관계가 있는지도 모른다. 이 집에서 살게 된 것이 단순한 우연일까. 하지만 이내 충동은 사라졌다. 다 부질없다는 생각이 내 입술을 무겁게 만들었다. 그가 내놓을 대답이 어떤 대답이든 나는 감당할 자신이 없었다. 우진 선배를 모른다는 답이 돌아올까 봐…. 아니, 우진 선배를 안다는 답이 돌아올까 봐 겁이 났다. 설령 이 남자가 선배를 안다고 해도, 그래서 선배가 어디에 있는지 알게 된다 해도 난 선배를 찾아 나서지 못할 것이다. 이 세상 어딘가에 선배가 살아 있는데도 나에게 연락조차 주지 않았다면 그것은 철저하게 버림받았다는 확실한 증거일 뿐이었다.

"재인 씨…. 지금도 충분히 고마운데… 부탁을 또 해야 할 것 같아요."

남자는 잠시 입을 다문 채 오른손으로 이마를 만지작거렸다. 난감한 부탁을 하려는 모양이었다. 그가 다시 입을 열기까지 나는 참을성 있게 기다렸다. 그는 마침내 결심한 듯 나를 똑바로 바라보았다.

"장마가 끝나면… 같이… 캠핑 갈래요?"

장마철이 끝난 후 무더위가 찾아왔다. 어디를 가든 매미가 시끄럽게 노래를 불렀다. 대학 생활 중의 마지막 여름방학이었지만 즐길 만한 여유는 없었다. 졸업과 동시에 약사 시험에 합격하기 위해 잠자는 시간을 빼고 공부에만 전념했다. 그럼에도 불구하고 나는 두 부자와 함께 캠핑을 떠났다. 멀미가 있는 유찬이 때문에 서울의 인근 계곡으로 목적지를 정했다. 펜션에 짐을 대강 풀고 계곡 근처에 텐트를 쳤다. 텐트에서 세 사람이 함께 자기에는 무리가 있어 잠은 펜션에서 자기로 했다.

텐트를 치는 유찬의 아빠는 금세 땀범벅이 되었다. 돕고 싶었지만 유찬에게서 절대 눈을 떼지 말라는 유찬 아빠의 명령 어린 부탁에 꼼짝없이 유찬을 지켜보는 중이었다. 유찬이는 강가에 앉아 이리저리 돌들을 들었다 놨다를 무한 반복했다. 유찬의 표정은 평소와 같았지만 조금은 흥분한 상태라는 걸 알 수 있었다. 나 역시 신이 나 있었다. 계곡도, 캠핑도 처음이었으니까.

"이거 마셔요."

텐트를 다 친 유찬의 아빠는 내 곁으로 의자를 가지고 와 자리를 잡았다. 나와 그는 동시에 맥주를 마셨다. 평소와 달리 맥주 맛이 달았다.

"우리 유찬이 캠핑 처음이에요. 아들과 캠핑오는 것이 꿈이었는데 이제야 왔네요. 고마워요, 재인 씨."

"저도 캠핑 처음이에요. 유찬이 덕분에 캠핑도 처음이고, 계곡에도 처음 와 봐요."

그때 유찬이 다가왔다.

"유찬이 뭐 하고 싶니?"

나의 물음에 유찬이는 튜브를 향해 손짓했다.

"응, 그래."

유찬이를 튜브에 태운 그는 한참 동안 유찬이와 물속에서 놀았다. 두 사람을 보고만 있어도 저절로 시원해졌다. 퍽⋯ 즐겁다는 생각이 들었다. 우리 세 사람은 라면을 끓여 먹고 펜션으로 돌아와 낮잠을 잤다. 뉘엿뉘엿 해가 질 때쯤, 펜션에서 제공하는 바비큐로 저녁을 먹고 낚시 프로그램을 봤다. 어느새 유찬이는 곤히 잠이 들었다.

　나는 낮에 봐 두었던 계곡 산책길에 나섰다. 계곡은 꽤 시끌벅
적했다. 물가를 따라 수많은 텐트가 줄지어 쳐져 있었다. 텐트
마다 켜있는 랜턴 때문에 계곡 주위가 그리 어둡지 않았다. 하
지만 산책길이 깊어질수록 길이 험하고 좁아져 더 이상 올라가
면 안 될 것 같았다. 나는 우리 텐트가 있는 곳으로 돌아가 의자
에 앉았다. 무더운 여름이었지만 물이 많은 계곡 주변은 선선했
다. 계곡의 물소리와 중간중간 형성된 작은 폭포 소리, 사람들
의 웃음소리, 대화 소리, 개구리 울음소리가 한데 뒤섞여 산 아
래로 흘러갔다. 온갖 소리를 실은 물은 어떤 마음으로 흘러가는
걸까 문득 궁금했다.

"여기 있었네요."

　유찬의 아빠가 인기척을 내며 내 옆으로 다가왔다. 유찬이가
있을 때는 유찬의 아빠와 함께 있는 것이 어색하지 않았는데 유
찬이가 없으니 또다시 어색함이 몰려왔다. 나는 사람을 받아들
이기까지 꽤 시간이 필요한 사람이었다. 그래도 오늘 같은 일
탈은 신선하고 재미있다고 생각하는 찰나에 모기가 '윙' 하고 귓

가로 날아들었다.

"앗, 모기가 있네."

 의자에 앉으려던 유찬 아빠가 내 말에 용수철처럼 튀어 올랐다. 그리고 텐트 옆에 놓인 캠핑 상자에서 모기향과 토치를 꺼냈다. 모기향을 피우기에는 토치의 화력이 세서 모기향을 모두 태워버리는 건 아닌가 걱정이 됐다. 하지만 그는 섬세하게 모기향 너 다섯 개에 불을 붙인 후 내 주변에 빙 둘러놓았다. 그 모습이 꼭 마녀를 잡아 놓는 결계 같았다. 모기로부터 나를 지키겠다는 그의 결연한 의지가 고마워 웃으면 안 되는데 자꾸 웃음이 새어 나왔다. 그것도 모자랐는지 그는 텐트 주변으로 모기장을 치기 시작했다. 평소 점잖기만 한 사람으로 보였는데 모기를 보고 허둥대는 모습을 보니 우습기도 하고 새삼스레 편안한 마음마저 들었다. 이 사람, 과묵할 뿐 다정한 사람이구나. 문득 이 남자의 아내는 어디에 있는 걸까 궁금해졌다.

"저… 뭐 하나 여쭤봐도 돼요?"
"네. 재인 씨가 물어보면 무엇이든 대답할게요."

"유찬이 엄마는… 어디에 계시나요?"

"유찬 엄마는 유찬이 두 살 때 세상을 등졌어요."

"…아, 제가 괜한 걸 물었네요."

 그는 한참 동안 말이 없었다. 나는 그를 바라보며 생각했다. 그는 자신의 아내가 세상을 '떠났다'라고 말하지 않고 '등졌다'라고 했다. '등졌다'라는 말속에는 차마 더 물어볼 수 없는 어떤 비극이 담겨 있는 듯했다. 그와 동시에 누군가를 향한 질타도 숨겨져 있었다. 그는 누구를 질타하고 있는 걸까. 유찬이 엄마일까. 아니면 본인일까.

 우리 두 사람은 꽤 오래 침묵하고 있었다. 어느 순간부터 사람들의 소음도 잦아들어 주위가 고요해졌다. 하지만 사람들이 조용해지길 기다렸는지 이내 산비둘기가 울었다. 밤공기 사이로 계곡의 물비린내와 소나무 향기가 동시에 떠다녔다. 빽빽한 나무들 때문에 밤하늘은 보이지 않았다. 밤이 어두운 속살을 드러내기 적합한 시간이었다. 밤이 솔직해지면 사람들도 으레 솔직해지기 마련이다. 나도 어쩐지 내 옆에 앉은, 적당히 낯설고 적당히 편한 이 남자에게 내 숨은 이야기를 꺼내고 싶은 기분이

들었다. 그건 그도… 마찬가지였나 보다.

"수정이… 유찬 엄마는 원래 밝은 사람이었어요. 우리는 대학
교 1학년 때부터 캠퍼스 커플이었고 대학교 3학년 때 유찬이가
생겨 결혼했어요."

 그는 별다른 좌표 없이 허공을 응시한 채 말을 이어갔다.

"군대를 미루다가 유찬이가 두 살 되던 때에 결국 입대를 했
는데 혼자서 아이 키우기가 무척 힘들었던 모양이에요. 제대를
100일 앞두고 마지막 휴가를 나왔는데 수정이가 심상치 않다는
건 알았어요. 지금 생각해보면 산후 우울증이 있었는데 그걸 제
가 잘 몰랐어요. 수정이도 몰랐던 모양이에요. 아이에게 집중
하느라 자신의 마음이 병든 줄도 모른 채 방치한 것이죠. 옆에
서 내가… 아이를 돌보는 수정이를… 돌봤어야 했는데, 다 내
잘못이에요."

 나는 그의 말에 어떤 대답도 반응도 할 수 없었다. 내가 경험
하지 못한 비극에 대해 나는 함부로 공감할 수 없었다. 어릴 때

난, 세상에서 내가 제일 불행하다고 생각했다. 하지만, 사람들은 모두 저마다의 비극을 한 가지씩 가슴에 품고 사는 걸 이제는 알고 있다. 밤 부엉이의 울음소리가 나 대신 이 사람을 위로해 주길 바랐다.

"그날 우리 두 사람 크게 다퉜거든요. 저도 군대에서 여러 가지로 힘든 상황이었고, 휴가 나와 마음 편히 쉬고 싶었는데 수정이가 사사건건 트집을 잡았어요. 결국 크게 싸웠고 저는 집을 나가 버렸죠. 그날 밤 아이가 보는 앞에서 수정이가 그만 베란다에서 뛰어내렸어요."

그는 조용히 눈물을 흘렸다.

"그때 충격이 너무 커서 한동안 정신과 상담을 받아야만 했어요. 유찬이가 없었다면 아마 저도 수정이 뒤를 따랐을 거예요…. 다행히도 유찬이가 많이 어렸기 때문에 그 상황을 잘 모를 거라 생각했어요. 그런데 그게 아니었나 봐요. 네 살 무렵까지는 그냥 발달이 조금 늦나 싶었는데 알고 보니 유찬이 나름대로 충격이 컸던 모양이에요. 유찬이가 어린이집에서 이상한

행동을 보여 전문가에게 상담했는데 발달 지연도 문제지만 우
울증이 심하다는 거예요. 어린아이들도 우울증이 생긴다는 걸
유찬이 때문에 알았어요."

　그는 눈물을 닦고 애써 웃음을 지었다.

"전혀 몰랐네요….."
"재인 씨도 눈치챘겠지만 유찬이는 아직도 읽기도, 쓰기도 하지
못해요. 사람들과 상호작용도 어렵고요. 초등학교 1학년에 들어
갔어야 할 나이인데 학교에 입학하지 못했어요. 입학하기 전 학
교에서 상담을 했는데 선생님이 시설에 보내라고 하더군요. 그런
데 전 아직 이렇게 어린데 시설에 보내기는 싫습니다…. 유찬이
는 할머니랑 저 외에는 곁을 주지도 않는데… 재인 씨가 처음입
니다. 다른 사람에게 곁을 주는 거. 그래서 말인데요. 가끔, 아주
가끔 이렇게 유찬이랑 시간을 보내주면 좋겠습니다. 재인 씨에
게 큰 부담인 건 아는데… 부모 욕심이란 게 이리 끝이 없네요."

　예전의 나였다면 이 가족의 일상에 발을 담그는 일은 없었을
것이다. 지금의 엄마를 만나기 전에는 말이다. 지난날 지독하게

외롭던 나를, 엄마는 그냥 지나칠 수도 있었다. 하지만 그녀는 지나치는 대신 내게 따뜻한 손을 내밀어 주기로 결정했다. 그리고 그 결정은 한 사람의 인생을 통째로 구원해주는 나비효과를 만들었다. 그러니 나에게 도움의 손길을 구하는 유찬의 아버지를 어찌 모른 체 할 수 있을까. 내가 감히 누군가의 삶에 끼어들 자격이 있는지의 여부는 생각하지 않기로 했다.

캠핑 이후로 나는 한 달에 한두 번 꾸준하게 유찬이와 시간을 보냈다. 주말에 함께 공원에 가기도 했고, 영화를 보기도 했다. 엄마는 지나친 책임감이라며 완곡하게 나를 말렸다. 나도 엄마 말씀이 틀리지 않음을 안다. 이 가족과 영원히 함께할 수는 없기에 속으로 기한을 정해야 한다고 생각했다. 유찬이가 학교에 들어가게 되면 그때는 내가 유찬이를 돌보지 않더라도 마음의 짐이 덜어질 것 같았다. 그렇지만 나는 책임감이나 부담감을 가지고 유찬이를 만나는 것은 아니었다. 유찬이를 돌보는 시간은 내게도 치유의 시간이 되기도 했다. 사랑받지 못한 내 유년 시절을 스스로 보상하듯 나는 유찬이를 사랑해 주기로 마음먹었다. 그 시간은 결코 낭비되지 않았다. 사랑은 사람의 마음을 단단하게 만들어주는 마법과도 같은 것이다.

벚꽃 나무 아래서

끝나지 않을 것 같았던 긴 대학 생활에 드디어 마침표를 찍게 되었다. 다른 학과보다 2년 더 공부를 해야 해서 원서 쓸 때 주저하기도 했지만 졸업하면 그 어떤 직업보다 독립이 쉬울 것 같아 택한 약대였다. 고아였던 나에게 꿈이나 장래 희망 같은 단어는 사치였다. 공부를 하고 직업을 갖는 것은 나에게 있어 생존 그 자체였다. 졸업하기 직전 1월에 약사 시험을 치렀다. 큰 이변이 없는 한 합격할 것이다.

"재인아, 졸업식이 언제라고 했지?"

"왜요?"

"왜긴 왜야. 그날 가서 꽃다발도 주고 사진도 찍어야지."

"난 졸업식 안 갈 생각인데?"

"아니, 왜 졸업식을 안 가. 엄마는 너무 자랑스러워서 식당 앞에 플래카드라도 걸고 싶은 걸 간신히 참고 있다."

대학 생활이 내내 괴로웠던 나는 졸업식에 갈 용기도, 의욕도 없었다. 대학은 내게 그저 약사 시험 응시 자격을 부여하는 장소 그 이상의 의미는 없었다. 우진 선배의 소식은 졸업할 때까지 단 한 줄도 들려오지 않았다. 기연 선배나 에쿠스의 다른 후배들에게조차 우진 선배는 연락하지 않았다. 그는 세상에 꼭꼭 숨기로 마음먹은 사람처럼 증발해 버렸다. 약대에서 우진 선배의 실종이 괴담처럼 떠돌았다. 어떤 사람들은 선배가 미국으로 이민 갔다고 했고 또 어떤 사람들은 실종되었다고도 했다. 선배에 대한 이런저런 소문들이 졸업할 때까지도 꼬리처럼 이어졌다. 나에 대한 관심은 소문의 별책부록처럼 따라다녔다. 그래서 학교생활은 늘 불편했다.

그럼에도 불구하고 엄마의 성화에 못 이겨 나는 졸업식장에 가서 학사모를 쓰고 검은색 졸업 가운을 입었다. 몇몇 졸업 동기들이 내게 다가와 함께 사진을 찍자고 해서 놀랍고 한편으로는 미안했다. 우진 선배가 부재한 후로 나는 일부러 동기들과 멀리 지냈다. 가끔 내게 다가오는 동기들에게 바쁘다는 핑계로 밀어내곤 했던 것이다. 인간관계가 서툰 나로서는 약대를 졸업하는 것이 그나마 큰 위안이었다.

"재인아, 잠깐 이리 와서 앉아 봐."

졸업식 날 밤 식당을 정리하고 엄마와 거실에 앉았다. 거실에 놓인 원목 좌탁 위에 노란색 서류 봉투가 놓여 있었다.

"이게 뭐예요. 엄마?"
"네 졸업 선물."
"선물? 노란 봉투가?"

난 엄마의 뚱딴지같은 말에 웃음을 참으며 봉투를 열어 그 안에 담긴 종이를 꺼내 들었다. 종이에는 '입양신고서'라고 적혀 있었다.

"엄마…"
"우리 재인이, 진짜로 엄마 딸 하자. 그래도 될까?"
"엄마…"

나는 아무 말도 하지 못하고 고개를 숙였다. 서류 봉투 위로 눈물이 툭 툭 떨어졌다. 우는 내 모습을 본 엄마도 어느새 눈물을 흘리고 있었다. 우리 두 사람은 말없이 서로를 안았다.

"내가 받아 본 선물 중 가장 좋은 선물이에요. 엄마."

"받아줘서 고마워."

"내가 더 고마워… 엄마."

엄마라고 부를 수 있는 자격이 생물학적으로만 주어지는 것이 아니어서 얼마나 다행인지, 고아가 아닌 사람들은 모른다. 이제 누구 앞에서든 이 분이 내 엄마라고, 나에게도 엄마가 있다고 당당하게 밝힐 수 있다. 그렇게 할 수 있다고 법이 보증하는 것이다, 법이. 국가 제도가 나를 돕는 날이 다 오다니….

입양 절차는 생각보다 간단했다. 입양자와 피입양인이 각자 조건을 갖추고 절차에 따라 신고하면 담당자가 승인하는 방식이었다. 나는 명백한 고아에 입양을 스스로 결정할 수 있는 성인이었고 엄마는 경제력이 뒷받침되었기 때문에 신청 자격은 충분했다. 담당 공무원이 알려준 대로 엄마와 난 몇 가지 서류를 떼서 구청 담당 부서에 신고했고 한 달이 조금 지난 후 입양이 성립되었다. 나는 이 사실을 예은에게 이메일로 알려 주었다. 예은은 답장에 이렇게 써서 보냈다.

'내 팔자에 시누이는 없을 줄 알았는데!'

-

 약사 시험에 합격 후 곧바로 직장을 잡았다. 토요일과 일요일을 제외하고 매일 오전 10시부터 오후 5시까지 식당에서 15분 거리에 위치한 큰 사거리, 그러니까 소망교회 건물 옆에 나란히 위치한 상가 1층 약국에서 일하게 되었다. 상가는 4층 빌딩이었는데 그 안에는 안과부터 소아과, 내과, 정형외과, 치과, 신경정신과, 피부과 등 다양한 병원이 옹기종기 모여 있었다. 언제나 병원 손님이 많은 통에 예상했던 것보다 일이 고되긴 했지만 사회 초년생치고는 월급이 꽤 넉넉했다. 첫 월급은 백화점에서 엄마를 위한 고급 화장품과 명품 가방, 스카프를 사는 데 다 써 버렸다. 엄마는 돈을 허투루 쓴다고 잔소리했지만 사랑하는 사람을 위해 돈을 쓰는 일은 나에게 커다란 기쁨을 선사했다. 엄마가 은행에 가서 내 월급통장을 적금통장으로 바꾸는 바람에 두 번째 월급부터는 과소비의 기쁨을 얻기 곤란해졌지만.

 취업하고 첫 여름휴가가 다가오기 전 엄마를 위해 제주도 여행계획을 세웠다. 엄마는 일요일을 제외하고 늘 식당 문을 열었기 때문에 환갑을 앞둔 나이에도 국내 여행조차 다녀보지 못했다. 더 늙기 전에 식당 일을 정리하고 해외여행을 다니자고 하니 엄마는 건강이 허락하는 한 식당을 운영하고 싶다고 했다. 엄마는 자신이 단지 음식만 파는 것이 아니라고, 식당을 찾는 손님에게 행복을 파는 것이라고 했다. 나는 그 말에 웃으며 대꾸했다.

"승원 오빠 인류애가 어디에서 비롯됐나 했더니 바로 엄마한테 유전된 거였네."

약국에 다니면서도 틈틈이 유찬이네와 시간을 보냈다. 오히려 학생 때보다 더 자주 만날 수 있었다. 학업과 아르바이트로 24시간도 부족했던 대학생 때와는 달리 지금은 약국 일이 끝나면 그 이후로 온전히 자유였다. 유찬이 가족과 시간을 보낼 때 난 꽤 즐거웠다. 즐겁지 않았다면 그렇게 시간을 함께 보낼 리 만무했다. 유찬이가 얌전해서 오히려 짓궂고 떼쓰고 고집 피우는 다른 아이들보다 지내기 쉽기도 했다. 하지만 유찬이가 다른 아이들처럼 짓궂고 떼쓰고 고집 피우길 바라는 유찬 아빠의 마음을 이해할 순 있었다. 시간을 보낼수록 나는 이 가족에게 점점 익숙해지고 있었다. 두 사람에게는 분명 결핍이 존재했지만 난 이들과 함께 있을 때 마음이 편했다. 어쩌면 결핍 때문에 더더욱 동질감을 느꼈는지도 모른다.

엄마는 유찬이의 가족과 만나는 시간을 줄이고 남들처럼 데이트를 하라고 자주 잔소리했다. 실제로 엄마와 친분이 있는 교회 지인들을 통해 선 자리가 들어오기도 했다. 엄마의 뜻이 워낙 간곡해 못 이기는 척 두어 번 선을 보긴 했지만 그 자리에서 정중하게 결혼 생각은 없다고 이야기했다. 화가 난 지인들 때문에 엄마는 더 이상 선 자리를 만들지 않았다.

사랑에 대한 열정은 꺼져버린 지 오래였다. 어떤 남자를 만나도 이성으로 느껴지지 않았다. 나는 알고 있었다. 그런 감정은, 우진 선배에게 느낀 그런 마음은 이제 두 번 다시 오지 않을 것을 말이다. 영혼 깊숙이 낙인처럼 새겨진 그런 사랑은 일생에 딱 한 번뿐인 것이다. 선배에게 버려졌다는 사실을 인정하기까지 얼마나 고통스러웠던가. 인두로 살갗을 지지는 감각처럼 얼

마나 생생한 불행이던가. 차라리 선배가 나에게 찾아와 헤어지
자고 말했더라면 고통은 덜했을 것이다. 이유도 모른 채, 그 이
유를 물어볼 대상조차 없는, 이 상실의 아픔은 심장에 대못이
박히는 것만큼 고통스러웠다. 나는 오랫동안 피를 흘렸고, 이
제야 조금 상처가 아물고 있었다. 그러니 그런 사랑이 찾아온
대도 나는 의지를 가지고 거부할 것이 분명했다. 또다시 상처
를 입는다면 그때 난 완전히 무너져 버릴 게 불 보듯 뻔한 일이
었다. 그러니까 사랑을 거절하는 것은 연약한 자존을 지키는 유
일한 방편인 셈이다.

-

"재인 씨…. 유찬이… 유찬이 엄마가 되어 주세요."

나와 그는 벚꽃이 흐드러지게 핀 가로수 길을, 봄밤을 나란히
걷는 중이었다. 유찬이는 아빠 등에 업혀 새근새근 잠을 자고
있었다. 그의 고백은 느닷없었다.

단 한 번도 나는 그에게서 남녀가 느끼는 애정의 징후를 발견

하지 못했다. 혹시 내가 이 사람에게 오해의 여지를 주었던 것일까. 가끔 세 사람이 외출했을 때, 특히 식당에서 밥을 먹고 있을 때 나이가 지긋한 손님이나 식당 주인이 나를 '애기 엄마'라고 칭할 때가 있었다. 그럴 때마다 나는 그런 오해에 대해 일일이 해명하지 않았다. 조금 귀찮기도 했고, 유찬이와 유찬이 아빠에 대한 배려이기도 했다. 낯선 사람들의 오해는 다른 중요한 일에 비하면 소소한 해프닝에 불과하니까. 돌이켜보니 이 사람, 유찬 아빠에게는 그런 내 행동이 어떤 확신을 준 계기가 될 수도 있었겠구나 싶었다. 내 실수니까 이제라도 명확하게 선을 그어야 했다. 난 결혼 할 생각이 없었고, 더군다나 유찬의 아빠를 남자로서 느껴 본 적은 더더욱 없었으니까. 가끔 그에게서 우진 선배의 그림자를 느낄 때가 있었지만 그렇다고 사랑은 아니었다. 선배와 그를 헷갈릴 리 없다.

"유찬 아버지…. 전… 지금이 좋아요."

침묵이 흘렀다. 밤바람에 벚꽃 잎이 흩날렸다. 아름다운 봄밤이었다.

"지금 당장 답하라는 건 아니에요. 내 마음이… 그냥… 조금, 그런 미래를 이제부터라도 생각해 주면 어떨까 싶어서요."

말을 하는 그의 목소리가 많이 떨렸다. 대체 언제부터였을까. 나에 대한 마음을 그는 대체 언제부터 키워 온 걸까.

"전 당분간은 온전하게 엄마 딸로 살고 싶어요. 이제야 겨우 진짜 모녀가 되었는데 금방 시집가 버리면 우리 엄마 억울해서 안 돼요."

낮지만 단호하게 선을 그었다. 그는 더 이상 말을 이어가지 못했다. 주차장까지 걷는 시간이 까마득하게 여겨졌다. 유찬이와 못 만나는 건 싫지만 당분간은 이 사람과 거리를 두어야겠다고 생각했다.

"오늘은 택시 타고 갈게요."
"집까지 바래다줄게요."
"유찬이 오늘 찬바람 많이 맞았어요. 감기 들기 전에 빨리 들어가는 게 좋을 것 같아요. 택시 금방 잡혀요."

"알겠어요. 연락할게요."

　잔뜩 풀이 죽은 그의 모습을 처음 보는 터라 나는 적잖이 당황했고 한편으론 미안한 마음마저 일었다. 택시 안에서도 내내 마음에 걸렸다. 거절은 하는 일도, 당하는 일도 모두 어려운 일이다. 처음부터 벚꽃 구경을 오지 말았어야 했다.

　봄이 되면 흐드러지게 피는 벚꽃을 학교 다니는 중에 나는, 그러니까 우진 선배가 사라진 후로는, 제대로 본 적이 없다. 내 찰나의 사랑이 꼭 벚꽃을 닮았기 때문이었다. 모든 꽃망울이 일제히 소리를 지르고 환호하고 축제를 펼쳤다가 단 한 번의 소나기에 우수수 떨어져 처참한 잔해가 되는 모양이 꼭 내 사랑의 결말 같았다.

　그렇게 정면 대결을 거부하던 벚꽃이었다. 꽃이 너무 많이 펴서 가지가 아래로 축 처진 늙은 벚나무 아래에 우리 세 사람은 돗자리를 펴고 꽃구경을 했다. 함께 사진을 찍었고, 도시락을 먹었다. 윤중로 벚꽃 나무 아래에는 우리 말고도 수많은 사람이 곳곳에 앉아 봄을 만끽했다. 연인들도 많이 보였다. 유찬 아빠는 잠시 헷갈린 것이 분명하다. 봄기운에 휩쓸려 얼떨결에 고백한 것이다. 게다가 밤의 벚꽃은 더욱 요망해서 사람을 홀리는 재주가 있다.

집에 들어와 샤워를 하고 냉장고에서 맥주를 꺼냈다. 식탁에 놓아둔 핸드폰에서 진동음이 울렸다. 그에게 문자가 와 있었다.

'당신을 언제부터 사랑하게 된 것인지 잘 모르겠습니다. 어느 순간부터 내 머릿속에는 당신으로 가득합니다. 유찬이 핑계를 대며 고백한 건 좀 비겁했어요. 유찬이보다 당신을 더 절실히 필요로 하는 사람은 오히려 나일 테니까요. 나 지금 식당 밖에 있어요. 그냥 이렇게 잠시 머물다 돌아갈게요. 나오지 말아요.'

진지한 고백 때문일까. 갑자기 얼굴이 달아올랐다. 나오지 말라는 건지, 꼭 나와 달라는 건지 그의 의도가 아리송했지만 카디건을 걸치고 밖을 나섰다. 식당 밖에 그 사람이 서 있었다. 그가 서 있는 가로등 옆 가로수가 벚꽃 나무임을 나는 그제야 눈치챘다. 식당 앞 도로변 가로수가 모두 벚꽃 나무라는 걸 나는 여태 몰랐다. 봄바람에 꽃잎들이 춤을 추며 흩날렸다. 훅- 꽃향기가 나를 덮쳤다. 그 순간 숨이 막혀 그에게 다가가기 두려웠다. 나를 발견한 그가 성큼성큼 다가왔다. 나는 무슨 말을 하려 했는데 갑자기 그의 손이 내 오른팔을 잡아채는 바람에 중심이 무너져 흔들렸다. 그러자 그가 내 허리에 팔을 둘러 나를 안았다. 그가 내 입술에 키스할 때도 나는 무방비하게 그를 받아들였다. 벚꽃과 정면 대결을 하지 말았어야 했다. 벚꽃을 이길 힘이 내게 없다는 걸 나는 그제야 알았다.

귀향(상)

"선…배?"

나는 안개 속에 서 있었다. 안개 저편, 커다란 꽃나무가 한그루 서 있고 그 옆에 한 남자가 뒤돌아서 있었다. 안개가 너무 짙어 그 남자를 향해 더듬더듬 걸어야 했다. 남자에게 가까이 다가가 보니 남자의 머리에 흰 띠가 둘러 있었다.

"선…배? 우진 선배?"

내 목소리에 남자가 돌아섰다. 그의 눈에는 흰 띠가 마치 붕대처럼 둘러 있었다. 비록 눈을 확인할 수는 없었지만 우진 선배가 분명했다.

"선배, 왜 눈을 가리고 있어요?"

나는 선배에게 다가가 흰 천을 풀어 버렸다. 선배가 감은 눈을 뜬 순간 선배의 얼굴은 현우 씨의 얼굴로 바뀌어 있었다. 그가 내게 다가오자 나는 그 자리에 얼어붙어 움직일 수 없었다. 선배… 선배…

순간 눈을 떴다. 온몸에 땀이 흥건했다. 마침 나를 깨우러 엄마가 방문을 열고 들어왔다.

"무슨 땀을 이리 흘렸어? 잘 때 많이 더웠니?"

나는 아무 말도 할 수 없었다. 도대체 왜 그런 꿈을 꾼 걸까. 꿈은 내 무의식의 반영 그 이상도 이하도 아니라는 것을 잘 알고 있지만 선배의 눈을 덮은 흰 천이 찜찜했다. 평소와 달리 시원한 물을 틀어 샤워를 했지만 잡념은 잘 사라지지 않았다.

흰색 리넨 재킷과 짙은 군청색 정장 바지를 입고 검은색 핸드백을 손에 들었다. 굽 높은 스틸레토 힐을 신을까 잠시 고민했지만 흰색 운동화를 택했다. 출근길은 길어야 고작 15분이지만 열섬이 더해진 도시는 아침부터 사람을 지치게 만들었다. 목덜미와 귓가 근처에 땀이 송송 솟아났다. 나는 손수건으로 땀을 닦으며 간밤의 일과 간밤의 꿈을 생각했다. 나는 현우 씨와 길고도 깊은 키스를 나누었다. 그를 사랑하고 있었던 걸까? 아니면 외로웠던 걸까? 그래서 그의 키스를 충동적으로 받아들였던 것일까? 그 키스는 과연 충동이었을까…. 감정의 소용돌이는 언제나 이렇게 혼돈을 가져온다. 오래된 호수 밑바닥에 지층처럼 쌓여 있던 부유물이 갑자기 만난 토네이도 때문에 수면 위로 둥실 떠 오르면 호수는 속이 후련할까 아니면 난감할까….

약국 앞에 현우 씨가 서 있었다. 불과 몇 시간 전에 보았던 그 남자가 맞는지 불분명하다. 밤에 보았던 사람은 과연 현우 씨였을까. 나는 지금 현우 씨에게도, 우진 선배에게도 민망하고 난감한 마음이다. 아…. 호수의 마음은 난감한 것으로…. 팔목을 들어 손목의 시계를 확인한다. 9시 45분.

그에게 다가간 나는 애써 어색함을 감추며 먼저 말을 건넸다.

"지금 사무실에 있어야 할 시간 아니에요?"
"출근 도장 찍고 잠시 나왔어요."
"무슨 일 있어요?"
"그냥…. 어젯밤 일이 꿈이었는지 확인차…."

어젯밤의 그 남자가 맞다. 어젯밤에도 오늘 아침에도 이 남자는 애잔하다. 그를 보며 잠시 서 있다 한 발짝 다가갔다. 가까이에서 본 그의 얼굴은 땀으로 흠뻑 젖어 있었다.

"아, 실은 이거 전해 주려고 왔어요. 나, 갈게요."

　그는 내게 테이크아웃한 커피를 손에 쥐여주고 총총걸음으로 횡단보도를 건너갔다. 맞은편에서 버스를 타는 모습을 확인한 후에야 난 커피가 뜨겁다는 걸 알았다. 나는 언제나 뜨거운 커피만 마셨다. 뜨거운 한여름에도 나는 땀을 흘리더라도 뜨거운 커피를 마시는 사람이었다. 그런 나의 습관을 나조차 인식하지 못했는데, 그랬는데…. 그는 대체 언제부터 알았을까. 약국에서도 집에 돌아와서도 좀처럼 무언가에 집중할 수 없었다. 그 사람을 생각하며 시간을 보내본 적이 없었는데 지금은 하루종일 그 사람을 생각하고 있던 것이다.

　나는 핸드폰을 열어 그에게 메시지를 보냈다.

'당분간 생각할 시간을 줘요.'
'응. 그래요. 생각이 정리되면 연락해 줘요. 기다리고 있을게요.'

내게 다가온 사랑에 혼란스러워하며 주저하는 동안, 내 운명은 나를 기다려 주지 않았다. 제주도 여름휴가를 한 달 앞두고 우리 모녀에게 청천벽력의 소식이 들려왔다.

-

　엄마에게는 아주 오래전 젊은 나이에 암으로 세상을 뜬 큰 언니가 있다. 엄마에게 식당을 물려준, 바로 그분 말이다. 승원 오빠에게 그 이야기를 듣고 난 후 엄마의 건강이 늘 신경 쓰였다. 나는 취직하자마자 엄마를 설득해 건강검진을 받게 했다. 우려는 현실이 되었다. 오른쪽 유방에 종양으로 의심되는 혹이 발견되었다. 조직검사를 했고 결과는 양성이었다. 엄마의 암은 이미 2기로 진전되어 있었다. 불행 중 다행으로 전이는 아직 발견되지 않았다.

　원래는 제주도의 고급 리조트에서 보냈어야 할 휴가 첫날 엄마는 병실에 입원해 수술 준비를 했다. 수술 전에 해야 할 검사가 많아 피를 여러 번 뽑아야 했다. 환자복을 입은 엄마의 모습이 낯설었다. 병원은 복도도, 병실도, 환자복도, 침대도 온통 창백했다. 그 창백한 세상으로 들어간 엄마는 색채를 거세당한 조각상처럼 활기 없는 오브제가 되어 있었다. 하지만 병을 받아들이는 엄마는 이런 내 마음과 상관없이 씩씩했다. 엄마는 분명 병을 이겨 낼 것이다. 엄마는 분명 병을 이겨 낼 것이다…. 나는 스스로에게 주문을 외우고 또 외웠다.

식당은 잠시 문을 닫았다. 아프리카에 있는 가족들에게 이 사실을 전해야 했지만 엄마는 완강하게 반대했다. 항암 치료를 마치고 의사에게 완치가 되었다는 말을 들으면 그때 알리겠다고 고집을 피웠다. 예은에게 알려야 할지, 말아야 할지 나는 도무지 답을 낼 수 없었다. 다섯 식구가 왕복으로 아프리카에서 한국을 오가는 비용은 엄마의 수술비와 입원비를 모두 합쳐도 부족할 만큼 큰 금액이었다. 선교사 부부는 엄마의 소식을 듣고 발만 동동 구르며 타지에서 자책할 것이 뻔했다. 나는 일단 항암 과정을 지켜본 후 다시 생각하기로 했다.

엄마의 투병 기간 동안 나는 유찬이도, 현우 씨도 만나지 않았다. 내 애정 전선에 집중하기에는 당장 엄마의 문제가 너무 컸다. 나는 엄마와 하고 싶은 것이 참 많았다. 엄마가 그토록 가고 싫어 하던 청산도의 청보리밭에도 가고 싶고, 브라질 리우 해변에 서 있는 예수상도 보러 가고 싶었다. 고급 일식집에 모시고 가서 최고급 참치회를 맛보게 하고 싶었고, 백화점에서 유명 디자이너의 투피스 정장도 사 드리고 싶었다. 이제 막 그 모든 것을 계획하고 하나, 하나 실행하려는 찰나였다. 행복으로 들어서는 출구 앞에서 내가 잠시 머뭇거렸던가. 운명의 신은 참으로 얄궂기 그지없다. 하지만 우진 선배 때처럼 속절없이 당하지는 않을 것이다.

수술로 종양 부위를 모두 제거한 후 본격적으로 항암 치료가 시작되었다. 3일간 병원에 입원해서 항암제를 투여하고 방사선 치료를 받았다. 그리고 새로운 세포가 재생되도록 3주간 집에서 휴식 기간을 보냈다. 그렇게 다섯 번의 항암 치료를 받는 동안 여름은 가을로, 가을은 다시 겨울로 접어들었다. 엄마의 머리카락은 모두 빠졌고 몸무게도 10여 킬로가 빠졌다. 약국에 사정을 말해 풀타임에서 파트타임으로 근무 시간을 줄이고 엄마를 간호했다. 내가 집에 없는 동안에는 교회 지인들이 자주 들러 엄마를 돌봐주고 말 벗이 되어 주었다.

이듬해 봄이 되었고 6개월 동안 암세포는 전혀 자라지 않았다. 날이 점점 따뜻해지자 엄마의 낯빛에 화색이 돌고 살도 다시 올라왔다. 그 사이 식당은 완전히 접어 다른 사람에게 넘기게 되었다. 곧 살림집도 이사를 가야 했다.

"엄마, 우리 좋은 집으로 이사 가자."

"좋은 집? 어떤 집?"

"음⋯. 마당 있는 집. 꽃도 키우고, 개도 한 마리 키우지 뭐."

"서울에서 마당 있는 집 구하려면 꽤 비쌀 텐데."

"엄마, 나 대출 알아봤는데 생각보다 많이 받을 수 있더라고."

"식당이랑 이 집 판 돈으로는 좋은 집 구하기 어려워?"

"아니, 충분히 구하지. 일부는 집에 보태고 일부는 모아두려고"

"왜?"

"혹시, 나중에 큰돈을 쓸 일이 생길지도 모르니까."

"엄마는 말이야. 별로 후회하는 일이 없었거든."

"근데?"

"그런데 예전에 보험 아줌마가 암 보험은 꼭 들어야 한다고, 그렇게 날 설득했는데 내가 안 들었지 뭐야."

"그게 후회돼?"

"응. 그럼. 큰돈 나갔던 게 지금쯤 고스란히 들어왔을 텐데 말이야."

"그 돈으로 엄마 생명을 구했잖아. 목숨값으로는 헐값이야, 엄마."

"맞네. 재인이 말이 맞아. 우리 딸이 이렇게 지혜롭구나."

"엄마 닮아 그렇지 뭐."

"이렇게 이쁘고 착한 우리 딸을 누가 데려갈꼬."

"난 어디 안 가. 시집 안 갈 거야."

"왜 시집을 안 가. 좋은 사람 나타나면 결혼해야지."

"으음. 난 평생 엄마랑 이렇게 살 거야. 남자보다 엄마가 백배 천배로 더 좋아."

"유찬 아빠는 어떡하고?"

엄마의 말에 말문이 막혔다. 엄마는 내 손을 잡고 내 볼을 쓰다듬었다.

"엄마 다 알아. 지난봄에 두 사람 식당 앞에서 봤어."

식당 앞이라면 키스하던 때인데 그런 민망한 순간을 엄마가 보고 있었다니 너무나 부끄러워 쥐구멍에라도 숨고 싶었다.

"엄마는 말이야. 처음에는 유찬 아빠 탐탁지 않았어. 홀아비가 감히 우리 예쁜 딸을 채가려 하니까 어찌나 속에서 천불이 나던지. 그런데 이렇게 큰 병을 앓고 큰일을 치르고 나니까 그것도 다 내 욕심 같구나. 엄마는 너만 좋다면 다 찬성이야. 엄마에게는 네 행복이 세상에서 가장 중요하거든."

"그게…. 엄마… 솔직히 잘 모르겠어요."

"엄마는 다 알겠던데. 네 마음."

"나도 모르는 내 마음을 엄마가 안다고?"

"유찬이 만나러 갈 때마다 즐거워하는 네 표정으로 알았지."

"내가?"

"동정심이 과하면 애정이 되는 건데…. 엄마는 참 말리고 싶었거든. 그런데 엄마가 네게 줄 수 있는 애정과 그 사람이 줄 수 있는 애정은 좀 달랐던 모양이야. 두 부자를 만나고 오는 날이면 네가 그리 이뻐 보였어. 봄에 피는 벚꽃처럼 화사하고 예쁘게 피어나는 너를 보고 엄마는 두 사람 사이에 뭔 일이 생기겠구나, 예상은 했지."

엄마 눈에는 내가 그렇게 보였었구나. 그럼에도 나는 여전히 잘 모르겠다. 우진 선배를 만날 때는 또렷하게 보이던 사랑의 감정이 지금은 안개 속에 쌓였다. 우진 선배의 눈을 가리고 있던 흰 천이 떠올랐다. 꿈속에 서 있던 남자는 그 누구도 아닌 나 자신이었던가.

"엄마….."

"왜?"

"우리… 거기로 이사 갈까?"

"어디?"

"엄마 고향."

"내 고향? 무안?"

"응."

"엄마 고향에는 죄다 노인들만 살아요. 시골 살면 무료하지 않겠어?"

"파군교…. 그곳에 한번 가보고 싶어서요."

"파군교?"

"엄마가 전에 말했잖아. 파군교라는 다리가 있는 마을. 우리 아빠… 나정주 목사님의 고향이라는 그 마을. 엄마만 괜찮다고 하면, 나 그 마을에서 살아 보고 싶어."

생각지도 못한 나의 제안에 엄마는 두 눈이 휘둥그레졌다. 갑자기 왜 아버지 고향이 떠올랐을까. 나의 행복을 위해 나를 슬며시 밀어내는 엄마를 보니 엄마도, 나도 서로에게서 도망가지 못하도록 어딘가에 단단히 뿌리 내려야겠다는 생각이 들었고, 그 결론은 귀향이었다.

"서울보다 시골이 암 치료하는데 훨씬 좋다잖아. 공기 맑은 곳에서 편하게 지내자."
"약국은 어떻하고?"
"무안에도 약국이야 많겠지. 없으면 뭐, 엄마가 하나 차려 줘요."
"유찬이 아빠는 괜찮겠어?"
"글쎄…. 진짜 인연이라면 내가 서울에 있든 무안에 있든 상관없지 않을까?"

엄마와 함께 잠자리에 들었지만 잠이 잘 오지 않았다. 하지만 적어도 한 가지는 확실해졌다. 그 사람과 물리적으로 떨어져 지내보면 내 감정이 명확히 보일 것이다. 침대에서 일어나 그 사람에게 문자 메시지를 보냈다.

'현우 씨, 이번 주말에 유찬이 데리고 놀이동산에 갈까요?'

귀향(하)

무안으로 내려가기 전 나는 두 부자에게 선물을 주고 싶었다. 서울을 떠난다는 사실을 그에게 아직 말하지 못했다. 나의 이런 결정을 그가 완곡한 거절로 받아들일 수도 있다. 어쩌면 오늘이 이 부자와 함께하는 마지막 추억이 될지도 몰랐다.

오랜만에 나를 본 유찬이는 놀랍게도 내게 먼저 달려와 품에 안겼다. 유찬이가 먼저 다가와 날 안은 건 그날이 처음이었다. 못 본 사이 유찬이는 많이 성장해 있었다. 실제로 유찬이의 우울증은 많은 호전을 보이고 있었다. 말하는 횟수도 점차 늘었고 사람들과 눈도 조금씩 맞추게 되었다. 상담 선생님 말씀으로는 빠르면 가을부터 학교에 다닐 수 있을 것 같다고도 했다.

나의 갑작스러운 데이트 제안에 그는 꽤 즐거워 보였다. 지하철을 타고 놀이동산을 향하는 동안 유찬이는 사람 많은 실내에 꽤 차분하게 앉아 있었다. 내가 먼 곳에 간다고 하면 유찬이는 이 사실을 어떻게 받아들일까. 나에게 버림받는다고 생각하면 어쩌지. 어른들에게 그 누구보다 깊은 상처를 받았던 나였는데 내가 어른이 되고 나니 나 역시도 어린아이에게 상처를 줄 수 있는 현실이 서글펐다. 유찬을 애처롭게 바라보던 시선 끝에서 그를 발견했다. 그는 내게 무언가 심상치 않은 일이 있음을 직감한 듯했다. 하지만 애써 밝은 미소를 지어 보였다.

놀이동산에 왔지만 막상 유찬이가 즐길만한 놀이기구는 생각만큼 많지 않았다. 자극에 약한 유찬이에게 그나마 가장 쉬운 놀이기구는 회전목마였다. 우리는 회전목마를 타고, 솜사탕을 먹었다. 극장에서 뮤지컬 공연을 구경했고, 퍼레이드를 보기도 했다. 아빠 품에 앉아 범퍼카를 운전하는 유찬이의 얼굴에 웃음이 연일 떠나지 않았다. 식당에서 피자를 먹은 후 기념품 가게에 들러 유찬이에게 로봇 장난감을 사 주었다. 돌아가는 지하철에서 유찬이는 내게 기대어 잠이 들었다. 살짝 벌어진 입술 사이로 침이 흘렀다. 나는 손수건을 꺼내 침을 닦아 주었다. 내 옆에 앉아 있던 현우 씨가 내 손을 슬며시 잡았다. 조금 거세게 뛰는 심장 박동 소리를 그에게 들키고 싶지 않았지만 손을 빼지 않았다.

"유찬이 많이 피곤했나 봐요."
"고마워요. 오늘."
"고맙긴요. 근데 실은… 나 어릴 때 결심한 게 하나 있었어요."

"뭔데요?"

"다시는, 절대로, 놀이동산에 오지 않겠다고요."

"왜? 놀이동산에 대한 안 좋은 추억이 있었어요?"

"그게… 어릴 때 놀이동산에서 미아가 된 적이 있었어요."

"저런!"

"솔직하게 말하면, 외숙모가 나를 고의로 잃어버린 거예요. 어쩐지 그날 아침 이상했어요. 놀이동산에 나를 데리고 간다는 것도 평소와 같지 않았고, 놀이동산이 유독 멀기도 했구요."

"어린아이가 너무 무서웠겠다. 그 외숙모 지금 어디 있어요. 내가 지금이라도 당장 가서 따져야겠어."

"말이라도 고마워요."

"그래도 외숙모가 다시 찾으러 왔었나 봐요?"

"아니요. 그럴 리가요. 외숙모가 날 버렸다는 사실을 알고 매표소가 있는 출구에서 그냥 하염없이 울고 있었어요. 사람들이 나를 구경만 하지 선뜻 나서서 도와주지는 않더라고요. 하긴, 다들 가족들과 함께 와서 즐거운 시간을 보내고 있었을 텐데, 그리고 놀이동산 직원이 찾아 주겠거니 했겠죠. 그런데 어떤 아저씨가 나타나서 저를 도와줬어요. 그분이 저를 경찰서에 데려다주었고 그 덕분에 경찰이 제 외숙모에게 연락을 취한 거죠. 제 또래의 아들과 같이 놀러 온 분이었는데 늦게까지 저랑 같이 있어 줬어요."

"그 아저씨 아니었으면 지금 나 당신 못 만날 수도 있던 거네. 되게 고마운 분이다."

"저 그 아저씨 이름도 기억해요. '김. 영. 환.' 잊지 않으려고 볼펜으로 내 손바닥에 적어 놨다가 나중에 일기장에 다시 옮겨 적었어요."

"누구… 누구…라고요?"

"김영환이요. 왜요? 아는 분이에요?"

"혹시 그… 또래였다는 아들 이름도 알아요?"

"아뇨. 아들 이름까지는 몰라요. 나랑 비슷한 나이대라 그 김영환 아저씨가 더 안타까워했었어요. 그런데… 왜요?"

"아… 아니에요. 그냥, 내가 아는 분이랑 이름이 같아서…."

"누군데요?"

"아… 아니다. 내가 다른 사람하고 착각했어요."

"그건 그렇고… 이따가 저녁에 잠깐 만날 수 있어요? 나… 할 말 있어요."

"그럼요. 집에 어머니 계시니까 유찬이 걱정은 말아요. 언제든 시간 낼 수 있어요."

"그럼 약국 근처 카페에서 봐요."

-

"어딜… 어딜 간다고요?"

"파군교요."

"그러니까… 거기가 어디에 있는데."

"무안에 있어요."

"무안이라면, 전라남도 무안을 말하는 거예요?"

"네."

"이렇게 갑자기… 왜…!"

"엄마 치료 때문에요."

"아…."

 그는 상당히 충격을 받은 듯, 한 손을 이마에 얹었다. 이따금 고민이 있거나 생각에 잠기면 자신도 모르게 오른손으로 이마를 연신 만진다는 걸 그는 알고 있을까. 지금도 그는 말없이 오른팔을 테이블에 괴고 이마를 만지작거리고 있었다. 나는 문득 깨달았다. 이 사람을 내가… 생각보다 많이 좋아하고 있다는 것을. 어쩌면 이것도 사랑인 걸까.

"서울에는 다시 올라오는 거죠?"

"잘 몰라요."

"어머니 완치되면 올라올 거잖아요."

"그건 일단 엄마가 완치되면 생각하려고요."

그는 잠시 화장실에 다녀오겠다며 자리를 떴다. 당황한 기색이 역력했다. 테이블에 휴대폰을 두는 그의 손이 약간 떨렸다. 그가 고통스러워한다는 사실에 심장 한 편이 저렸다. 나는 지금 그에게 상처를 주고 있었다. 그에게 어떤 확답도 주지 않은 채 그를 시험대에 올렸다. 상처받고 싶지 않아 나는 그 사람의 사랑을 제물로 삼았다. 운명의 신에게 내 편이 되어줄 것을 기원하면서….

띠링-

탁자에 놓여 있던 그의 휴대폰에 메시지 알림음이 울렸다. 무의식적으로 소리가 난 곳을 쳐다봤다.

From. 영환 삼촌:

현우야, 이번 주에 출장 때문에 우진이 서울에 올라간다. 잘
부탁해.

    핸드폰 액정 화면에 써진 검은색 디지털 글씨를 나는 읽고 또
읽었지만 어떤 상황인지 잘 이해할 수 없었다. 영환 삼촌… 우
진… 우진… 우진… 왜? 이 사람이 어떻게 우진을? 김우진, 김
영환… 그리고… 김현우… 우진이 서울에 올라간다고? 우진은
지금 어디에 있는데? 그걸 왜 이 사람에게 잘 부탁한다는 거지?
한꺼번에 많은 질문이 회오리바람처럼 몰아쳤다. 갑자기 귀에
서 날카로운 이명이 들리더니 소리가 점점 멀어져갔다. 자리에
돌아온 현우 씨에게 나는 휴대폰을 보여 주었다.

    "이게… 이게 뭐예요? 당신이 우진 선배를 알아요?"

    "재인 씨."

    "이 사람이 내가 아는 김우진 맞나요?"

    그는 한참 동안 침묵을 지켰다. 내 손이 덜덜 떨리는 걸 보자

그는 두 손으로 내 손을 꼭 쥐었다.

"김영환…. 내 외삼촌이에요. 우진이는 내… 사촌 동생…입니다."

 나는 믿을 수 없는 현실에 절망했다. 입술이 떨렸지만 울지 않기 위해 꽉 물어야 했다.

"그럴 수 있어요. 세상에 김우진이 어디 한둘이야. 동명이인일 수 있지."
"맞아. 당신이 사랑했던 김우진. 우진이가 사랑했던 나재인. 당신… 맞아요."

 충격을 받은 나는 자리에서 일어섰다. 순간 다리에 힘이 풀려 비틀거렸다. 그가 나를 부축했지만 그의 팔을 거세게 뿌리쳤다.

"재인 씨, 잠시만, 잠시만 자리에 앉아요. 내가 다 설명할게요."

 카페 밖으로 나가기 위해 한 발자국을 뗐지만 그 자리에서 그만 까무러쳤던 것 같다. 눈을 떴을 때 나는 응급실에 누워 수액을 맞고 있었다. 두꺼운 털모자를 눌러쓴 힘없는 노인이 제일 먼저 눈에 들어왔다.

"엄마… 갑자기 왜 이리 늙었어….”
"아이고. 눈을 뜨자마자 엄마 걱정이야.”

엄마의 깊어진 주름을 보니 눈물이 터져 나왔다.

"재인 씨 괜찮아요?”

현우 씨가 내 발치에 서서 걱정스러운 눈으로 나를 바라보고 있었다. 그를 잠시 바라보았지만 이내 고개를 돌리고 말았다. 그는 엄마를 대신해 퇴원 절차를 밟고 나를 부축해 방에 눕혔다. 나는 말없이 눈을 감았다. 그는 내 머리칼을 한동안 쓰다듬은 후 말없이 일어섰다. 방을 나서는 그의 등을 보자 말할 수 없는 슬픔이 몰려왔다.

-

그해 4월 나는 엄마와 함께 무안군 몽탄면의 파군교라는 동네로 이사 왔다. 811번 지방도로가 지나고 당호 저수지가 있는 그 동네는 30여 가구가 옹기종기 모여 사는 작지도, 크지도 않은 마을이었다. 우리는 마을에서 조금 벗어나 백련을 키우는 저수지 인근에 위치한 농가를 사들였다. 그리고 이곳으로 이사 오기 전 마을 이장님의 도움을 받아 개보수를 했다. 엄마를 위해 화장실 바닥에 보일러를 깔고 키에 맞춰 싱크대도 새로 짰다. 오래된 집이라 외풍이 심할 것 같아 벽마다 단열재를 보강했다.

병원 응급실에서 나는 그에게 이별을 고했다. 그는 나에게 변명할 기회를 달라고 여러 번 애원했지만 번번이 거절했다. 아마도 진실이 무엇이든 간에 나는 그를 쉽게 용서할 것 같았다. 그의 이야기를 모두 들어줄 것 같았다. 그렇게 될 것을 뻔히 알기에 그에게 여지를 주지 않기로 했다. 그에 대한 내 마음이 사랑이었든, 연민이었든, 그 무엇이든 간에 나는 정리하기로 마음먹었다. 무엇보다 내가 가장 두려웠던 것은 그에게서 우진 선배의 근황을 듣게 되는 것이었다. 그는 한국 어딘가에서 잘 지내고 있음이 분명했다. 그동안 그가 나를 찾지 않았다는 사실에 심장이 칼에 베인 것처럼 아리고 아팠다. 어쩌면 그에게 말 못 할 사정이 생겼었는지도 모른다. 그러나 불행 중 다행히도 나에게는 그에게도, 그의 사촌 형에게도 더 이상 마음을 쓸 여력이 없었다. 지금 당장 해결해야 할 문제는 엄마의 암이었다.

나는 엄마를 살릴 것이다. 엄마의 암과 끝끝내 싸워 이겨 의사에게 이숙자 환자는 완치되었다고, 더 이상 암은 없을 거라고 탕, 탕, 탕 완치선고를 받아 낼 것이다. 그 기간이 몇 년이 되든 상관없다. 그 기간에, 나의 그 계획에, 이제 사랑은 없을 뿐이다.

두 달에 한 번 병원에 가서 정기 검사를 받아야 하는 엄마는 몇 시간 동안 차를 타고 이동해야 하는 서울행을 버거워했다. 다행히 서울의 주치의가 광주의 한 국립대학병원에 있는 암 전문의를 소개해 주었다. 나는 곧바로 무안 읍내 약국에 취직했다. 엄마를 돌봐야 해서 주 3일만 근무하기로 했다. 새로운 곳에 자리잡을 때까지는 한동안 적적할 거라 예상한 것과 달리 시골 생활은 생각보다 분주하게 돌아갔다. 이사를 하자마자 인근 마을에 살던 엄마의 어릴 적 친구가 엄마 소식을 듣고 찾아온 것을 시작으로 사람들의 발걸음이 끊이지 않았다.

우리 모녀에 대한 호기심이 충족될 때까지 마을 사람들은 집 문턱이 닳도록 우리 집을 찾았다. 그들에게는 한 가지 공통점이 있었다. 어느 누구도 빈손으로 우리 집에 방문한 적이 없다는 것이었다. 부추 전을 들고 오는 사람, 토종닭을 삶았다며 냄비째 들고 오는 사람, 감자나 고구마를 가져오는 사람, 늙은 오이를 들고 오는 사람…. 그래서 우리 집에는 늘 자양강장제가 몇 박스씩 쌓여 있었다. 아직은 손님들에게 대접할 변변한 먹거리가 없기도 했고, 마을에서 우리 엄마를 약국 댁이라고 부르니 그에 걸맞게 엄마는 방문객들에게 자양강장제를 여러 병 들려 보냈다. 끈적끈적한 시골 사람들의 인심이 나는 다소 불편했지만 엄마는 사람들의 방문을 무척 좋아했다.

누군가 시골에서의 삶은 잡초와의 전쟁이라고 했던가. 비가 오면 마당에 잡초가 우후죽순으로 자라났다. 마을 사람들은 마당에 핀 잡초를 바랭이라고 불렀다. 비 온 직후에는 흙이 연해 잡초 뽑기 좋았다. 그래서 비가 내린 후에는 이장님이 가져다 준 모자와 밭매기용 전용 의자를 챙겨 풀을 뽑았다. 매번 바랭이 뽑기가 성가시기도 했지만 난 이 잡초가 마음에 들었다. 우리 모녀도 생명력 강한 이 바랭이처럼 파군교에 단단히 뿌리 내리길 바랐다.

 나는 이른 아침이면 늘 집 주변을 산책했다. 서울에서 살 때는 단 한 번도 집 주변을 산책하겠다는 생각이 들지 않았는데 시골로 이사를 오니 저절로 걷고 싶어졌다. 이슬이 축축하게 젖은 풀 위를 걷는 것이 좋았고, 마당 한쪽에 심어있는 배롱나무 이파리에서 청개구리를 발견하는 것이 좋았다. 한번은 모내기가 끝난 논둑을 걷다가 작은 꽃뱀을 발견한 적이 있다. 깜짝 놀라 몸을 움찔거리자 뱀도 놀라 흠칫거리며 움직임을 멈추더니 잠시 후 휘리릭 달아나 버렸다. 사람만 뱀을 무서워한다 생각했는데 뱀도 사람을 보고 놀라는 줄은 그때 처음 알았다. 그 후로 뱀에 대한 무섬증이 자연스럽게 사라졌다. 그러니 더욱 대범하게 이곳저곳을 쏘다니게 되었다. 무엇보다 내가 가장 좋아하는 산책 코스는 파군교가 놓인 저수지였다.

 저수지는 규모가 꽤 크고 깊어 물을 바라보면 두려운 마음이 일 때도 있었다. 하지만 물안개가 어슴푸레 앉은 새벽의 저수지는 애처롭고도 고요해서 보기만 해도 위로를 얻곤 했다. 나의 아버지도 어쩌면 어린 시절, 이 저수지를 보며 자랐을지도 모른다는 생각이 들었다. 당호 저수지를 따라 걸어가면 '파군교'라고 한자로 적힌 작은 다리가 나왔다. 아버지도 이 다리를 건넜겠지. 다리에 서서 바라본 저수지와 파군교 마을의 전경은 눈에 담을수록 순했다. 혈육 하나 없는 고향이었지만 나는 이곳에 강한 유대감을 느꼈다. 산책이 끝날 즈음에는 어김없이 아침을 알리는 수탉의 울음소리가 멀리서 들리고 컹컹, 개 짖는 소리가 이어졌다. 소리의 파장 끝에 저수지의 물비린내와 이름 모를 꽃의 향기가 실려 코끝으로 전해졌다. 엄마처럼 나도, 이곳 파군교에서 하루하루 건강해지고 있었다.

마당에 앉아 땀을 흘리며 제초에 한창이던 6월의 어느 날, 집배원이 들러 편지를 한 통 전해주었다. 나는 제초 작업을 잠시 멈추고 편지를 들고 집 안으로 들어갔다. 갑자기 소나기가 쏟아졌다. 뜨거운 한여름의 시작을 알리는 국지성 호우였다. 편지 겉봉에는 그 사람의 이름이 적혀 있었다.

현우의 편지

재인 씨에게.

나예요. 우진이 사촌 형이지만 나재인을 사랑하고 있는 김현우입니다. 헷갈리지 말라고 내 이름 석 자에 특별히 힘을 주어 적었어요.

당신, 왜 이리 말랐나요. 카페에서 당신이 쓰러진 날 당신을 안아 올리는데 너무나 가벼워 마음이 아팠습니다. 택시를 타고 근처 종합병원 응급실에 가는 동안 당신은 내 품에서 눈물을 흘리더군요. 혼절한 상태였는데도 당신은 우진이의 이름을 부르고 있었어요. 아마도 꿈속에 우진이가 나타났던 모양이에요. 우진을 찾는 당신을 보면서 마음이 찢어지는 고통을 느꼈습니다.

어디서부터 어떻게 이야기를 풀어나가야 할지 한참 고민했습니다. 말주변이 그렇게 좋은 사람은 아니지만 그래도 이 이야기만큼은 당신의 얼굴을 보고 해야 할 것 같았습니다. 그래서 당신이 살고 있는 무안으로 여러 번 내려갔었어요. 몰랐지요? 내가 먼발치에서 당신을 지켜보다가 서울로 올라간 사실을…. 다행히 당신은 시골 생활에 잘 적응하는 듯 보이더군요. 시골 볕에 그을린 얼굴이 꽤 건강해 보여 안심이 됐어요. 그렇게 여러 번 고속버스를 타고 왕복하다 보니 엉킨 실타래가 저절로 풀리듯 해야 할 말들이 정리되더군요. 나에 대한 당신의 실망감, 절망감… 난 다 이해합니다. 이 모든 일은 오랫동안 당신에게 사실을 털어놓지 못한 내 잘못에서 비롯되었습니다.

　우진이 더 이상 앞을 보지 못한다는 사실을 삼촌에게 전해 들었을 때 우진이만큼은 아니지만 나 역시도 참담했습니다. 우진이는 내게 친형제나 다름없으니까요. 아버지가 일찍 돌아가신 후 어머니 혼자 나를 광주에서 키우셨는데 고등학생이 되면서 삼촌의 권유로 서울로 상경해 삼촌 집에서 우진이와 함께 자랐습니다. 지금 내가 살고 있는 집은 재인 씨도 알다시피 삼촌의 집이에요. 그 집에서 유찬이 엄마와 결혼하기 전까지 살았습니다. 삼촌이 미국에 가기 전 이 집을 내놨다는 소식을 듣고 부랴부랴 삼촌을 찾아 설득했어요. 집은 내가 어떻게든 지킬 테니 필요한 치료비는 집을 담보로 대출을 받으라고 말이죠. 그리고 내가 근무하고 있는 은행에서 가장 낮은 이자로 대출을 최대한 받을 수 있도록 노력했습니다. 삼촌은 내 어머니의 동생이고 내 외삼촌이기 전에 아버지와 같은 존재입니다. 삼촌의 이 집에 대한 애정이 어떤지 잘 아는 나로서는 집이 팔리는 걸 도저히 참을 수 없었습니다. 삼촌이 미국에 있는 동안 나는 집을 관리하면서 이자를 갚아 나갔습니다.

 미국으로 떠나기 전, 우진이로부터 당신 이야기를 듣게 되었습니다. 같은 학교의 여학생인데 진심으로 아끼고 사랑한다고요. 하지만 어릴 때부터 불행을 많이 겪었던 그 아이에게 자신의 불행을 옮기기 무섭다고 하더군요. 그 아이의 성격상 자신의 이야기를 들으면 실명한 자신의 인생을 대신해 기꺼이 짐을 질 사람이라고요. 사랑하는 사람에게 짐이 되는 존재가 되니 차라리 죽겠다고까지 말을 하는 녀석을 나는 차마 이해한다고 말하기도 미안합니다. 우진이는 내게 가끔 재인 씨를 지켜봐 주고 어려운 일이 생기면 도와주라고 부탁했습니다. 집을 팔지 말라고 삼촌을 설득할 때 우진이도 적극적이었어요. 아버지에게 이유를 말하지 않았지만 언젠가 재인 씨가 자신을 찾기 위해 이 집에 올 수 있다고 생각했던 모양입니다.

 당신이 그 집 앞에 서 있던 날, 나는 한눈에 당신이 우진이 말한 그 여학생이라는 것을 직감했어요. 당신에게 그 애의 상황을 전할까 고민했지만 우진이가 자신의 이야기를 함구해 달라고 간곡히 부탁했기에 쉬이 말할 수 없었습니다. 비가 내리고 있어 당신에게 우산이라도 주려고 다가갔는데 당신이 내 목소리를 듣자마자 재빠르게 도망쳐 버리더군요. 뒤따라갔지만 당신은 이미 사라졌고 지갑만 덩그러니 길에 놓여 있었습니다. 당신이 우진이에게 쓴 편지는 미국으로 부쳐 주었습니다. 지갑을 들고 학교에 찾아가 볼까 생각했지만 어쩐지 지갑을 집에 보관해야겠단 생각이 들었어요. 그 지갑을 당신에게 직접 전하는 날이 올 것 같았거든요.

식당에서 당신을 만난 것은 정말 뜻밖이었습니다. 언젠가 거래처 직원과 점심을 먹기 위해 들렀는데 그 식당에서 당신이 일하고 있는 걸 우연히 발견했어요. 당신을 먼발치에서 지켜봐 달라는 우진이의 부탁도 있었기에 유찬이를 데리고 매주 토요일마다 그 식당에 방문했습니다. 처음에는 당신이 식당 아르바이트생인 줄 알았습니다. 그런데 1년이 지나도, 2년이 지나도 당신은 늘 그 가게에 머물고 있더군요. 언젠가부터 사장님에게 엄마라고 하는 걸 듣게 되었어요. 나는 우진이에게 당신이 잘 지내고 있으니 걱정하지 말라고 가끔 소식을 전해주었습니다.

당신은 몰랐겠지만, 우진이는 정말 많이 방황했습니다. 미국에 가서 치료법을 찾아 헤맸지만 별 소득은 없었습니다. 우진이는 재인 씨를 무척 사랑했습니다. 하지만 우진이는 자기 자신의 삶도 주체할 수 없었기에 괴로운 날들을 보내야 했습니다. 그래서인지 미국에 돌아온 우진이는 서울에 오는 것을 꺼렸어요. 아무도 자신을 알아보지 못하는 곳에서 살고 싶다고 했지요. 삼촌과 우진이는 우리 어머니 집에서 한동안 같이 살았습니다. 어머니는 내 아버지의 유산이었던 시골의 논 몇 마지기를 팔아 삼촌이 광주에 약국을 차릴 수 있도록 도와주었습니다. 그 후로 우진이는 쭉 광주에서 지내고 있습니다.

　재인 씨가 지금의 어머니를 만나 식당에 정착한 것처럼 우진이는 광주의 한 시각장애인 복지관을 다니며 점차 안정을 찾게 되었습니다. 복지관에서 점자 읽는 법과 쓰는 법을 배웠고, 글을 읽어주는 프로그램도 노트북에 설치할 수 있었어요. 재인 씨도 아시다시피 우진이는 어릴 때부터 영리한 아이였어요. 노트북을 통해 책을 읽게 된 이후로 다시 공부를 시작하겠다고 하더니, 광주에 있는 국립대학교 사회복지학과에 편입해서 사회복지학을 공부하고 2년 후 졸업했어요. 대학 다닐 때 복지관의 추천으로 모 대기업으로부터 안내견을 지원받았는데 그 안내견 때문에 우진이의 우울증도 많이 좋아졌고요. 지금은 그 복지관에서 정직원으로 일하고 있습니다. 우진이에게 여러 번 재인 씨를 만나게 도와주겠다고 했지만 그 녀석은 완강하리만치 거절하더군요. 처음에는 자존심 때문에 그런 줄 알았습니다. 하지만 이제는 우진이의 마음을 알 것 같아요. 그건 그 녀석만의 사랑 방식이었습니다. 당신을 다시 만나 사랑하고, 그 사랑이 생활이 되면 자신이 재인 씨에게 돌봐주어야 할 버거운 상대가 될 거라고 생각한 거예요. 그렇게 될 바에는 차라리 혼자 사랑을 삭히는 법을 선택한 것이지요.

식당에 거의 4년 넘게 드나들면서 한 가지 확실한 사실을 알게 되었습니다. 나재인이라는 여성이 얼마나 특별하고 아름다운 사람인가를 말이죠. 나는 그토록 의연하면서도 품위를 가진 사람을 처음 봤습니다. 우진이가 왜 당신을 그리 아끼고 사랑했는지 잘 알게 되었지요. 당신은 매사에 성실하고, 식당 직원들에게 다정했으며 손님들에게는 공손했습니다. 4년간 한결같이 말이지요.

당신은 기억할지 모르겠지만 한 번은 식당에 나이가 꽤 많은 노숙자가 들어온 적이 있었습니다. 그날따라 사장님은 출타 중이었고 식당의 다른 직원들은 냄새가 고약한 그 할아버지를 쫓아내려 했지요. 그때 당신이 그 노인에게 다가가 귓가에 무어라 속삭였는데 그가 고개를 끄덕이더니 당신을 따라 식당 안쪽으로 들어갔습니다. 잠시 후 당신은 주방에 있는 직원에게 가장 큰 뚝배기에 고기를 가득 담아 달라고 부탁하고 깍두기와 여러 밑반찬을 챙겨 다시 안으로 들어갔지요. 나중에 알았지만 그 안쪽은 당신과 어머니가 살고 있는 살림집이었습니다.

그 할아버지가 밥을 다 먹고 식당문을 나설 때 당신이 음식을 포장한 봉지를 그에게 건네주는 걸 봤어요. 그런 일련의 과정에서 당신은 당신이 하는 선행에 대해 전혀 의식하지 않고 있는 듯했고요. 당신은 그저 다른 손님들과 똑같이 대했을 뿐이라 생각했겠죠. 그 후로 나는 식당에 갈 때마다 당신을 더욱 유심히 관찰했어요. 그러자 당신이라는 사람이 명확하게 보이더군요.

당신은 당신의 어머니와 아프리카로 떠난 선교사 부부를 늘 부러워하고 칭찬했어요. 다른 이들의 삶을 위해 자신의 삶을 희생하는 사람들이 갖는 숭고함에 대해 당신은 늘 감탄했지요. 하지만 난 오히려 당신이 더 대단하다고 생각해요. 당신은 피 한 방울 섞이지 않은 중년의 부인을 온 마음을 다해 사랑할 줄 알고, 사람들이 꺼리는… 어린아이에게도 편견 없이 애정을 주는 사람이니까요. 내가 가장 절박했던 순간에 당신은 그 어떤 보상도 바라지 않고 나를 도왔습니다. 우리 집 화단에 피어나는 목련처럼 당신은 순백의 영혼을 지닌 사람입니다.

당신에 대한 나의 지대한 관심은 시간이 지나면서 연정으로 바뀌었습니다. 정말이지 나도 모르는 사이에 일어난 마음이에요. 하지만 나는 당신에게 감히 다가갈 수 없었습니다. 나는 우진이의 사촌 형일 뿐만 아니라 유찬이라는 큰 업보도 지니고 있었으니까요. 그래요. 솔직하게 말하겠습니다. 나는 유찬이를 사랑하면서도 그 아이가 주는 삶의 무게가 꽤 무거웠습니다. 당신을 만나기 전까지 말이죠. 유찬이를 처음 맡긴 날 당신이 아이를 품에 안고 잠든 모습을 보고 나는 한숨도 잘 수 없었습니다.

당신이 아무리 우진이의 연인이었다 해도 당신이라는 사람을 알게 된 이상 사랑에 빠지는 것은 거의 불가항력에 가까웠습니다. 당신을 만날 때마다 점점 더 깊어져 가는 마음을 다스리기 위해 내가 얼마나 많은 밤을 지새웠는지 당신은 상상조차 할 수 없을 겁니다. 때때로 당신이 내게 미소를 보여 줄 때면 우진이에 대한 죄책감마저 마비되어 버리곤 했습니다.

 지난해 봄, 벚꽃을 보러 갔던 날, 당신이 너무나 사랑스러워 당장이라도 내 품에 안고 입을 맞추고 싶었던 그날 밤, 나는 도저히 내 마음을 억누를 수 없었습니다. 그렇지만 한순간의 충동으로 당신에게 고백한 것은 아닙니다. 나는 매일 밤 당신에게 내 마음을 고백하는 상상을 하곤 했습니다. 당신이 부디 내가 서 있는 식당 앞으로 나오기를 바라면서도 나는 거짓말을 하였습니다. 그저 이렇게 머물다 돌아갈 테니 나오지 말라고 말입니다. 하지만 놀랍게도 당신은 내 눈앞에 나타났습니다. 순간 용기가 샘솟았습니다. 당신이 내 입술을 거절하지 않았을 때를 생각하면 지금도 심장이 터질 것만 같아요.

 하지만 나는 이제 이 마음을 접어야 할 때가 왔음을 알고 있습니다. 우진이에게 곧 그간 있었던 일들을 가감 없이 이야기할 예정입니다. 솔직히… 당신이 놀이동산에서 만난 사람이 내가 아니라 삼촌과 우진이었다는 사실이 원망스러웠습니다. 당신과 우진이의 운명 사이에서 나는 그저 훼방꾼인 것 같은 기분이었거든요. 두 사람의 사랑을 응원한다고 말하기에는 아직 내 마음이 어렵습니다. 하지만 이렇게 다 털어놓으니 한편으로는 홀가분한 마음도 드네요. 이런 나의 고백이 오히려 당신을 더 힘들게 하는 건 아닐까, 조금 염려도 됩니다.

당신이 없으니 서울이 텅 빈 것처럼 허전합니다. 가끔 집 옥상에 올라가 무안이 있는 남쪽 하늘을 바라볼 때가 있습니다. 당신이 머물고 있는 파군교로 당장이라도 달려가고 싶지만 차마 그럴 수 없네요. 비록 당신에게 정직하지 못했더라도 내 감정만큼은 진실했습니다. 그대를 사랑했습니다. 지금도 내 온 마음을 바쳐 그대를 사랑하고 있어요.

2004년 7월 4일
서울에서 김현우

조우

광주에 있는 복지관에 가기 위해 약국에 휴가를 냈다. 광주 지리는 잘 모르지만 복지관은 엄마가 정기적으로 다니는 국립대학병원에서 멀지 않은 곳에 위치해 있었다. 읍내 시외버스터미널에서 고속버스를 타고 광주 터미널에 내렸다. 평일이지만 생각 외로 터미널은 사람들로 붐볐다. 나는 터미널 안에 있는 빵집에 들러 커피를 샀다. 마음을 가라앉히기 위해 커피를 마셨는데 생각해보니 카페인이 과연 도움이 될까 싶었다. 다 마신 커피잔을 내려놓고 복지관으로 향하는 시내버스에 올랐다. 갑자기 심장이 쿵쾅거렸다. 손바닥에 땀이 배어 버스 손잡이를 잡은 손이 자꾸 미끄러졌다.

 복지관에 도착하니 점심시간이 다 되어 있었다. 복지관 1층 로비를 돌아보며 가장 구석진 자리를 찾았다. 한여름의 열기로 밖은 찜통이었지만 복지관 내부는 무척 시원했다. 때마침 점심을 먹으러 복지관 직원들이 하나둘 로비로 내려왔다.

 탁탁 탁탁

 어디선가 바닥을 치는 소리가 들렸다. 그 소리가 가볍고 경쾌

해서 저절로 귀를 집중시켰다. 나는 소리가 나는 방향으로 고개를 두리번거렸다. 어떤 남자가 가늘고 흰 막대기를 바닥에 규칙적으로 때리며 걸어 나오고 있었다. 그 사람을 본 순간, 숨이 멈췄다. 우진 선배였다. 선배가 분명했다. 선배는 동료로 보이는 사람들과 함께 이야기를 나누며 로비 광장으로 천천히 걷고 있었다. 선배 옆에는 누런 털을 가진 잘생긴 레트리버가 졸졸 따라다녔다. 레트리버는 안내견이라 써진 형광색 조끼를 입고 있었다.

"우진 씨는 오늘도 약국 가시죠?"
"네. 식사 맛있게 하세요."
"오늘 저녁에 회식 있는 거 알죠? 회식은 빠지면 안 돼요."
"그럼요."

선배의 동료들은 지하층으로 내려갔고 선배는 출입문 쪽으로 걸어갔다. 하지만 한 동료만은 헤어진 자리에 서서 선배를 눈으로 좇고 있었다. 선배가 출입문을 열고 나가자 동료는 뒤돌아서서 지하로 뛰어 내려갔다. 붉은 곱슬머리를 포니테일로 묶은 그 아가씨는 아마도 선배를 좋아하는 모양이었다. 선배를 바라보는 눈빛에서 애절함을 보았기 때문이다. 나는 피식 웃음이 나왔다. 언제나 인기남이었지. 우진 선배.

 나는 조용히 선배를 뒤따랐다. 혹시나 선배가 길을 걷다가 물건이나 사람에 부딪힐까 봐 조마조마했지만 선배는 능숙하게 길을 걸었다. 도로에 턱이 나타나면 잘생긴 레트리버 안내견이 멈춰 섰고, 선배는 그 신호에 따라 들고 있던 막대기로 장애물을 확인했다. 횡단보도에서도 선배는 그 누구의 도움 없이 길을 건넜다. 멀리서 보면 그저 개를 데리고 산책하는 사람으로 보일 정도였다.

 복지관에서 십여 분 걸어가던 선배는 한 약국으로 들어갔다. 아마도 선배 아버지의 약국일 것이다. 그리고 그의 아버지는 내가 미아가 되어 울고 있을 때 나를 구해준 바로 그분일 것이다. 나는 약국이 보이는 맞은 편 카페로 들어갔다. 뜨거운 아메리카노를 한 잔 주문하고 약국이 보이는 곳에 자리를 잡았다. 그리고 그곳에서 한참 멍하니 약국만 바라보았다.

 지금 당장 약국에 들어가 선배 이름을 부르고 싶었다. 하지만 차마 그럴 수 없었다. 갑작스러운 나의 출현을 선배가 기뻐할지, 당황할지, 아니면 슬퍼할지… 가늠할 수 없었다. 지금보다 좀 더 어린 나였더라면 이런 고민 없이 그저 달려가 선배에게 매달렸을 것이다. 하지만 지금은 다르다. 그저 선배가 건강하게 살아주고 있어 다행이었다. 하지만 선배를 보면 가슴이 아픈 건 어쩔 수 없었다. 커피를 앞에 두고 흐느끼며 울고 있는 한 여자를 선배는 이제 영영 눈으로 볼 수 없다는 사실을 나도 받아들이기 어려운데, 선배는 이 기막힌 현실을 인정하기 위해 그동안 어떤 고통을 견뎌왔을까 생각하면 억장이 무너져 내렸다. 그와 동시에 그가 미웠다. 그가 감당했었을 모든 고통과 슬픔에서 나는 왜 배제되어야 했는지 이해할 수 없었다. 커피가 채 식기도 전에 나는 카페를 뛰쳐나왔다. 돌아오는 버스 안에서 나는 하염없이 울었다.

　선배를 멀리서 지켜보던 뜨거운 계절은 어느새 겨울로 바뀌었다. 남쪽의 겨울은 북쪽인 서울보다 조금 더 온화할 줄 알았는데 꼭 그러지만도 않았다. 여름과 가을 내내 짙었던 녹음들이 들판의 바람을 막아 주고 있다는 걸 황량한 겨울이 되어서야 알게 되었다. 앙상한 나뭇가지들과 횅하게 비어버린 들판은 더 이상 바닷가로부터 불어오는 차가운 바람을 막아 주지 못했다. 추위에 약했던 나는 연신 감기에 걸렸다. 한겨울 내내 몸살을 앓다 보니 누가 투병 생활 중인지 헷갈릴 지경이었다.

　겨울이 끝나 갈 무렵 현우 씨가 나를 찾아왔다. 그는 우진 선배에게 모든 이야기를 들려주었다고 했다. 우진 선배는 내가 이곳 무안에 살고 있다는 걸 알고 있었다. 지난여름 광주에서 본 선배의 얼굴은 안온해 보였다. 그가 그런 안온함에 이르기까지 얼마나 많은 고통을 견뎌냈을지를 생각하면 함부로 그 평온함에 끼어들 수 없었다. 내 소식을 들었으니 그가 용기를 내주길 바랐다. 선배가 스스로 둘러친 껍데기를 스스로 깨기를 나는 기다렸다.

　하지만 선배로부터 여전히 아무런 소식이 들리지 않았다. 선배는 나를 떠나겠다고 결심한 때로부터, 그러니까 아주 오래전부터 이미 나와의 결별을 결심했던 것이리라. 나는 이제야 비로소 진짜 결별을 시작한 셈이지만 말이다. 이제껏 선배가 나를 버렸다고, 나는 버림을 받았다고만 생각했었다. 하지만 이제는 내가 의지를 가지고 결별의 주체가 되어야 했다. 슬픔이 지나치면 몸이 아픈 법이다. 나는 겨우내 이별의 고통을 치러 내고 있었다. 내 옆에 돌봐야 할 엄마가 없었더라면 나는 많이 무너졌을 것이다.

-

 지리멸렬하던 겨울이 이제 끝나가려는 찰나, 엄마의 암이 재발했다. 나는 서둘러 아프리카로 소식을 전했다. 엄마도 더 이상 고집을 부리지 않았다. 아프리카의 다섯 가족은 그곳의 생활을 정리하고 곧장 귀국했다. 파군교의 작은 촌가가 갑자기 시끌벅적해졌다. 세 명의 조카들은 하늘에서 내려온 천사이자 악마들이었다. 조카들은 시골에 내려오자마자 파군교 마을을 장악해 버렸다. 장난이 심한 아이들은 하루가 멀다고 마을에서 사고를 쳤다. 마을 사람들은 아이들의 장난 때문에 골머리를 앓을 정도였고 심지어 이장님 주재로 회의까지 열렸다.

 연약하고 수줍음 많던 예은은 강한 여전사가 되어 돌아왔다. 송아지 꼬리를 잡고 흔들어 대고, 겨울 배추밭에 들어가 배추를 박살 내고, 창고에 저장된 사과를 몰래 훔쳐 먹는 아이들을 보니 예은이 왜 아마조나가 되어 돌아왔는지 이해가 됐다. 한승원 선교사는 파군교에서 멀지 않은 작은 교회에 담임 목사로 부임했다. 오랫동안 아들과 떨어져 지내던 엄마는 수십 년 치 상을 한꺼번에 받는 기분이라고 했다. 한 명이 다섯 명이 되어 엄마를 단 하루도 지루하게 만들지 않았기 때문이었다. 엄마는 진심으로 행복해했다. 다시 시작된 항암치료로 고달플 텐데 세 명의 장난꾸러기 손주들 덕분에 엄마는 어느 때보다 활기에 차 있었다. 하지만 일곱 명이 지내기에는 시골집은 작았다. 그래서 나는 독립을 선언했다.

"오빠, 저 읍내에 방을 알아보고 있어요."

"왜? 우리가 불편하니?"

"아니요. 불편할 리가요. 집이 좁으니까. 저 작은 방에 오빠랑 다섯 식구들이 지내고 있잖아요. 내 방을 아이들 방으로 만들어 주세요."

"애들은 할머니랑 같이 자는데 뭘."

"아휴. 애들 잠버릇이 고약해서 엄마가 밤에 몇 번을 깨는지 몰라요."

"하긴 그렇긴 하다."

"엄마 아직 몸이 약하니까, 아무래도 아이들과 잠은 떨어져 자는 게 맞는 것 같아요."

"나도 그렇게 생각은 하고 있다."

"안 그래도 여기에서 약국까지 출퇴근 좀 힘들었어요. 알죠? 버스 한 시간에 한 대씩 오는 거."

승원 오빠는 잠시 생각에 잠겼다.

"재인아."

"네, 오빠."

"서울로 가거라."

"네?"

"너 아직 이십 대에 꽃다운 청춘이야. 젊은 애를 이런 시골에 계속 두는 거 아닌 것 같아."

"서울로 가면 엄마 자주 못 보는데요."

"꼭 서울이 아니어도 좋아, 너도 이제 자유를 누렸으면 해."

"저 지금도 충분히 자유인이에요. 오빠."

"이 녀석아. 청춘은 한번 가면 절대 돌아오지 않아. 오빠는 말이야. 재인이 너에게 늘 빚진 기분이었어. 내가 아프리카에 가서 마음껏 봉사하면서 생활할 수 있던 것도 사실 네가 엄마 옆을 지켜줬으니 가능했던 거야. 오빠가 네게 경제적으로 큰 도움을 주지는 못하지만 시간은 어떻게든 벌어 줄 수 있을 것 같아. 오빠처럼 너도 마음껏 네가 살고 싶은 대로 살아보게 시간을 주고 싶어."

"저 엄마랑 살아서 너무 행복해요."

"그럼, 알지 네 마음. 다 알아. 그냥 오빠 마음이 편칠 않아서 그래. 오빠에게 기회를 좀 줄래. 엄마에게 그간 못했던 효도할 수 있는 기회, 그리고 네가 마음껏 자유롭게 날아다닐 수 있는 기회 말이야."

오빠의 진심 어린 조언은 내 마음을 움직였다. 나는 미처 거기까지 생각해보지 못했다. 오빠 말이 옳다. 오빠에게도, 나에게도 기회를 주는 것이 맞다. 그러나 시골 생활을 정리하기로 마음을 먹었지만 어디로 가야 할지 판단이 서질 않아 한동안 갈팡질팡했다. 예은은 광주에 가는 것이 어떻겠냐고 제안했지만 용기가 나지 않았다. 엄마는 유찬 아빠가 있는 서울로 돌아가라고 했다. 오랜 고민 끝에 나는 서울행을 택했다.

엄마는 터미널에서 배웅하는 내내 눈물을 훌쩍였다. 엄마 옆에는 든든한 아들과 천사 아니, 전사 같은 며느리, 사랑스러운 손주가 셋이나 있다. 나는 엄마 걱정은 하나도 되지 않았고 실제로도 엄마에게 그렇게 이야기했다.

"엄마, 자주 내려올게요. 내 걱정 너무 하지 말고."

"오냐. 내 딸. 아무리 바빠도 밥은 꼭 챙겨 먹어야 한다. 엄마가 네가 좋아하는 반찬 택배로 부치마."

"엄마 몸도 안 좋으면서…. 아니야, 엄마. 반찬 많이, 많이 만들어서 보내 줘. 하나도 안 버리고 다 먹을 거야."

"그래. 꼭 그래야 한다."

서울로 올라가기 전 승원 오빠가 미리 집을 알아봐 주어 간단한 짐들은 이미 새집으로 부친 상태였다. 나는 엄마의 가게가 있던 동네에서 다시 둥지를 틀기로 했다. 터미널에 도착한 후 어디로 가야 할지 잠시 방황했다. 이사 갈 집으로 곧장 갈 수 있지만 그쪽으로 발걸음이 떨어지지 않았다. 조치원에서 처음 서울로 상경했던 날이 떠올랐다. 그날도 나는 어디로 가야 할지 막막했지만 갈 곳은 딱 한 군데뿐이었다. 지하철을 타고 내가 다니던 대학교로 향했다. 카페 칸타타는 더 이상 그곳에 없을 테지만 그 골목이 너무나 그리웠다. 그 시절, 혼자이고 외롭고 불행하다고 생각했던 그 시절이 지금 와서 돌이켜 보니 가장 찬란하고 아름다운 시절이었음을, 왜 그때는 몰랐을까.

지하철에서 내려 학교로 이어지는 길을 천천히 걸었다. 4월 초순이었지만 서울의 공기는 아직 쌀쌀했다. 대학생으로 보이는 젊은 청춘들이 분주하게 오가고 있었고, 이제 막 꽃망울을 틔우기 시작한 목련은 담장 밖으로 고개를 내밀고 있었다. 시골의 참새도, 서울의 참새도 짹짹거리기는 매한가지였다. 학교로 향하는 길을 걸으며 문득 후회가 밀려왔다. 나는 왜 그리도 대학생활을 힘들어했던 걸까. 조금만 스스로에게 관대했더라면 그 시절을 훨씬 행복하게 보냈을 텐데…. 한번 지나가면 다시 오지 않을 청춘의 때에 나는 왜 운명을 탓하며 그늘만을 찾았을까….

그렇게 추억을 하나하나 되새기며 걷다 보니 어느새 익숙하고도 그립던 골목에 들어서 있었다. 고개를 들어 찬찬히 골목을 훑었다. 그리고 잠시 후 내 두 눈을 의심해야 했다!

카페 칸타타가 있던 그곳에, 그 자리에, '카페 칸타타'라는 간판이 다시 걸려 있던 것이다. 대학 생활을 마칠 때까지만 해도 여기는 언제나 다른 카페였다. 여러 번 상호는 바뀌었지만 카페 칸타타라는 이름은 다시 볼 수 없었다. 심장이 쿵쿵거렸다. 심박동 수가 너무 빨라져 피가 거꾸로 솟구치는 기분마저 들었다. 나는 마치 신입생 나재인처럼 카페를 향해 뛰어갔다.

딸랑-

카페 출입문을 열자 예전 그대로 방울 소리가 났다. 구수한 원두의 향기가 나고 클래식 음악이 흘러나왔다. 실내에는 손님들이 여럿 앉아 있었고 카운터에는 카페 칸타타라고 적힌 초록색 앞치마를 입은 직원이 서 있었다.

설마… 아니겠지. 설마…….

나는 잔뜩 기대했다가 실망할까 봐 애써 상황을 부인하고 또 기대하기를 반복하며 누군가를 찾아 두리번거렸다. 바로 그때였다.

"재인?"

내 이름을 부른 사람은 다름 아닌 선우 사장님이었다. 사장님을 보는 순간 나도 모르게 그에게 달려가 와락 안았다.

"사장님. 너무너무 보고 싶었어요."
"재인이… 정말 왔구나."
"이게 어떻게 된 일이에요? 필리핀에서 언제 오셨어요? 아주 오신 거예요? 수연 사장님은요? 사모님은 어디 계세요?"
"재인아, 잠깐 숨 좀 쉬고 말해."
"빨리요. 빨리 다 말해주세요."
"그건 있다가 다 말해줄게. 지금은 네가 갈 데가 있어."
"지금요? 어디로요?"
"옥탑방."

사장님의 말에 어리둥절했지만 일단 사장님의 말을 따랐다. 낡았던 시멘트 계단에는 미끄럼을 방지하는 매트가 깔려 있었고 경사도 더 완만해져 있었다. 간판을 보자마자 급하게 들어오느라 미처 몰랐는데 지금 둘러보니 건물 전체가 리모델링을 해

구석구석 깨끗하고 화사해져 있었다. 건물 옥상으로 올라가자 내가 살았을 때 놓여 있던 평상 대신 흰색 철제 테이블과 의자가 보였다. 옥상 한쪽 벽에는 크고 작은 화초들이 가지런히 놓여 있었고 테이블 옆에 놓인 커다란 파라솔이 그늘을 만들어주고 있었다. 옥탑방은 새로 수리를 한 모양이었다. 간이 컨테이너였던 옥탑방은 시멘트벽으로 바뀌어 있었고 출입구도 더 넓었다.

옥탑방 안쪽에서 음악 소리가 흘러나왔다. 그리고 낯익은 레트리버 한 마리가 나를 보더니 꼬리를 살랑살랑 흔들었다. 사람을 발견한 레트리버가 약간 낑낑대자 안쪽에서 목소리가 들렸다.

"왜, 누가 왔니?"

그토록 그리워하던 음성에 나는 아무런 말도 할 수 없었다.

"누구세요?"

예전과 달라진 것이 없는 그의 부드러운 음성에 나는 웃음이 났고 동시에 눈물이 났다. 그가 연신 "누구세요?"라고 말하며 출입구로 더듬더듬 나올 때도 나는 말없이 눈물을 흘리며 서 있었다. 햇살을 등진 그의 얼굴이 서서히 선명해져 갔다.

 또각, 또각.

 천천히 그에게 다가가자 그의 얼굴에는 긴장과 설렘이 번갈아 교차했다. 안내견이라 쓰인 형광색 조끼를 입은 레트리버는 꼬리를 흔들어대며 나를 얌전히 바라보았다. 한쪽 손으로 반려견의 머리를 쓰다듬는 그의 시선은 초점 없이 허공을 바라보고 있었지만 그 어느 때보다 반짝거렸다. 그의 앞에 성큼 다가선 나는 팔을 뻗은 후 오른손으로 그의 뺨을 어루만졌다. 가까이서 보니 그의 볼에 눈물이 흐르고 있었다. 그가 손을 뻗어 내 얼굴을 더듬고, 내 눈물을 만졌다.

"아… 재인, 나의 재인아."

 나는 두 팔을 그의 목에 두르고 부드럽게 입을 맞췄다. 우리 두 사람은 말없이 길고 긴 키스를 나누며 서로의 존재를 확인하고 또 확인하고 있었다.

에필로그

광주에 살게 된 후로 오랫동안 깊은 우울감에 빠져 있었다. 무기력한 날들이었다. 나이 드신 아버지가 약국을 다니며 홀로 나를 건사했다. 그때 잠시 고모와 살았지만 고모는 직장인이었기에 나를 돌볼 여력은 없었다. 그래서 점심시간이 되면 매번 내 끼니를 챙기러 오는 아버지를 위해서라도 나는 오랜 우울에서 벗어나고 싶었다. 하지만 스스로 밥도 차려 먹지 못하는 나 자신이 버러지 같아 죽고 싶을 때가 더 많았다. 그런 내 심경을 눈치채셨던 걸까. 아버지는 집에서 가까운 곳에 약국 자리가 났다며 고모의 도움을 받아 그 약국을 재빨리 인수했다.

　인수한 약국 근방에는 3층으로 된 시각장애인 복지관이 있었다. 아버지는 내게 복지관에서 운영하는 시각장애인을 위한 교육 프로그램에 다니라고 간절히 부탁했다. 그렇게 그곳에서 시각장애인으로 생활하는 법을 배우기 시작했다. 복지관의 직원들은 모두 친절했다. 나를 담당하는 복지사가 두 번째로 복지관을 방문한 날 내게 시각장애인용 케인(지팡이인데 보통은 케인이라고 부른다)을 선물해 주었다. 나와 처지가 비슷한 사람들과도 자연스럽게 교류하게 되었다. 그들이 먼저 내게 다가와 자신의 고통과 감정을 공유했다. 빗장을 단단히 걸어 두었던 나는 서서히 사람들에게 마음의 문을 열기 시작했다. 그렇게 몇 달이 지나자 나는 어느새 점자를 읽고 쓸 수 있었다. 때마침 시각장애인용 컴퓨터 음성인식 프로그램이 보급되기 시작했고 나 역시 노트북에 그 프로그램을 설치했다. 누구의 도움 없이 글을 읽고 들을 수 있게 되면서 자신감을 점차 찾아갔다. 그렇게 세상과 아주 조금씩 소통하고 있었다.

때때로 재인이 그리워 참을 수 없는 날도 있었다. 그런 날에는 삐삐에 메시지 없는 메시지를 남기곤 했다. 그녀에게 내 소식을 전할 용기는 없었지만 내 존재는 알리고 싶었던 것 같다. 나 여기에 살아 있노라고…. 너를 잊지 않았노라고…. 나도 너처럼 너를 무척이나 그리워하고 있다고…. 말로 표현하지 않더라도 재인이 알아주기를 은연중에 기대했다.

현우 형이 우연히 재인이를 식당에서 발견했다는 소식은 오랜 가뭄 끝에 내린 단비 같았다. 재인이가 나의 우려와 달리 씩씩하게 잘 지내고 있다는 소식을 들으면 의미 없던 일상을 조금은 견딜 수 있을 것 같았다. 그녀는 우리 집이 있던 그 동네의 식당에서 일하고 있었다. '재인이가 그곳에서 나를 기다리고 있는 것은 아닐까.'라고 생각할 때면 가슴이 미치도록 뛰고 아렸다. 말라버린 관목 같던 내 일상에 가랑비가 조금씩 내리더니 죽은 줄 알았던 가지에 새순이 돋아났다. 나에게 비로소 목표가 생겨난 것이다.

목표! 목표란 참으로 인간을 인간답게 만드는 수단이다. 육체의 생존을 위해 공기와 물이 필요하듯 영혼이 숨을 쉬려면 삶에 목표가 있어야 한다는 걸 시각을 잃고 나서야 뼈저리게 깨달았다. 나는 언젠가 재인의 앞에 다시 서게 될 날을 만들기 위해 목표를 설계하기 시작했다. 우선 직업을 갖기로 결심했다. 국가에서 운영하는 모든 복지관은 정부 정책에 따라 일정 비율로 장애인을 고용해야 했다. 나는 광주의 국립대학 사회복지학과에 편입해 2년 만에 결국 졸업장을 따냈다. 비록 장애인 전형이었지만 졸업 직전 복지관에 공채로 합격했다. 그러나 재인 앞에 서기에는 여전히 나 자신이 초라하게 느껴졌다. 자신이 없었다.

복지관에 채용되던 시기에 재인 역시 취업이 된 사실을 형이 알려주었다. 형이 아니었다면 나는 재인이의 소식을 알 길이 없다. 형은 고맙게도 오랫동안 재인이를 바라보는 나의 눈과 귀가 되어 주었다.

　나의 두 번째 목표는 시나리오 작가가 되는 것이었다. 낮에는 복지관에 근무했지만 밤이 되면 영화 시나리오를 썼다. 영화감독이 되지는 못하더라도 내 꿈에 어느 정도 근접한 모습을 재인에게 보여주고 싶었다. 재인이가 일하던 식당 사장님과 법적으로 모녀 관계가 되었고 그 식당 사장님이 재인이의 부모님을 전부터 잘 알고 있었으며, 재인의 가장 친한 친구였던 수습 수녀가 그의 아들과 결혼하여 아프리카에서 봉사활동 중이라는 사실을 현우 형에게 들었을 때, 소설보다 더 소설 같은 이야기라는 생각이 운명처럼 스쳤다. 그 이야기를 뼈대로 잡자 시나리오는 술술 써졌다.

　형이 이렇게 자세히 재인이의 소식을 알고 있는 것이 의아하기는 했지만 말주변이 적은 형이 이런 시시콜콜한 사연을 알아내기 위해 얼마나 노력했을지를 어렴으로 짐작할 따름이었다. 형이 고해성사를 하기 전까지는 말이다. 나는 형이 재인을 사랑하게 될 줄은 상상도 하지 못했다. 형은 어렸을 때부터 엉큼한 놈이었다. 대학을 졸업하기도 전에 여자친구를 임신시켜 결혼한 남자가 아니던가. 그런 형에게 재인이를 맡겼다니…. 나도 참 생각이 짧았다. 어릴 때부터 형과 나는 장난감이나 옷, 좋아하는 여자 연예인까지 취향이 똑같았다. 고양이에게 생선을 맡긴 셈이었다.

  내가 근무하는 시각장애인 복지관에는 오디오북 사업이 있다. 자원봉사자를 모집하여 약 10주간 성우 전문교육을 한 후 자원봉사자들의 음성으로 책을 녹음하는 사업이었다. 나도 종종 그 오디오북을 대여해 책을 읽었다. 자원봉사자는 생활과 시간에 여유가 있는 중년의 여성들이 대부분이었다. 그래서 어떤 20대의 젊은 여성이 녹음한 오디오북은 우리 복지관 직원들에게 꽤 화제였다. 나이가 많은 분들은 성대가 약해 천 페이지가 넘어가는 두꺼운 책을 녹음하는 데 무리가 있었다. 그런데 한 젊은 봉사자 덕분에 우리 복지관에서 드디어 밀턴의 《실낙원》이나 멜빌의 《모비딕》과 같은 두꺼운 책을 오디오북으로 만들어 낸 것이다. 전국에서도 최초로 녹음된 오디오북이었기에 복사본을 여러 편 만들어 전국의 복지관에 배포하였다.

  하지만 그 책들은 사실 별로 인기가 없었다. 오디오북을 만들어 대여목록에 넣어두었지만 한 달이 지나고 두 달이 지나도 대여해 가는 사람이 없었다. 일반인과 마찬가지로 시각장애인들도 가벼운 로맨스나 스릴러 소설을 좋아한다. 나라도 그 책을 읽어야 할 것 같은 책임감에 《실낙원》을 대여했다. 주말이 낀 크리스마스 연휴 3일 내내 나는 그 책을 완독할 계획이었다. 그리고 오디오북이 담긴 테이프를 처음으로 재생했을 때, 손에 들고 있던 잔을 떨어뜨리고 말았다! 책의 제목을 읽는 젊은 여인은 분명 내가 그토록 그리워하던 나의 사랑, 재인이었다.

다음날 복지관에 출근하자마자 자원봉사관리팀 담당자에게 오디오북 자원봉사자 명단을 요청했다. 나재인, 만 스물여섯, 전남 무안 거주…. 놀랍게도! 재인이 확실했다. 내가 일하는 공간에 재인의 흔적이, 재인의 자취가 나도 모르게 남겨져 있었다는 사실에 전율이 흘렀다. 더구나 서울에 살고 있을 줄 알았던 재인이 광주와 가까운 무안에 살고 있다고 생각하자 갑자기 그녀가 손에 잡히는 것 같은 착각마저 들었다. 내가 이곳에서 근무한다는 사실을 재인은 분명히 알고 있었을 것이다. 언제부터였을까. 내가 이곳에 근무하고 있다는 사실을 언제부터 알게 되었을까. 형이 말해준 것일까. 녹음을 위해 매주 이곳을 다녀갔을 그녀를 나는 단 한 번도 알아보지 못했다. 아…. 눈앞에서 자신을 알아보지 못하는 나를 보며 재인은 무슨 생각을 했을까. 얼마나 가슴이 아팠을까. 그 생각을 하면 지금도 누군가가 내 심장을 손으로 꽉 쥐어짜는 것처럼 답답하다.

새해가 되고 얼마 지나지 않은 날이었다. 현우 형에게 전화가 왔다.

"나, 로비에 와 있다."

복지관 로비에서 만난 형은 반갑게 인사하는 듯했지만 목소리에서 심상치 않다는 걸 감지할 수 있었다. 불현듯 얼마 전에 자원봉사자 관리를 담당하는 직원이 내게 한 말이 떠올랐다. 그 직원에게 재인에 대해 넌지시 물으면 그는 미주알고주알 재인의 소식을 잘 알려주곤 했다. 그런 그가 몇 달 동안 근면하게 봉사를 해오던 재인이 최근 발길이 뜸하다고 했던 것이다. 설마, 그녀에게 무슨 일이 생긴 것은 아닐까….

"형, 무슨 일 있어? 혹시… 재인이에게 무슨 일… 생겼어?"

형은 내 질문에 대답하는 대신 내가 열한 살 때 아버지와 놀이
동산에 갔고 그곳에서 길을 잃은 어린 여자아이를 도와준 걸 기
억하느냐고 물었다. 나는 그 일을 어렴풋하게 기억하고 있었다.

"가물가물하지만 기억은 나. 그런데 그건 왜?"

"그 아이가 바로 재인이야."

"뭐라고?"

　깜짝 놀란 내가 약간 격앙된 목소리도 대답하자 내 옆에 엎드
려 있던 반려견이 놀라 벌떡 일어났다. 나는 오른손으로 그 녀
석의 머리를 살살 어루만지며 괜찮다고 안심시켜 주었다. 하지
만 어루만지는 내 손길은 미약하게 떨리고 있었다. 겉으로는 애
써 차분하게 굴었지만 속으로는 발을 동동 구르며 큰 소리로 외
치고 있었다. 재인이와 내가 어린 시절에 이미 만났었다고? 우
리 아버지 손을 잡고 파출소에 함께 간 그 가여운 여자아이가
재인이었다고? 놀라움과 함께 커다란 기쁨이 몰려왔다. 하지만
잠시뿐이었다. 크게 한숨을 내쉬던 형이 충격적인 사실을 털어

났기 때문이다.

 형이 재인이를 사랑하게 되었다고 고백했다. 심지어 재인이도 그 사실을 알고 있다고 했다. 그리고 곧바로 나에게 미안하다고도 말했다. 그는 나에 대한 죄책감으로 무척 괴로워했다. 사람을 사랑하는 일이 의지로 어찌할 수 없다는 걸 누구보다 잘 아는 나였지만 형의 고백에 화가 나는 것 역시 어쩔 수 없었다. 하지만 이상하게도 길길이 날뛰며 분노하거나 이성을 잃을 만큼 화가 나지는 않았다. 난 아마도 일이 이렇게 될 것이라고 예감했던 것 같다. 어쩌면 형이 재인이를 좋아하게 될 수도 있지 않을까…라고 말이다. 좋은 남자라면 분명 재인이를 알아볼 것이 분명했기 때문이다. 내가 아는 현우 형은 언제나 좋은 사람이었다. 형의 고백을 덤덤하게 듣고 있던 내게 형은 마지막으로 당부하는 것도 잊지 않았다.

"재인 씨는 여전히 너를 잊지 못하는 것 같아. 네가 계속 재인 씨를 만나지 않겠다고 고집부린다면… 네가 재인 씨를 행복하게 해주지 않는다면, 그때는… 내가 그 자리를 대신해도 될까?"

형이 돌아간 날 공교롭게도 시나리오 공모전에도 탈락하고 말았다. 아… 조금만 더 일찍 계획을 세웠더라면…. 내가 내 불행에 이렇게 오래도록 침잠해 있지 않았더라면…. 형이 재인이를 사랑하기 전에 내가 당당히 재인이 앞에 나섰더라면…. 왜 좀 더 빨리 정신을 차리지 못했을까, 극심한 후회가 몰려왔다. 복지관에 취업하고 한동안 씩씩하게 지내던 나는 다시 침울한 남자가 되어버렸다. 깊은 우울감과 낭패감에 빠진 나는 사람을 만나는 일도 글을 쓰는 일도 멀리하게 되었다. 복지관에서도 내가 말 수가 급격히 줄어들자 동료들이 염려하기 시작했다.

　그러나 가혹하기만 하다고 생각했던 운명도 내가 가여웠나 보다. 공모전 결과가 나오고 한 달이 지난 어느 날, 드라마 제작사로부터 연락이 왔다. 시나리오 심사위원이었던 유명 드라마 피디가 내 시나리오를 기반으로 16부작 드라마를 제작하고 싶다며 내용 전체에 대한 저작권 계약을 원한다는 것이었다. 나는 계약을 위해 부랴부랴 서울로 향했다. 계약금을 어디에 사용할지는 명확했다.

　나는 오래전부터 카페 칸타타가 있던 가게를 얻고 싶었다. 2월이 되면 그 가게의 임대 계약 기간이 끝나는 것을 선우형을 통해 들을 수 있었다. 서울로 올라가면서 형에게 지금 가게와 재계약하지 말아 달라고 부탁했다. 필리핀과 한국을 오가며 카페 사업을 하고 있던 선우 형은 내 계획을 듣자마자 동업을 제안했다. 나는 계약금을 모두 카페를 다시 오픈하는 데 투자했다. 허가를 받고 인테리어를 하는 등 영업 준비는 전적으로 선우 형에게 맡겼다. 간판의 최종 디자인을 내게 설명해주던 형이 꼭 카페 칸타타라는 이름으로 다시 개업해야 하는 이유가 있냐고 물었다. 나는 주저 없이 이렇게 대답했다.

"형, 재인이가 언젠가 돌아올 때 나는 반드시 그곳에 있어야 해요. 그 애를 너무 오랫동안 기다리게 했어요. 이제는 그곳에서 제가 그 앨 기다릴 겁니다."

재인에게 처음으로 인사했던 곳에서 나는 또 한 번 인사를 건넬 것이다. 그렇게 우리의 사랑을 다시 시작할 것이다. 우리는 반드시 다시 만날 운명임을 나는 안다. 비록 눈은 보이지 않아도 그녀와 나 사이에 연결된 운명의 끈을 나는 똑똑히 볼 수 있으니까.

작가의 말

십 대 소녀 시절 부모님이 사 주신 명작 전집 중에서 유독 시선이 가는 소설이 있었습니다. 영국의 작가 샬롯 브론테가 쓴《제인 에어》입니다. 이 소설을 다 읽은 후, 깊은 감동과 전율로 한동안 마지막 책장을 덮을 수 없었던 기억이 있습니다. 그리고 그때의 감동은 10년이 지나고 20년, 30년이 지나도 여전히 부식되지 않은 채 지문처럼 제 영혼 어딘가에 새겨져 있습니다. 고전 작품의 힘인 것이지요.

《제인 에어》의 주인공 제인은 여태껏 읽어 왔던 소설의 주인공 가운데 가장 고귀한 성품을 가진 캐릭터입니다. 그녀는 불우한 어린 시절에 침잠하지 않고 독립적이면서 지적으로 자신을 가꿀 줄 알았습니다. 낮은 계급의 여성이었지만 상류층 사람들에게 비굴하지 않았고, 운명적인 사랑 앞에서도 떳떳하게 자존을 지키는 여성이었지요. 게다가 제인이 선택한 사랑의 결론은 비슷한 시기 여류작가들의 신데렐라식 로맨스와는 달랐습니다. 도리어 제인이 큰돈을 상속받아 모든 것을 잃은 남자 주인공을 구해주기도 하는, 당시로서는 꽤 파격적인 결말을 보여주었습니다.

'내가 만일 소설을 쓴다면 꼭 이렇게 쓰고 싶다.'라고 생각한 완벽한 로맨스가 세상에 이미 존재한다는 데에 무척이나 열광했습니다. 그때부터 이 이야기를 나만의 방식으로 다시 만들고 싶다는 자그마한 소망이 생겨났습니다. 물론 그 소망을 몸소 실천하기까지 30년이라는 시간이 흘러야 했지만요. 《재인의 계절》은 제가 가장 좋아하는 명작을 세상에 남긴 작가 샬롯 브론테에 바치는 저의 헌사인 것입니다.

이 이야기의 시대적 배경은 1997년입니다. 고아였던 재인은 하나뿐인 혈육인 외삼촌과 함께 살았지만 그마저도 갑작스럽게 죽음을 맞이합니다. 《제인 에어》의 제인이 외숙모와 사촌들에게 학대와 구박을 받았던 것처럼 재인도 상처투성이의 어린 시절을 보냅니다. 마음에 깊은 상처를 가진 채 대학 입학을 위해 서울로 상경한 재인이 대학과 대학 주변에서 다양한 인물과 사건을 만나면서 본격적인 이야기가 전개됩니다.

이 이야기는 약 7년간 구상했습니다. 직장인으로, 또 가정을 꾸리고 아이들을 키우는 엄마로 바쁘게 생활하는 가운데 틈틈이 캐릭터를 만들고 사건을 구성하였습니다. 그리고 그 시간 동안 참으로 행복했습니다. 고아이고 외로운 소녀인 재인을 응원하고 앞으로 나아갈 수 있도록 영향을 주는 캐릭터와 사건을 하나하나 만들어가는 일은 마치 미술 시간에 찰흙을 가지고 아름다운 그릇을 빚어내는 것처럼 순수한 즐거움을 제게 선사했습니다. 무엇보다 《제인 에어》를 오마주하며 소설 속의 제인 에어와 리드 부인, 헬렌과 로체스터, 세인트 존 등 작중의 인물을 한국에 사는 인물로 바꾸는 작업은 가장 흥분되는 경험이었습니다.

《제인 에어》에서 제인의 유일한 친구 헬렌은 어린 나이에 죽게 되지만 이 소설에서는 수녀를 꿈꾸는 순수하고 착한 예은으로 다시 태어났습니다. 세인트 존이라는 인물은 한승원이라는 헌신적인 선교사로, 페어팩스 부인은 훗날 재인을 입양하는 이숙자 여사로 탈바꿈하였습니다. 《제인 에어》에는 없던 인물도 추가하였습니다. 카페 칸타타의 선우 사장님과 김현우입니다. 특히, 재인이 우진과 현우 두 사람 사이에서 누구를 선택하게 될지 독자들을 궁금하게 만들고 싶었지요.

재인과 우진, 그리고 청춘 남녀들이 여행을 떠난 섬은 인천 앞

바다에 있는 사승봉도라는 작은 섬을 참고하였습니다. 아무래도 서울에서 생활하는 대학생들이 접근하기 좋은 무인도는 인천 근처이지 않을까 싶어서 말이죠. 우진의 영화동아리 '에쿠스'에서 주최했던 영화 상영회는 실제로 제가 신입생 시절 주최자가 누구인지 불분명하지만 학교에서 무료로 관람했던 영화 상영을 모티브 삼아 넣었습니다. 실제로 〈크래쉬〉와 〈러브레터〉를 친구들과 함께 봤는데 그때의 즐거웠던 추억을 떠올리며 사건의 한 축으로 구성해봤습니다. 저는 영화동아리 활동을 하고 싶었지만 전공에 집중하느라 동아리 활동을 하지 못했습니다. 그게 두고두고 아쉬웠는데 소설 속에서 여한을 풀 수 있었습니다.

  이야기 속 배경이 90년대 말과 2000년대 초라서 요즘의 시류와 맞지 않게 잔잔하고, 구식일지도 모르겠습니다. 그럼에도 불구하고 이 이야기를 꼭 쓰고 싶었습니다. 힘든 상황에서도 인간적 품위와 독립심을 잃지 않으려 노력하는 재인과 그런 그녀를 알아보고 깊은 사랑을 느끼는 우진, 그리고 따뜻한 심성으로 그녀를 자신의 자식으로 품어주는 숙자를 통해 사랑의 참된 가치와 숭고함이 무엇인지 저 스스로 돌이켜보고 싶었습니다.

이 소설은 제가 처음으로 쓰게 된 장편입니다. 이렇게 책으로 나오기까지 참으로 많은 이들이 저를 격려하고 지지해 주었습니다. 소설에 재능이 있다며 본격적으로 써보라고 권해준 사랑하는 남편과 제 모든 소설의 열혈 독자이자 무한한 애정을 보내준 친정엄마 박영애 목사님, 그리고 이 소설의 초고인《나, 재인》을 밀리의 서재 밀리로드에 연재했을 때 주위 분들에게 며느리의 글이라며 자랑스럽게 홍보해 주신 시어머니 이현숙 여사께 무한한 존경과 사랑을 보냅니다. 그리고 브런치에서 이 소설을 처음 공개했을 때 회마다 함께 웃고 함께 울어준 브런치의 글벗 작가님들께도 애정을 담아 감사 인사를 전합니다. 글벗님들의 지지 덕분에 힘을 내어 재인의 이야기를 끝까지 완결할 수 있었습니다. 꿈공장플러스 송세아 편집장님의 섬세한 교정 덕분에 이 소설의 완성도가 더욱 높아졌습니다. 다정하고 재미있는 편집장님을 만나 교정을 진행하며 주고받은 편지는 일상 속의 소확행처럼 언제나 제게 즐거움을 주었답니다. 마지막으로 약 8년 전, 처음으로 글쓰기에 도전한 아마추어 작가인 제가 팬으로서 보낸 편지에 끝까지 글을 써 보라며 독려의 답장을 보내주셨던 유시민 선생님께 존경 어린 감사를 보냅니다. 선생님의 격려가 있었기에 용기를 내어 8년이 지난 지금도 글을 포기하지 않고 있습니다.

　지금 창밖에는 흰 눈발이 차가운 바람에 거세게 휘날리고 있습니다. 그리고 집 앞에는 곧 봄이 올 거라며 몸속에 꽃눈과 잎눈을 꼭꼭 숨긴 채 사력을 다해 버티고 있는 헐벗은 단풍나무 한 그루가 서 있습니다. 이제 겨우 시작되었는데도 매서운 겨울의 채찍질로 나무가 속으로는 울고 있지 않을까 염려가 됩니다.

　그러나 이런 저의 염려와 달리, 단풍나무는 남아있는 험악한 시절을 언제나 그래왔듯 무사히 견뎌 낼 것입니다. 겨울이 지나면 반드시 봄이 오리라는 것을 나무도, 저도, 심지어 겨울조차도 잘 알기 때문입니다. 재인의 계절이 비록 가혹하고 추운 겨울에서부터 시작되었지만 결국에는 꽃이 피는 봄을 맞이하게 된 것처럼 독자들의 삶의 여정 또한 그러하길 기원해봅니다.

2023년 겨울의 초입에서

김정은

재인의 계절

초판 1쇄 인쇄	2024년 2월 23일
초판 1쇄 발행	2024년 3월 8일

지은이	김정은

펴낸이	이장우
책임편집	송세아
디자인	theambitious factory
편집, 제작	안소라 김소은
관리	김한다 한주연
인쇄	금비PNP

펴낸곳	도서출판 꿈공장플러스
출판등록	제 406-2017-000160호
주소	서울시 성북구 보국문로 16가길 43-20 꿈공장 1층

이메일	ceo@dreambooks.kr
홈페이지	www.dreambooks.kr
인스타그램	@dreambooks.ceo

전화번호	02-6012-2734
팩스	031-624-4527

ISBN	979-11-92134-63-5
정가	17,800원